Mord! Klappe, die Erste

Amelia Green

MORD! KLAPPE, DIE ERSTE

Content Notes bzw. mögliche Trigger:
Dieser Krimi zählt zum Genre Cosy Crime und verzichtet damit auf
explizite Beschreibungen von Gewalt.
Dennoch werden Themen behandelt bzw. erwähnt, die triggern
können. Explizit beschrieben werden: Depressionen; Sucht
und Missbrauch von Alkohol, Tabak und Medikamenten; Tod
durch Vergiftung; Stalking; Leichen; Panikattacken; schwere
Verkehrsunfälle.

Bibliografische Information der Deutschen Nationalbibliothek:
Die Deutsche Nationalbibliothek verzeichnet diese Publikation in
der Deutschen Nationalbibliografie; detaillierte bibliografische Daten
sind im Internet über http://dnb.dnb.de abrufbar.

Für mehr Informationen: Instagram @amelia.green.author

Lektorat: Romy Schneider, www.kopfreisen-lektorat.de
Verlag: BoD · Books on Demand GmbH, Überseering 33,
22297 Hamburg, bod@bod.de
Druck: Libri Plureos GmbH, Friedensallee 273, 22763 Hamburg

ISBN 978-3-7693-7764-4

*Für meinen Filmbuddy
zu Ehren vieler wunderschöner Film-Noir-Nachmittage
und Spekulationen, wer wohl die Morde begangen hat.*

Inhalt

Personenverzeichnis
Der Film

Der Cast

Adriana Shilling: eigentlich Theaterschauspielerin und Opernsängerin, Freundin und zeitweise Assistentin der Detektei Newcombe & Walker, Rolle der Rosalie

Clyde Redford: US-amerikanischer Filmstar, Rolle des David, Rosalies Geliebten

Jackie Fox: ehemaliger Stummfilmstar, Rolle der Annie, Rosalies Schwester

Edward O'Malley: Rolle des Alfred, Annies Geliebten und Davids Freund

Herman Hughes: ehemaliger Stummfilmstar, Rolle des Vikars, des Vaters von Rosalie und Annie

Grazia Bernardi, eigentlich **Gracie Bernard:** Rolle der Letizia Lombardi, Rosalies Konkurrentin

Greta Woods, eigentlich **Greta Wodzińska:** Stummfilmlegende, Rolle von Davids Verlobter Doris

Eliza Barley: Schauspielerin, spricht Gretas Text

Die Crew:
Franz Kerner: Regisseur, jüdischer Immigrant aus Deutschland
Bert Wallace: Drehbuchautor des Films
Marietta Cook: Maskenbildnerin

Externe:
Dr. Clarence Leonard: Psychiater
Reverend Miller: echter Vikar der Kirche in Buckington
Clifford Walker und **Laurentius Newcombe**: Privatdetektive der Detektei »Newcombe & Walker«

Vorspann

Obwohl Adriana Shilling sich gern die dramatischsten Szenarien für die Ereignisse um sie herum ausmalte, hatte sie nicht mit Mord gerechnet. Mit allem – aber nicht mit der Überraschung, dem Schrecken, der Ratlosigkeit oder mit der Leiche. Denn dass sie eine Leiche vor sich hatte, daran bestand kein Zweifel. Sie war sich nicht sicher, ob es beruhigend oder beunruhigend war, dass nicht nur sie baff und überfordert auf den reglosen Körper starrte und nicht wusste, was jetzt eigentlich zu tun war angesichts eines Todesfalls.

Angesichts eines *Mordes.*

Das hier war kein Unfall.

Adriana versuchte, die Geräusche auszublenden, das Stimmengewirr, das Gemurmel – und sich jedes Detail einzuprägen. Aber es war zu laut, zu unübersichtlich. Menschen sprangen auf, setzten sich, knieten sich neben die Leiche, eilten aus dem Raum, das Licht war blendend hell und das Chaos unbeschreiblich. Worte schwirrten umher – gerufen, geflüstert, verkündet. »Tot … Hilfe! … Arzt … Gift … Mord … Telefon … Film …«

Hätte sie es ahnen müssen?

Eigentlich hatte sie es geahnt. Nicht den Mord, aber *etwas* hatte sie kommen sehen, es hatte in der Luft des Filmsets geschwebt, im Scheinwerferlicht, im Geruch der Schminke und der Kostüme, in jeder Regieanweisung, in den Dialogen. Sie hatte gespürt, dass etwas lauerte.

Noch immer saß Adriana da, den Blick auf die Leiche gerichtet, während das Blut in ihren Ohren rauschte wie eine schlechte Tonaufnahme. Im Stummfilm wäre jetzt unheilvolle Orgelmusik zu hören, aber das hier war real, mit Ton und in Farbe, und die Leiche war echt, plastisch, greifbar. Adriana hätte hinübergehen und sie berühren können, die schlaffe Hand in ihre nehmen und nach dem Puls fühlen, der nicht mehr zu finden war.

Jemand war gestorben.

In den Briefen hatte sie es doch geahnt, nicht wahr? Sie hatte über das mulmige Gefühl geschrieben, in den Briefen an Laurentius war es doch schon mitgeschwungen. Vielleicht erst zu spät. Aber sie hatte es befürchtet, sie hatte Laurentius und Clifford davon berichtet, sie hatte sie hergeholt.

Aber sie hatte es nicht verhindern können.

Dabei war sie zu Beginn der Dreharbeiten letzten Monat noch so glücklich gewesen.

Der Fall: Erster Teil
Rückblende

Schriftliche Korrespondenz zwischen Adriana Shilling, Schauspielerin, und Laurentius Newcombe, Privatdetektiv, zwischen dem 23. Februar und dem Beginn der Ermittlungen am 19. März. Aufbewahrt im Archiv der Detektei Newcombe & Walker.

23. Februar

Lieber Laurentius!

Es ist etwas merkwürdig, demjenigen Briefe zu schreiben, von dem man abserviert wurde, aber du wolltest schließlich, dass ich mich bei euch melde, nachdem wir uns für unsere letzten gemeinsamen Ermittlungen notgedrungen zeitweise versöhnt haben. Erzähl mir also bloß nicht, dass ich deinen Vornamen nicht verwenden soll: DU wolltest Briefe, DU hast mir den Korb gegeben, dann rede ich dich auch an, wie ich möchte. Es tut mir übrigens leid, dass ich mich seit unseren Ermittlungen auf Lonemoor Estate erst jetzt melde, aber es war einfach zu viel los!

Heute habe ich aber endlich an Clifford und dich gedacht, es ist schließlich der Gründungstag eurer Detektei. Also, wie geht es euch? Wie habt ihr das Jubiläum der Detektei Newcombe & Walker gefeiert? Und habt ihr einen neuen Fall?

Du siehst, ich schreibe dir einen sehr fröhlichen Brief. Angesichts der Tatsache, dass ich bei unserem letzten Streit noch vorhatte, dir demnächst den Schädel mit der Axt zu spalten, kannst du dir vorstellen, wie gut ich gelaunt bin. (Sei versichert, dass ich dir deine Ablehnung keineswegs verziehen habe, wir haben das Kriegsbeil lediglich vorübergehend begraben. Außerdem bin ich unsagbar glücklich.)

Bis vor einer Stunde stand ich in einem Aufnahmestudio und habe gesungen, dass die Wände wackelten und ich den Ton bis in den letzten Zipfel meiner Lunge spüren konnte. Der Film, in dem ich mitspielen darf (in der Hauptrolle! Ein Hauptrollendebüt!!!), ist nämlich ein Musical. Alle Lieder werden vorher aufgenommen und später über den Film gelegt, damit der Gesang den bestmöglichen Klang hat. Ich habe also jeden Tag, seitdem ich in London bin, Singen geübt und Aufnahmen gemacht und viel mit einem Tanzlehrer trainiert, damit ich perfekt tanzen kann, wenn wir filmen. Es ist großartig, und ich liebe es!

Die Filmleute sind alle unheimlich nett, nur geraucht wird hier ohne Ende (aber das kenne ich von dir und Clifford) und auch einiges getrunken (aber das kenne ich vom Theater). Der Komponist

*behauptet, Filmstars würden viel mehr Sachen ein-
nehmen als Theaterleute, aber das kann ich noch
nicht bestätigen, weil ich noch fast niemanden wirklich kenne.*

*Nur den, mit dem ich Duette aufnehme und in den
ich mich im Film verliebe, die männliche Hauptrolle
nämlich, kenne ich. Er heißt Clyde Redford, ist blond
und sieht unheimlich gut aus. Mit ihm Lieder aufzu-
nehmen ist lustig, er albert viel herum, und tanzen
kann er auch gut. Es ist so schön, einmal im Leben
keinen planlosen Laien als Partner zu haben und
Mezzosopran singen zu dürfen. Beim Theater muss
ich immer den Sopran machen, weil niemand außer
mir wirklich singen kann, und meinem geschätzten
Kollegen Jeremiah Edwards fällt auf der Bühne gerne
mal der falsche Bart ab. Was mich nur wieder daran
erinnert, wie lange ich am Theater mein Talent ver-
geudet habe – um in deiner Nähe zu sein, wohlgemerkt! Fühl dich ruhig schlecht, dass du mich nicht
wolltest. Ich werde jetzt ein Star! Haha!*

*Ich hätte wirklich nie gedacht, dass es so weit kom-
men würde – ich habe mich ja nicht selbst beworben,
sondern wurde ausgewählt. Hatte ich davon erzählt?
Wenn nicht, hier die Ereignisse im Schnelldurchlauf:
Ein Mann wollte mich nach der Abendvorstellung am
Theater sprechen und bestand darauf, am nächsten
Tag mit mir zu Mittag zu essen. Als wir uns in dem
Lokal trafen, war ich ziemlich misstrauisch, aber er
hat mir dann erklärt, er wäre ein Agent, der jemanden
für eine Filmrolle suche. Er sei auf mich gestoßen, weil*

ihm meine Ausstrahlung gefiele, und meine Stimme, und mein Spielen, und dann stellte er mir haufenweise Fragen zu meiner Laufbahn, während ich einen vorzüglichen Salat aß (mit Oliven). Er war besonders begeistert, als ich ihm erzählt habe, dass ich damals weggelaufen bin und bei meinem damaligen Verlobten gelebt hätte, um am Theater anfangen zu können, weil genau das die Rolle tut, die ich jetzt spiele. Der Agent fand dann, ich sei mehr als geeignet. Ich musste noch zu einem Vorsprechen und zu einem zweiten Vorsprechen und dann hatte ich auf einmal die Rolle! Dass ich singen kann, war ein großer Pluspunkt, wie gesagt, es ist ein Musical. Das einzige Problem war mein Alter, die Rolle ist nämlich Anfang zwanzig, aber dafür gibt es Make-up, und ich habe dem Agenten gesagt, dass ich immerhin ein Jahr jünger bin als Marlene Dietrich. Seitdem singe und tanze ich und lerne meinen Text und gehe abends in todschicken Kleidern essen. (Ich sehe umwerfend aus, und du darfst dich gern ärgern, dass du es nicht zu Gesicht bekommst.) Ich vermisse das Theater überhaupt nicht und dich und Clifford ein bisschen (ihn sehr und dich nicht, also im Schnitt wenig). Jetzt muss ich den Brief beenden, ich werde bei einer Kostümanprobe erwartet.
Ganz liebe Grüße an Cliff, für dich nur ein formelles Abschiedswort,
Deine
Adriana

*PS: Wir filmen ab dem 5. März. Ich kann es kaum
erwarten!*

Mittwoch, den 28. Februar

Liebe Adriana,
*vielen Dank für dein Schreiben. Sei versichert, dass
unsere Abneigung zueinander auf Gegenseitigkeit beruht. Clifford und ich beglückwünschen dich zu diesem neuen Abschnitt in deiner Karriere.*
*Hier die Informationen, die ich der Höflichkeit halber
ergänzen werde: Das Wetter hier ist ausgesprochen
kalt und regnerisch. Wir bearbeiten einen neuen Fall,
der die Durchsicht zahlreicher Dokumente erfordert.
Der damit verbundene Aufwand und die Tatsache,
dass ich mich ein wenig erkältet habe, sind für den
späten Zeitpunkt verantwortlich, zu dem ich diese
Antwort verfasse. Entschuldige bitte vielmals.*
*Erzähle uns gern etwas über den Film. Wovon handelt
das Drehbuch? Wo werdet ihr drehen? Wir bedanken
uns im Voraus für deine Antwort.*
Clifford richtet herzliche Grüße aus.
Auf ein baldiges Wiederhören, dein

Etc. Etc.

✳✳✳

03. März

Laurentius, mein Bester,
*was war das denn für ein Brief? Nächstes Mal darfst
du etwas schicken, das netter klingt als ein Bescheid
der Steuerbehörde. Außerdem hat seit Jane Austen*

niemand mehr irgendetwas mit »etc. etc.« unterschrieben. Also bitte!

Bestelle Clifford meine Grüße zurück. Ich hoffe, du hörst auf seine medizinische Expertise und kurierst dich vernünftig aus, anstatt nachts im Regen zu stehen und Häuser zu beschatten. Natürlich kenne ich dich und weiß, dass du bestimmt Letzteres tust, weil du dich wahrscheinlich auch auf dem Sterbebett noch zur Arbeit zwingen wirst, aber bitte hol dir keine Lungenentzündung, dann muss ich mich nämlich schlecht fühlen, weil ich vor deinem tragisch frühen Ableben so gemein zu dir gewesen bin.

Aber weißt du was? Ich bin viel zu gut gelaunt, um mir den Tag von deiner abweisenden Kommunikation vermiesen zu lassen. Vielleicht bin ich auch einfach nur betrunken, ich hatte nämlich Aperitif und Wein, was definitiv zu viel für mich ist, aber jetzt ist es zu spät. Clyde hat mich an unserem letzten Abend in der Stadt ausgeführt, weil er meinte, um ab Montag vor der Kamera meinen Geliebten zu spielen, müsse er mit mir ausgegangen sein. Also waren wir zusammen im Restaurant, und es war traumhaft. Clyde ist witzig und hat so viel zu erzählen, weil er schon eine Menge Filme in Hollywood gedreht hat. Außerdem trug er einen tollen modischen Anzug und seine Clark-Gable-Imitationen waren zum Schreien. Ich hatte mein enges glitzerndes Rotes mit der Schärpe an und die Bernsteinohrringe, die du so viel anstarrst und die anscheinend ein Männermagnet sind, denn Clyde mag sie auch. Wir haben gegessen, geredet, da-

nach waren wir noch tanzen, und dann hat uns noch am selben Abend ein schickes Auto hinaus aufs Land gefahren. Wir saßen gemeinsam auf der Rückbank und ein Chauffeur hat uns kutschiert. So ist also das Leben als Filmstar!

Der Dreh findet in einem Örtchen namens Buckington statt, und der Goldene Löwe dort ist unser Hotel für die Drehzeit. Später filmen wir auch Szenen im Studio, aber es soll alles ganz authentisch wirken, deswegen nutzen wir ein echtes Dorf und eine echte Dorfkirche für den Film.

Damit wären wir auch schon beim eigentlichen Thema: Der Film.

Ich spiele Rosalie. Rosalie läuft ihrem Vater weg, der Landpfarrer ist, um in der Stadt Schauspielerin zu werden. Sie spricht am Theater vor (ich LIEBE das Lied, das ich da singe), aber der Intendant will sie nur engagieren, wenn sie seine Mätresse wird, was leider viel zu oft die Bedingung ist. Rosalie ist aber sehr selbstbewusst, sonst würde ich sie ja auch nicht spielen, deswegen schlüpft sie bei einem gutaussehenden Schauspielkollegen unter, der sie beim Vorsprechen ganz toll fand. Er heißt David und wird von Clyde gespielt. Dann kriegt leider Rosalies italienische Konkurrentin die Rolle, und außerdem ist David verlobt und die Verlobte wird fuchsteufelswild, nachdem Rosalie bei David war. Der Pfarrervater holt Rosalie heim, großes Drama, langes trauriges Solo.

Also sitzt sie wieder zu Hause im Pfarrhaus und hasst ihren Vater. Trotzdem gibt sie die Hoffnung nicht auf.

David zum Glück auch nicht, er entlobt sich nämlich und will den Pfarrervater überzeugen, scheitert aber kläglich. (Der Dialog ist wirklich lustig, vor allem, als sie dann singend miteinander diskutieren.) Dann wird es richtig witzig, weil David einen Freund hat und Rosalie eine Schwester, die Annie heißt und mich sehr an meine eigene Schwester Flossy erinnert, sie ist nämlich ziemlich frech. David setzt seinen Freund (Alfred heißt der) auf Annie an, damit es einen Draht zwischen ihm und Rosalie gibt. Übrigens machen David und Rosalie das nicht nur, weil sie wahnsinnig verliebt sind, sondern auch wegen Rosalies Schauspieltraum, sonst wäre das nämlich keine Rolle für mich. Jedenfalls verlieben sich Annie und Alfred. Dann schmieden David und Rosalie über diesen Kommunikationskanal einen genialen Fluchtplan (schau mal, ich kann auch sarkastisch sein wie du – der Plan ist nämlich, dass sie nachts aus dem Fenster klettert). Dann wird das Drehbuch leider ein bisschen unkreativ, der Plan wird nämlich in letzter Minute durchkreuzt, weil Davids Ex-Verlobte und die neidische Konkurrentin auftauchen und dem Vater petzen, damit Rosalie nicht schauspielern geht beziehungsweise David keine andere heiratet. Dann platzt Rosalie allerdings der Kragen und sie singt ein großartiges Lied mit tollen Tonsprüngen über Selbstbestimmung und Moderne. Es heißt A New Generation of Girls, und ich liebe es. Danach singt David, wie talentiert sie ist und wie sehr er sie liebt, und dann singen und tanzen alle und es gibt ein glückliches Ende (Doppelhoch-

zeit, Vaters Herz erweicht, Rosalie spielt am Theater in einem Stück zusammen mit der Ex-Verlobten und der Konkurrentin).

Ach ja, der Film heißt Ein Mädchen im Rampenlicht. Ich mag den Film SEHR, und die Lieder sind auch toll. Du würdest sie nicht mögen, weil sie keine melancholischen Klavierstücke von achtzehnhundert-sonst-wie sind, aber das macht nichts, du musst sie ja nicht hören. Ich schreibe diesen Brief in meinem Zimmer im Goldenen Löwen in Buckington, morgen geht es los und ich bin unglaublich aufgeregt. Bestimmt wird alles noch viel besser als jetzt. Es kann doch nur perfekt werden, meinst du nicht auch?

So, dann muss ich aber ein Schlusswort setzen, es ist schon furchtbar spät und ich sollte ins Bett gehen, weil das Einschlafen sowieso viel zu lang dauern wird. Ich verdonnere dich hiermit zu einer ausführlichen, über die Floskeln hinausgehenden, humanoiden Antwort, oder ich schreibe zukünftig an Clifford. Hoffentlich sind eure Fragen beantwortet. Viel Glück bei eurem öden Fall und gute Besserung.
Liebe Grüße!
Das glücklichste Mädchen der Welt
Adriana Fortuna Shilling, Filmstar

PS: Auto fahren mit Clyde war herrlich. Mit ihm macht es sogar Spaß, in der Londoner Innenstadt im Stau zu stehen.

Montag, 05. März

Liebe Adriana,

entschuldige bitte, falls der Stil meiner Briefe nicht deinen Vorstellungen entspricht. Ich führe sonst keine private schriftliche Korrespondenz, also vergib mir bitte jedes Resultat mangelnder Übung. Außerdem sehe ich nicht ein, warum mein Schreiben auch nur eine Unze freundlicher sein sollte als deines.

Da dir bei Erhalt der letzten Informationen die Details fehlten, bitte sehr. Das Wetter ist insofern kalt und regnerisch, als dass es Nieselregen und wundervoll angenehme sechs Grad Celsius hat. Seit zwei Wochen haben wir keinen Sonnenstrahl mehr gesehen. In dieser Hinsicht ist es vielleicht ein Glück, dass unser derzeitiger Fall hauptsächlich die Durchsicht von unzähligen Aktenschränken vorsieht, was wir drinnen erledigen können.

Clifford ist in engem schriftlichem und telefonischem Kontakt mit Elaine. Er scheint sein romantisches Abenteuer ernst zu meinen. Ich befürchte, dass sein Anteil am Honorar dieses Falls für Briefmarken, die Telefonrechnung und päckchenweise Pralinen ausgegeben werden wird.

Es freut uns für dich, dass du Freude am Film hast. Wir hoffen, dass du dein weiteres Kollegium genauso angenehm finden wirst wie Clyde. Leider haben wir keine ähnlich interessanten Entwicklungen zu berichten, daher bitten wir dich lediglich um baldige Notiz und einige Zeilen über deinen Aufenthaltsort und deine Mitmenschen.

Clifford und ich wünschen alles Gute.
Mit freundlichen Grüßen.

***

08.03.

Lieber Laurentius,
zu deinem letzten Brief sage ich am besten gar nichts,
was vielleicht nicht schlecht ist, weil dieser Brief noch
etwas umfangreicher wird als der letzte. (Jetzt klinge
ich schon wie du.) Dabei reizt es mich schrecklich,
über Clifford und Elaine zu tratschen – meinen es
die beiden SO ernst? Meinst du, sie VERLOBEN
sich bald? Aber ich verkneife mir das Quasseln und
komme zur Sache.
Ein Filmdreh ist vor allem am Anfang ein unbeschreiblich riesiges und unübersichtliches Chaos.
Wir drehen die Szenen nämlich durcheinander, um
möglichst effizient mit den Statisten und den Kulis-
sen sein zu können, darum muss man sich ständig
in neue Szenen hineindenken. Überall wuseln Leute
herum und rufen. Es ist wie ein Basar, über dem der
Zigarettenrauch hängt wie eine dicke Gewitterwolke.
Es stimmt wirklich, hier wird entsetzlich viel geraucht
und fast genauso viel getrunken, wahrscheinlich auch
noch Schlimmeres – nicht beim Dreh, aber trotzdem.
Wie viele Menschen hier beteiligt sind! Der Regisseur,
Regieassistenzen, Kameraleute, Zuständige für den
Ton, Requisiteure, Maskenbildner, Kostümbildner,
Köche und so weiter – ach, ich weiß noch nicht ein-
mal, wie alle meine Schauspielkollegen heißen! Tän-

*zer haben wir auch, und Choreografen und Trainer
und ich weiß nicht, wen noch alles. Ständig wird um-
geräumt, umgezogen, nachgeschminkt, koordiniert,
die Technik eingestellt, herumgewuselt und dann in
jeder Einstellung zehnmal dieselbe Szene wiederholt.
Ich bin vollkommen überfordert, immerhin ist das
hier mein erster Film und ich bin es nicht gewohnt,
dass man so viel um mich herumscharwenzelt, während ich spiele. Aber ich gewöhne mich daran. In den
Umsortierungsphasen muss man allerdings viel warten, bis die ihre Einstellung gefunden haben, deswegen kann ich immer ein paar Zeilen an meine Briefe
anfügen, während ich am Schminktischchen oder in
einem Klappstuhl sitze. (Und jetzt muss ich auch wieder unterbrechen, meine Maskenbildnerin Marietta
will mich neu pudern.)
– So!
Ich hatte erwartet, dass es merkwürdig für mich sein
würde, ohne Publikum zu spielen, aber eigentlich
spiele ich die Filmsequenzen auch vor einer Art Publikum. Nur haben die meisten Zuschauenden währenddessen irgendeine Aufgabe. Statt in einen riesigen
dunklen Saal spreche ich in eine riesige dunkle Kame-
ralinse hinein. Am gewöhnungsbedürftigsten ist es,
dass ich nicht einmal eine Zwei-Stunden-Vorstellung
spiele, sondern den ganzen Vormittag lang hundert-
mal dieselbe zehnminütige Szene und am Nachmittag die nächste, oder manchmal auch noch dieselbe,
wenn es noch nicht perfekt war. Das verzeiht mehr
Fehler, aber ich muss mich noch besser darauf ein-*

lassen, dass ich meinen Text nicht über zwei Monate hinweg allabendlich spreche, sondern einen zufälligen Ausschnitt zwanzig Mal hintereinander und dann nie wieder. Puh! Clyde sagt aber, ich werde mich bald zurechtfinden.

Auch die Arbeitszeiten sind schräg. Ich bin an vormittags proben, abends spielen gewöhnt, und an den Wochenenden habe ich am meisten zu tun. Hier ist das ganz anders. Die Szenen im Pfarrhaus und in der Kirche können wir drehen, wann wir wollen, aber bei den Außenszenen (und wegen denen sind wir ja nach Buckington gekommen) müssen das Licht und das Wetter stimmen. Also hängt die Regie bei jeder Wetterdurchsage vor dem Radio und schaut ständig aus dem Fenster, um den Szenenplan an das Wetter anzupassen. Clyde musste heute Morgen um halb sechs aufstehen, weil sich der Nebel endlich verzogen hatte und bei Tagesanbruch eins der Gespräche zwischen David und Alfred gefilmt werden musste. Am Samstag drehen wir nicht, weil wir einen jüdischen Regisseur haben, der am Sabbat nicht arbeitet, dafür sind Tanztrainings angesetzt. Sonntags bekommen dann die Christen frei, aber wem das nicht so wichtig ist, der darf mit Regieanleitung Probedurchläufe machen. Da wären wir leider schon bei einem ersten Problem, von dem ich dir erzählen wollte. Die fantastische Stimmung aus den Aufnahmestudios in London hat sich nämlich nur sehr begrenzt auf das Filmset übertragen. Viele hier sind wütend auf die Wochenendregelung, weil sie Zeit kostet und deswegen unter der

Woche die Drehs länger dauern. Sogar Clyde hat gesagt, es wäre doch wohl völlig übertrieben, »wegen einem Juden so ein Theater zu machen« (das fand ich ziemlich unfreundlich von ihm). Mir macht es nichts aus, aber es kommt mir vor, als wäre ich damit die Einzige. Dabei ist unser Regisseur furchtbar nett. Er hat einen lustigen Namen, Franz, weil er aus Deutschland kommt. Er hat mir erlaubt, ihn Mr. Kerner zu nennen, falls ich Franz nicht aussprechen kann, aber ich versuche es trotzdem, was wir beide sehr lustig finden. Er hat viel Energie und wir können gut miteinander arbeiten, was beim Film sehr wichtig ist.

Leider kommen die anderen mit Franz gar nicht gut aus. Vor allem halten sie ihn für ahnungslos, weil das hier erst sein zweiter englischer Film ist. Ich habe ihn gefragt, warum er in England Filme dreht, wenn es in Deutschland Babelsberg und die UFA gibt (zwei der größten europäischen Filmstudios, musst du wissen). Franz hat mir erzählt, er sei ausgewandert, weil er es wegen seiner Religion in Deutschland sehr schwer hatte, als seine Karriere Fahrt aufgenommen hat. Genauer erklärt hat er mir das nicht, aber ich habe ihn etwas von »antisemitischen Drecksnationalisten« sagen hören. Und deswegen ist er nach England gekommen, weil er nicht gleich so weit weg nach Hollywood wollte, aber man müsse auch »die Zustände nicht mehr ertragen«. (Das hat er mir auch nicht erklärt, weil ihn das Thema sehr aufgewühlt hat. Ich muss mehr Zeitung lesen.) Jedenfalls war es anscheinend eine sehr kontroverse Entscheidung, ihm die Regie für den Film hier zu geben. Unser Produzent hält viel von ihm, und der Produzent hat die Macht, aber die meisten anderen haben eine Liste an Vorurteilen, die so lang ist, dass man sie von Kopf bis Fuß damit mumifizieren könnte. Da ist einmal natürlich die Drehzeitenregelung, dann ist Franz Ausländer, UND er ist Deutscher, UND ich habe in den paar Tagen seit Drehbeginn schon mehr judenfeindliche Sprüche gehört als JEMALS sonst irgendwo. Es ist wirklich eklig. Das gilt für die Crew und auch für die gestandenen Schauspieler! Ich bin enttäuscht von dem Mangel an gesundem Menschenverstand in diesem Kollegium.

Und dann gibt es ja noch die Handlung des Films. Hier herrscht die Meinung, dass man keinen jüdischen Regisseur einen Film drehen lassen kann, in dem es um eine anglikanische Pfarrersfamilie geht. Ich finde das ziemlich übertrieben, denn das Drehbuch wurde von einem christlichen Autor namens Bert Wallace geschrieben und Franz setzt das Ganze nur um, und außerdem gibt uns der echte Vikar der Kirche hier ständig ungefragt Ratschläge. Aus irgendeinem Grund halten sich die Filmleute aber für furchtbar heilig und sind wütend, dass Franz diesen Film macht. Dabei wurde er genauso wie der Cast und alle anderen Beteiligten am Dreh vom Cranshaw-Productions-Filmstudio angeheuert, er ist also auch nicht freiwillig in dieser Situation, sondern hat nehmen müssen, was er angeboten bekam. Leider interessiert das hier niemanden. Besonders der Drehbuchautor selbst sagt ziemlich gemeine Dinge. Laut und hörbar. Ein widerlicher Kerl.

Der arme Franz nimmt sich das alles sehr zu Herzen. Leider kann ich ihn nicht so sehr verteidigen, wie ich es gern würde, denn auch ich bin hier an diesem Set ausgesprochen unwillkommen. Anscheinend fühlen sich hier alle sehr beleidigt, weil die Hauptrolle an eine Theaterschauspielerin ging – und auch noch an eine, die älter ist als 25. Bah. Ich bin Neider gewöhnt, aber es ist wirklich hart, permanent herablassend behandelt zu werden. Hinter meinem Rücken (aber doch sehr gut für mich hörbar) nennen sie mich zu unerfahren, zu alt, zu energisch, zu vorlaut, zu unweiblich und nicht mal hübsch. Eine meiner Kolleginnen habe ich sogar sagen hören, dass sie mir eine Lebensmittelvergiftung an den Hals wünscht, damit sie meine Rolle haben kann, »und wenn's den Möchtegern-Regisseur auch erwischt, ist noch etwas gewonnen«.

Ich weiß, du wirst mir jetzt sagen, dass ich dramatisch bin. Dass ich mich viel zu sehr in alles hineinsteigere und was auch immer du mir immer zuschreibst. Aber all das gibt mir ein unschönes Gefühl. Seit dem Kommentar mit der Lebensmittelvergiftung traue ich mich kaum noch, mit den anderen jeden Tag zu essen – was, wenn mir jemand etwas in die Suppe schüttet, damit ich ausfalle? Vielleicht habe ich auch nur mit euch zu viele Mordfälle unter die Lupe genommen, in denen die Leute alles Mögliche tun, um alle aus dem Weg zu räumen, die ihnen nicht in den Kram passen. Trotzdem. Der Dreh ist zwar sehr spannend, aber ich fühle mich nicht sonderlich wohl. Hoffentlich glätten sich die Wogen bald und niemand trinkt zu viel und begeht eine Dummheit.

Hach, jetzt ist der Brief schon sechs Seiten lang. Ich sollte ihn abschicken, denke ich. Vielleicht sieht im nächsten Brief schon alles ganz anders aus. Wenn ihr beiden mir detektivische Ratschläge erteilen könnt, tut das bitte, aber hüte dich, mir irgendetwas von »weiblicher Hysterie« zu erzählen, denn dann fahre ich auf der Stelle nach Hause und vierteile dich.
Ganz liebe Grüße,
Adriana

PS: Wenigstens ist Clyde noch nett – zumindest zu mir. Aber ich habe ja leider herausfinden müssen, dass auch er nicht viel von Franz hält.

✳✳✳

Dienstag, den 13. März

Liebe Adriana,
vielen Dank für deine ausführlichen Schilderungen. Ich habe mit Clifford darüber gesprochen, was du uns beschrieben hast. Er war deutlich beunruhigter als ich, weil er meinte, dass deine Intuition für gewöhnlich richtig läge. In der Vergangenheit haben wir bei zahlreichen Ermittlungen auf deine Unterstützung zählen können und laut ihm hast du einen nicht zu unterschätzenden Sinn dafür, zu erkennen, was in den Köpfen anderer Menschen vorgeht.
Trotzdem wollen wir dir keinesfalls Angst machen. Wir bedauern, dass dein Arbeitsumfeld, gelinde gesagt, unangenehm ist. Die Frage ist, ob all diejenigen,

von denen du uns berichtet hast, lediglich lästern oder
wirklich beabsichtigen, den Dreh nach ihren Wünschen zu gestalten.
Wir können nur hoffen, dass auf Worte keine Taten
folgen werden und dass auch die Worte bald verstum-
men mögen. Clifford rät dir zudem, deinen Optimismus nicht zu verlieren.
Hier regnet es noch immer.
Wir freuen uns auf Neuigkeiten.
Mit freundlichen Grüßen,
L. Newcombe

***

17.03.

Laurentius –
es tut mir leid. Ich habe meinen Optimismus verloren.
Aber lass mich erklären, oder es zumindest versuchen.
Der Kessel kocht über. Dieser Dreh ist ein brodelndes
Gemisch aus Verleumdung, übler Nachrede, über-
mäßigem Konsum verschiedenster Substanzen und
Streit. In meinem letzten Brief habe ich nur von Getu-
schel gesprochen. Diese Zeiten sind vorbei. Eine meiner Co-Schauspielerinnen, Greta Woods, hat Franz
beim Dreh angeschrien, dass er dorthin zurückgehen
solle, wo seine Sippe herkommt, oder sie wisse einen
Weg, ihn aus der Bahn zu räumen. Oder unser Drehbuchautor, Bert Wallace. Er ist nach Drehschluss in
mein Hotelzimmer spaziert und hat mir gesagt, wenn

ich seinen Film ruiniere, muss ich dafür bezahlen.
Seitdem schließe ich nachts meine Tür ab.
Und das waren nur zwei von vielen Momenten.
Ich habe ein sehr schlechtes Gefühl, was aus dieser
Situation hier entstehen könnte. Versteh mich bitte
nicht falsch – ich rechne nicht damit, dass Franz oder
mir etwas passiert (obwohl ich mich um ihn viel mehr
sorge, denn wenn ich ausfalle, muss man den Film
neu drehen, womit ich ein bisschen sicherer sein sollte
als er). Ich habe nur den Eindruck, dass manchen
Leuten vieles recht wäre, um manche ihrer Kollegen
in ihre Schranken zu weisen.
Glaub mir, ich weiß, ich bin dramatisch und habe viel
Fantasie. Deswegen habe ich vor diesem Brief auch
erst mit Franz gesprochen. Er teilt meine Meinung
und sagt, dass er so etwas noch nie erlebt hätte, bei
keinem seiner bisherigen Drehs. Außerdem ist das
hier wie gesagt erst sein zweiter englischer Film und
er kann es sich nicht leisten, dass etwas aus der Bahn
fällt. UND er muss als Regisseur für ein gutes Arbeits-
umfeld sorgen. Deshalb hat er mit dem Produzenten
gesprochen, der meinte, niemand solle seinen Regis-
seur und seine weibliche Hauptrolle angehen, weil es
die Filmproduktion nachhaltig beeinflussen könne.
Und dass er mit fast allem einverstanden wäre, was
dafür sorgt, dass wir uns sicher fühlen.
Und dann habe ich etwas getan, wofür du mich has-
sen wirst.
Ich habe euch ins Spiel gebracht.
Ich habe Franz und dem Produzenten gesagt, dass ich

zwei meiner Freunde empfehlen könne, die Privatdetektive sind und sich bestimmt gern darum kümmern würden. Ihr könnt ja nicht nur Verbrechen aufklären, sondern auch welche verhindern oder zumindest beweisen, dass alles in Ordnung ist.

Halt! Hör mir erst zu, bevor du diesen Brief anzündest. Ich weiß, ihr habt einen Fall, und du willst mich nicht sehen (das beruht auf Gegenseitigkeit) und ich hatte nicht vor, dich jemals wieder um einen Gefallen zu bitten, nachdem du mich abserviert hast (und ich werde dich nicht bitten – gib diesen Brief einfach Clifford, er wird Ja sagen). Ich glaube auch nicht, dass man mir heute Abend etwas ins Essen schüttet und ihr mich dann im Leichenschauhaus identifizieren dürft. Denk nur bitte an das, was Clifford über meine Intuition gesagt hat. Außerdem wäre es kein (reiner) Freundschaftsdienst, sondern ein offizieller (und damit bezahlter) Auftrag unseres Produzenten.

Also heraus damit: Ich bitte euch (oder einen von euch), den Auftrag anzunehmen und herzukommen – sei es nur, um uns zu beruhigen, dass hier niemand böse Absichten hegt. Die Adresse steht auf dem Briefumschlag. Ihr könnt am Montag den Elf-Uhr-Zug nehmen, hoffentlich habt ihr den Brief rechtzeitig. Wenn ihr mehr Zeit braucht, telegrafiert mir bitte oder ruft im Goldenen Löwen an, das ist Buckington 439.

Franz und ich danken euch.

Mit lieben Grüßen und hoffentlich bis bald!

Eure

Adriana

Der Fall: Zweiter Teil
Film ab!

Adrianas Brief kam zum schlechtesten denkbaren Zeitpunkt.

Die Morgenpost wurde durch den Briefschlitz der Haustür geschoben und plumpste auf die Fußmatte. Lethargisch erhob ich mich vom Schreibtisch. Das Empfangszimmer der Detektei lag direkt hinter der Tür, sodass ich nur wenige Schritte gehen musste. Ich bückte mich und hob die Post auf – die Zeitung, eine Rechnung, Gott sei Dank kein Brief von Elaine und dafür einen Umschlag, in Adrianas verschnörkelter Handschrift an mich adressiert.

Wenn du sie nicht abgewiesen hättest, würde sie dir jetzt Liebesbriefe vom Filmset schicken, anstatt dir von dem wunderbar witzigen Clyde Redford vorzuschwärmen.

Hustend ließ ich mich wieder in den Schreibtischstuhl fallen. Bücken war zurzeit überhaupt keine gute Idee, weil ich natürlich, wie von Adriana treffend prophezeit, drei Wochen lang mehr oder minder erkältet durchgearbeitet hatte. Was man nicht alles selbst machen musste, wenn der eigene Detekteipartner zu viel Zeit in verliebten Fantasiewelten verbrachte.

Ich legte die Post auf den Schreibtisch zu den Fallnotizen und Papieren neben die Schachtel Zigaretten und die Tasse Schwarztee, ohne die ich heute Morgen vermutlich nicht aufgestanden wäre. Ohne die ich nicht mehr aufgestanden wäre, seit wir unsere Ermittlungen auf Lonemoor Estate Anfang Februar abgeschlossen hatten.

Ich starrte den Brief an. Ich wollte nicht lesen, wie wunderbar es Adriana ging, seit ich eine Liaison mit ihr abgelehnt hatte. Ich wollte gar nichts tun und mit niemandem sprechen. Ich wollte mich in einem dunklen Zimmer einschließen, mir eine Zigarette anzünden, die Augen schließen und mich nie wieder vom Fleck rühren. Aber nein, ich schlug mir schlaflose Nächte um die Ohren, ermittelte verbissen weiter, unterhielt mich mit Clifford und beantwortete Adrianas Briefe.

Du bist selbst daran schuld. Du bist zu schlecht darin geworden, deine Gefühle unter Verschluss zu halten, und schau, was es aus dir gemacht hat.

Ich schlitzte sorgfältig den Brief auf, zündete mir eine Zigarette an und las, was sie geschrieben hatte. Der Rauch brannte in meinen Lungen. Warum konnte meine körperliche Gesundheit nicht Rücksicht auf meine geistige Gesundheit nehmen und ausnahmsweise einmal keinen Ärger machen? Ach ja, und warum musste ich mir durchlesen, wie Adriana wieder alles völlig überdramatisierte? Auch wenn nicht alles von dem, was sie beschrieb, völlig lächerlich –

Sie hatte *was* getan?

Ich las den Satz erneut. Als hätte ich nicht schon genug am Hals, hatte sie ihrem Produzenten vorgeschlagen, dass

Clifford und ich ihren dummen Befürchtungen nachgehen sollten. Dabei reizte mich nichts, sie wiederzusehen oder ihr irgendeinen Gefallen zu tun, und ihr »Fall« enthielt menschliche Gesellschaft, der ich mich zurzeit in keiner Weise gewachsen fühlte. Aber es *war* ein Auftrag. Vielleicht war er genau das, was ich brauchte, um endlich den grauen Sumpf hinter mir lassen zu können, in dem ich in letzter Zeit viel zu oft versank. Allein konnte ich die Entscheidung jedoch nicht fällen, deshalb stand ich auf und ging zu Clifford, um seine Meinung einzuholen.

Mein Partner saß im Archivzimmer, wo er eigentlich auf unseren Fall bezogene Schecks dem Datum nach sortieren sollte. Stattdessen las er einen Brief von Elaine, der unglaublich penetrant nach Parfüm stank. Er sah auf, als ich hereinkam. »Was gibt es? Brief von Adriana?«

Ich nickte und reichte das Schriftstück herüber.

Clifford rückte seine Lesebrille gerade und überflog den Text. »Oh. Das klingt ernst.«

»Bist du dir sicher?«, fragte ich und zog heftig an meiner Zigarette. Vermutlich würde ich den Fall trotzdem annehmen, um irgendwie aus dem Trott zu kommen, aber als *ernst* hatte ich Adrianas Brief nicht empfunden angesichts der zahlreichen Mordfälle, in denen ich schon verwickelt gewesen war.

»Absolut.« Clifford sah hoch. »Was, wenn Adriana etwas *zustößt*?«

»Anfeindungen, weil man jemanden für fehlbesetzt hält, heißen doch noch lange nicht, dass jemandes Sicherheit bedroht ist«, erwiderte ich, jedoch nicht sonderlich überzeugt von mir selbst, weil mir Cliffords Tonfall Sorgen bereitete, dass ich diese Situation nicht ernst genug nahm.

»Mag sein, dass es bisher nur Androhungen gab und keinen Mordanschlag, aber wir wollen ja nicht, dass es dazu kommt«, erwiderte Clifford mit Nachdruck. »Die Polizei und auch wir haben es viel zu oft mit Fällen zu tun, die es gar nicht geben würde, wenn man uns früher kontaktiert hätte. Die Polizei hat nicht immer die Kapazitäten für präventive Ermittlungen, aber wir schon. Und ich ziehe es vor, dass Adriana uns schreibt, *bevor* man ihr die Suppe vergiftet.«

Das stimmte. Zwar hatte Adriana ihre Befürchtungen beschrieben, aber es Clifford so sagen zu hören, war etwas völlig anderes. Ein Grund mehr, den Fall anzunehmen, denn ich sollte besser über Adriana nachdenken als über mich selbst.

»Du hast recht«, erwiderte ich. »Wir haben noch unseren aktuellen Auftrag, aber lange kann das nicht mehr dauern, hier die Unterschlagungen zu beweisen. Und heute ist schon Montag. Ich könnte vorfahren.«

Clifford zog eine Augenbraue hoch. »Bist du sicher, dass *du* das *jetzt* übernehmen möchtest?«

Er hatte recht, dass ich mich momentan höchstens dazu in der Lage sah, kettenrauchend im Halbdunkeln zu sitzen und über Papieren zu brüten, aber vielleicht wurde dieses Gefühl besser, wenn ich mich zu einem externen Fall zwang. »Ich kann mich selbstverständlich auch hier um die Dokumente kümmern, du bist an Filmsets bestimmt viel versierter als ich. Aber ich … Mich reizt es, dass dieser Auftrag präventiv ist und damit etwas anderes als unsere üblichen Fälle.« Ich nahm einen weiteren tiefen Zug und bekam einen Hustenanfall. Großartig. Nicht einmal rauchen konnte ich vernünftig.

Clifford legte den Kopf schief. »Andererseits schreibt

sie *dir*. Ich glaube, sie vermisst dich. Also ist es vielleicht gut, wenn du fährst. Es sei denn, es wäre seltsam für euch, weil … denn … nach allem, was zwischen euch passiert ist, meine ich. Oder weil du dich noch nicht gut genug fühlst.«

Ich wusste, dass Clifford auf meine kürzlich überwundene Erkältung und nicht auf den grauen Nebel in meinem Kopf anspielte, aber er hatte recht damit, dass ich mich nicht wirklich zu dieser Fahrt imstande fühlte, so sehr ich den Auftrag brauchte. Außerdem vermisste Adriana mich bestimmt nicht, solange Clyde, der Schöne aus Hollywood, an ihrer Seite war. Aber ich wollte nicht mit Clifford diskutieren, deshalb schwieg ich in Ermangelung einer Antwort.

»Ich komme so schnell wie möglich nach. Vielleicht schaffe ich es bis heute Abend.« Clifford legte Elaines Brief beiseite und widmete sich wieder seiner eigentlichen Aufgabe.

Ich zog in Erwägung, mich an Ort und Stelle auf den Boden fallen zu lassen und nie wieder aufzustehen. Leider wäre das entsetzlich würdelos und nur wenig konstruktiv. Daher klemmte ich mir die Zigarette zwischen die Lippen, verließ kommentarlos das Archiv, stapfte die Treppe ins Obergeschoss hinauf und machte mich sehr langsam und mit einem sehr laxen Verständnis meiner gewöhnlichen Packordnung ans Herrichten meines Koffers. Die besten Anzüge, natürlich schwarz, Wäsche, schwarze Strümpfe, zwei schwarze Krawatten, ein schwarzer Pullover, Toiletterie und nur zwei gebügelte Hemden, denn zum Bügeln weiterer Hemden hatte mir in letzter Zeit die Energie gefehlt.

Ach ja, Ermittlungsutensilien brauchte ich auch noch. Ich drückte meine Zigarette im Aschenbecher auf meinem

Nachttisch aus und wollte gerade nach unten gehen, als Clifford mein Zimmer betrat, eine gepackte Materialtasche und unsere Kamera in den Händen.

»Alles andere bringe ich dann nach«, erklärte er, ehe ich mich bedanken konnte. »Tut mir leid, dass ich eben so kurz angebunden war.«

»Das war völlig in Ordnung«, log ich, während ich die Utensilien verstaute.

Clifford seufzte. »Ich …«, hob er an und zögerte dann. »Ich weiß, dass du nicht sonderlich erpicht darauf bist, Adriana wieder unter die Augen zu treten, auch wenn dich der Auftrag interessiert. Aber ich halte es für sinnvoll, wenn du mit diesem Informationsstand und deinem Sherlock-Holmes-Kopf die Vorhut machst. Wie gesagt, ich bringe den Fall hier zu Ende und komme so schnell wie möglich nach. Alles in Ordnung?«

Er schenkte mir einen sanften *Ob-du-willst-oder-nicht-ich-bin-dein-Freund-und-für-dich-da*-Blick, bei dem es mir sehr schwerfiel, eine betont gleichgültige Miene beizubehalten. »Alles in bester Ordnung.« Wenn er wüsste. Aber nein, er hatte nur Elaines Briefe gelesen und nie hochgeschaut. Umso stärker verspürte ich den Wunsch, mich aus dem Staub zu machen, heraus aus diesem tristen Dasein, von mir aus auch nach Buckington.

Ich klappte meinen Koffer zu. »Ich mache mich dann jetzt auf den Weg zum Bahnhof.«

Eine ereignislose Zugfahrt später trat ich auf einen geschäftigen Bahnsteig. Vom Bahnhof war es noch eine ziemliche Strecke nach Buckington, weil der Zug leider nicht weiter aufs Land hinausfuhr. Hoffentlich gab es Taxen, denn auf einen Marsch war ich nicht sonderlich erpicht. Zuerst steuerte ich aber einen kleinen Kiosk an, wo ich mich für den kommenden Fall – und vor allem die kommende menschliche Gesellschaft – mit Zigaretten eindeckte.

Gerade, als ich mein Wechselgeld in Empfang nahm, betrat eine Frau in einem eleganten beigefarbenen Mantel und zierlichen Absatzschuhen den Laden. Ihre modische Kleidung und ihr stilvolles Auftreten lenkten sofort meine Aufmerksamkeit auf sie. Außerdem trug sie einen Hut mit Netz, der ihr Gesicht halb verschleierte.

»Eine Schachtel französische Zigaretten, bitte«, verlangte sie mit slawischem Akzent und einer klaren, charaktervollen Stimme.

Der Zeitungshändler legte die Schachtel auf den Tresen und sah die Frau interessiert an. »Entschuldigen Sie, Madam – verzeihen Sie, dass ich so direkt bin – Sie sehen genauso aus wie Greta Woods.«

»Das haben Sie fabelhaft erkannt. Ich *bin* Greta Woods.« Die Frau legte eine Handvoll Münzen auf den Tresen und nahm ihren Wunsch in Empfang. »Ich bin nicht gut darin, inkognito zu bleiben, vermute ich.« Sie lachte leise.

Ich blieb interessiert stehen, das Wechselgeld noch in der Hand. Der Name *Greta Woods* sagte mir irgendetwas, aber mir fiel nicht ein, aus welchem Kontext ich ihn kannte.

»Meine Frau mag Ihre Filme sehr gern«, erklärte der Verkäufer eilig. »Ihr Liebster war *Spionage in SoHo*. Aber ich wusste gar nicht, dass Sie … nun, dass Sie nicht … Sie wissen schon.«

Also war sie Schauspielerin. Nur warum kannte ich ihren Namen? Außerdem verwirrte mich die letzte Aussage.

Greta Woods ging nicht darauf ein. »Das war auch einer meiner liebsten Filme«, erwiderte sie. »Bestellen Sie Ihrer Frau gern meine Grüße und sagen Sie ihr, sie soll im September auf die Kinoprogramme achten. Im Gegenzug wäre es mir sehr recht, wenn Sie es für sich behalten, dass ich hier meinen Vorrat aufgestockt habe.« Sie steckte die Zigaretten in die Manteltasche.

»Also gehören Sie zum Filmset drüben in Buckington, ja?« Der Mann strahlte. »Was für eine Ehre.«

Das war es – Adriana hatte den Namen in einem ihrer Briefe erwähnt, nur war es aus keinem erfreulichen Anlass gewesen.

»In der Tat.« Greta Woods neigte erhaben den Kopf. Dann wandte sie sich zu mir um. »Und der Herr? Kennen Sie meine Filme ebenfalls, oder warum starren Sie mich an wie ein Karpfen?«

Jetzt sah ich zum ersten Mal ihr Gesicht. Sie hatte fein geschwungene Züge, elegant geschminkte nussbraune Augen, sorgfältig gezupfte und nachgezogene Augenbrauen und Lippen sowie eine kleine Nase und volles, dunkelbraunes Haar, das modisch kurz in schöne Locken gelegt war. Ich schätzte sie auf Anfang dreißig, obwohl es ihr gut gelang, jünger auszusehen. Nach eingehender Betrachtung kam ich zu dem Schluss, dass sie bemerkenswert hübsch war.

»Es tut mir leid, falls ich gestarrt haben sollte«, sagte ich lahm. »Leider kenne ich keinen Ihrer Filme, wie ich gestehen muss, aber ich bin zum Drehort in Buckington unterwegs und hatte gehofft, Sie würden mir den Weg zeigen können.«

»Ich bin mit dem Wagen hier«, antwortete Miss Woods. »Sie können mit mir fahren, wenn Sie möchten.« Ihr Tonfall ließ es scheinen, als wäre dieses Angebot eine unglaublich große Ehre.

Zwar war es mir sehr zuwider, mich in meinem gegenwärtigen Zustand in ein Automobil zu setzen – die Erinnerungen, die mich nachts wachhielten, brauchten mich nicht auch noch tagsüber heimzusuchen. Aber ein Taxi wäre auch nur ein Automobil gewesen, und ich sollte besser die Gelegenheit nutzen, mich nur mit einem Menschen auf einmal herumschlagen zu müssen. Wer wusste, wann mir dieses Glück das nächste Mal zuteilwerden würde. Es blieb nur noch zu beten, dass sie nicht allzu viel Smalltalk von mir erwartete.

»Sehr gern, Miss Woods«, antwortete ich deshalb und zwang mich zu einem sachten Anheben meiner Mundwinkel, das hoffentlich nicht allzu verkrampft aussah. »Aber nur, wenn das keine Umstände macht.«

»Sonst hätte ich es nicht angeboten. Kommen Sie.«

Wir verließen gemeinsam den kleinen Laden.

»Sind Sie Journalist?«, fragte Greta Woods, während sie sich den Weg zum Ausgang des Bahnhofs suchte. »Sie können schreiben, was Sie wollen. Die schlimmsten Gerüchte sind alle schon verbreitet worden, Sie können mir nur noch Gutes tun.«

»Ich bin kein Journalist. Ich soll auf Geheiß des Produzenten für mehr Sicherheit sorgen.« Ehe ich nicht wusste, wie offen ich agieren sollte, war es wohl besser, eine Halbwahrheit zu gebrauchen.

Miss Woods blieb stehen und musterte mich. »*Sie?*«

»Das stimmt.« Ich versuchte, nicht allzu sehr außer Atem zu klingen, weil wir schnell gelaufen waren.

Glücklicherweise – im Kontext des Auftrags aber vielleicht eher beunruhigenderweise – ließ Miss Woods meine fadenscheinige Ausrede durchgehen. Mir sollte das recht sein, obwohl es ein wenig eigenartig war.

»Na dann« , sagte sie. «Wie heißen Sie, Mr. …?«

»Newcombe.«

»Mr. Newcombe.« Mein Name klang in ihrem Akzent ungewohnt. »Mein Wagen steht draußen auf der gegenüberliegenden Straßenseite.«

Es handelte sich um einen relativ neu aussehenden, schwarzen Wagen mit geschlossenem Verdeck. Ich setzte mich auf den Beifahrersitz und nahm den Koffer auf den Schoß. Miss Woods stieg rechts ein, holte die neu erworbenen Zigaretten aus der Manteltasche, nahm eine davon zwischen die Lippen und entfachte sie mit einem kleinen Feuerzeug. Die Zigarette war lang und weiß. Ihr Rauch roch süßlich. Dann startete sie den Motor und wir fuhren an.

Das Gefühl und Geräusch des sich immer schneller bewegenden Fahrzeugs gefielen mir gar nicht und ich spürte, dass meine Hände zitterten. »Ich muss Sie bitten, vorsichtig zu fahren und nicht ruckartig zu bremsen«, sagte ich halblaut.

»Reisekrankheit?«, fragte Miss Woods, während sie durch den erstaunlich lebhaften Verkehr kurvte, eine Hand locker am Lenkrad, die andere mit der Zigarette an den Lippen.

»Leider ja.« Zu dieser Lüge griff ich immer, wenn ich mich in ein Auto setzen musste.

»Dann versuche ich es vorsichtig«, antwortete sie, überquerte eine Kreuzung und steuerte uns aus der Stadt heraus, während sie im Rückspiegel ihren Lidschatten inspizierte. Ich versuchte, meine Gedanken von ihrem Fahrstil abzulenken. »Ich … darf annehmen, dass Sie eine Schauspielerin sind, Miss Woods?«

»*Eine* Schauspielerin?« Sie lachte auf und hupte ein Fahrrad aus dem Weg. »Ich war eine *der* Stummfilmgöttinnen! *Spionage in SoHo*! *Nachtschatten* und *Vergissmeinnicht*! Kennen Sie die nicht einmal vom Hörensagen? Und nennen Sie mich bitte Greta. Woods ist nur mein *nom de guerre*.«

»Ich muss gestehen, dass ich filmisch nicht sonderlich gut informiert bin«, erwiderte ich. »Verraten Sie mir Ihren echten Namen?«

»Wodzińska. Ich komme aus Polen und bin stolz darauf, aber die Filmindustrie musste mich anglisieren, damit ich Karriere machen konnte.« Greta zog an ihrer Zigarette und silberner Rauch kringelte sich um ihre Hutkrempe. Beim Rauchen sah sie so anmutig aus, als wäre jede ihrer Bewegungen choreografiert und geprobt worden.

»Welche Rolle ist Ihnen denn dieses Mal zuteilgeworden?«, fragte ich und zündete mir ebenfalls eine Zigarette an. Ich wünschte mir Clifford herbei, damit er das Gespräch führen und ich mich darauf konzentrieren konnte, nicht an kreischende Bremsen zu denken, durchdrehende Reifen, klirrendes Glas …

»Pah!« Greta machte eine wegwerfende Handbewegung, sodass Asche auf ihren Mantel fiel, und lenkte den Wagen, weiterhin einhändig, auf die Landstraße. Hohe Hecken stiegen zu beiden Seiten des Weges auf. Wenigstens würden diese die Wucht des Aufpralls dämpfen, wenn wir in den Graben fuhren.

»Ich darf Doris spielen. Kennen Sie das Drehbuch?« Auf mein Nicken hin fuhr sie fort: »Davids Verlobte. Ich, Greta Woods, Legende des englischen Stummfilms, eine der berühmtesten polnischen Schauspielerinnen, eine *Nebenrolle*!« Sie wich haarscharf einem Lastwagen aus, der auf uns zu donnerte.

Hätte ich wirklich unter Reisekrankheit gelitten, hätte ich schon vor drei Kurven erbrochen. So musste ich nur überlegen, ob es gut war, wenn wir in einem Baum endeten und ich Adriana nicht wieder unter die Augen treten musste. Die Vorstellung war allerdings viel zu schrecklich, daher konzentrierte ich mich wieder auf die Konversation.

»Wie war es möglich, dass Sie nur diese Rolle bekamen, wenn ich fragen darf?«

»Soll ich Ihnen etwas verraten, Mr. Newcombe?« Greta kurbelte das Fenster herunter und warf ihre Zigarette nach draußen auf die Fahrbahn. »Alle Leute, die mit diesem Film zu tun haben, sind unfähig, und ich *hasse* sie. Die verfluchten englischen Produzenten, die meinen Namen nicht auf Plakaten sehen wollten und denen bei meinem ersten Tonfilm auf einmal auffiel, dass, oh weh, Greta Wodzińska nicht akzentfrei Englisch spricht! Welch ein Drama! Dann würden plötzlich alle wissen, dass in unserem beschaulichen Vereinigten Königreich eine *Slawin* die Leinwand erobert hat! Zu Hilfe! Mein Gesicht hat man gern in den Kinos, aber wehe, ich benutze meine wahre Stimme.

Also bekommt die liebe Greta nur noch Schauspielrollen, bei denen eine artige gebürtige Engländerin den Text einspricht, und das ist für Hauptrollen zu teuer und zu viel Arbeit, wenn man doch auch einfach einen anderen Star nehmen könnte. Wissen Sie, wie entwürdigend das ist?« Ihre Stimme wurde lauter. «Wie degradierend? Wie diskreditierend für mein Talent und meine Erfolge, wenn *ich* es doch war, die in Liverpool den Rekord für verkaufte Eintrittskarten am Tag einer Filmpremiere gebrochen hat? Die in den besten Filmen gespielt hat?« Sie sah zu mir, als würde sie Zustimmung erwarten.

Deshalb also war der Kioskverkäufer so irritiert gewesen – er hatte am Akzent erkannt, dass sie keine Engländerin war. Deshalb hatte Greta wohl geglaubt, dass sie halbwegs unerkannt Zigaretten würde kaufen können.

»Meine aufrichtige Anteilnahme. Das war sehr ungerecht«, erwiderte ich und hoffte, dass sie sich jetzt wieder auf die Straße konzentrieren würde, es kam uns nämlich ein Milchlaster entgegen.

Greta lenkte links vorbei. »Wissen Sie auch, wer die Hauptrolle bekommen hat, die zu Stummfilmzeiten noch ohne Frage meine gewesen wäre?«

»Adriana Shilling«, erwiderte ich.

»Genau. Ein Theaterflittchen Jahrgang 1902. Keine Erfahrung, keinen Anstand, aber offenbar trotzdem perfekt. Dass mir so etwas passiert! Wenn die auch noch heimlich am Set mit Frauen anbandelt wie so manch eine, erschieße ich mich.«

Das stieß mir sauer auf. So beiläufig von Selbstmord zu sprechen, war mehr als nur taktlos, und die Aussage im

Allgemeinen ziemlich beleidigend. Einen kurzen Moment lang war ich versucht, Adriana zu verteidigen, aber ich sollte mir besser nicht anmerken lassen, dass sie mir trotz unseres komplizierten Verhältnisses zueinander zu einem gewissen Grad etwas bedeutete.

»Sprechen Sie immer so über Ihre Kolleginnen?«, fragte ich stattdessen.

»Oh ja.« Greta kurbelte das Fenster wieder hoch und fasste zum ersten Mal mit der zweiten Hand ebenfalls ans Lenkrad. Sie trug elegante Lederhandschuhe, die gut zum Leder des Lenkrads passten. »Sagen Sie mir nicht, dass ich unhöflich bin. Ich habe jahrelang unzählige Gemeinheiten zu hören bekommen. Ich weiß, wie man über Filmschauspielerinnen, über Frauen, über Ausländerinnen im Allgemeinen und über Polinnen im Besonderen spricht. Es ist eine gemeine Welt. Niemand schert sich um Respekt und ich werde keine Mühen verschwenden, anderen den Respekt zu zollen, den sie mir nicht erwidern. Mir ist es auch völlig egal, welche meiner Aussagen den Weg an die Öffentlichkeit finden. Ich lasse mich nicht kommentarlos vom englischen Filmgeschäft missbrauchen, ich lasse mir nicht einfach so die Hauptrolle von einer hereingeschneiten Zimtzicke nehmen, und ich lasse meine Umgebung wissen, was ich davon halte, dass mich so ein Ahnungsloser über das Filmset kommandiert! Der ist bestimmt nur über geheime Kontakte in seiner Position, ich weiß es zwar nicht sicher, aber es *kann* nur so sein.«

Ich war kurz versucht, mir die Hand vor das Gesicht zu schlagen, damit mir die Augen nicht aus dem Kopf fielen. Bisher hatte ich Adrianas Erzählungen für übertrieben gehalten, aber wenn der Rest der Filmleute auch nur ansatzweise so auftrat wie Greta, wäre ich nicht überrascht, wenn ich noch heute jemanden auf frischer Tat bei einem Sabotageakt ertappen würde. Ach du meine Güte. Greta hatte mir gerade auf dem Silbertablett Motive für jedes mögliche unschöne Ereignis der nächsten Tage geliefert.

Hoffentlich bedeutete das nicht, dass es am Set jemanden gab, der Adriana etwas antun würde.

»Die Devise ist, wenn man als Stummfilmschauspielerin überhaupt noch Rollen bekommt, gehört man schon zu den Glücklichen«, ergänzte Greta ärgerlich. Dann schüttelte sie eine neue Zigarette aus der Schachtel und ließ kurz das Lenkrad los, um sie zu entfachen. Mein Herz setzte einen Augenblick lang aus. Rasch zog ich an meiner Zigarette.

»Sie sagten, Sie hätten keine Ahnung vom Film, da kann ich Ihnen etwas auf die Sprünge helfen«, redete sie weiter. Wenigstens musste ich nicht die Konversation moderieren und konnte mich darauf konzentrieren, mich nicht instinktiv am Türgriff festzuklammern. »Tonfilme sind nicht nur Filme mit Ton. Die Handlung wird ganz anders erzählt und aufgenommen. Jetzt müssen Drehbuchautoren auf einmal Dialoge schreiben können, die Schauspieler Text sprechen, die Regie Bild *und* Ton einfangen. Stummfilme waren *Meisterwerke*.« Greta klang nostalgisch. »Haben Sie je einen gesehen? Keine grellen Farben, nur Licht und Schatten, und es war *wahres* Schauspielern, Mimik und Gestik in Reinform wie auf einem bewegten Gemälde. Und zack, plötzlich haben wir fast nur noch Tonfilme. Billige Streifen, über die man gelegentlich Technicolor klatscht und wo sprechend alles erklärt wird, was die drittklassigen Leinwandfritzen nicht anders darstellen können. So geht ein großes Kapitel der Kunst zu Ende, der Tonfilm hat gesiegt, weil man anscheinend immer das Modernste haben muss, egal wie primitiv die Zielgruppe ist. Widerlich! Die größten Stars der Geschichte hat der Stummfilm mit ins Grab genommen, weil junge Tonfilmregisseure, Tänzerinnen mit lieblichen Stimmchen und Dialogschreiber uns wahren Könnern die Stellen wegnehmen.« Sie gestikulierte wild mit ihrer brennenden Zigarette. »Wer nicht schon gleich nach *Der Jazzsänger* aus dem Filmgeschäft verschwunden ist, den hat die Wirtschaftskrise gekostet, und wir wenigen Übrigen kämpfen darum, überhaupt noch wahrgenommen zu werden. Mein eigener Ruhm blättert von mir ab wie Blattgold, dabei bin ich noch nicht einmal fünfunddreißig! In einem Jahr sitze ich wahrscheinlich auch in einem Haus an der Riviera und suche das Vergessen in dem, was uns früher vor der Kamera euphorisch gemacht hat. Und währenddessen sind die Neuen aus Hollywood, die ausgewanderten Juden und die Überläufer von den nach dem Schwarzen Freitag pleite gegangenen Theatern da, wo wir einmal waren!«

»Das wusste ich gar nicht«, antwortete ich ehrlich. Greta wäre durch ihre Offenheit eine hervorragende Zeugin bei einer Mordermittlung, aber zum Glück ging es hier nicht um so etwas.

»Fragen Sie Herman Hughes und Jackie Fox. Die können Ihnen ein Lied davon singen, was der Tonfilm sie gekostet hat.«

Ich schrieb mir eine gedankliche Notiz der beiden Namen. »Danke, dass Sie so offen sind. Es ist meine Aufgabe, die Konflikte am Set kennenzulernen, da kommen Sie mir sehr entgegen.«

»Wenn ich die Erste sein darf, die eine Geschichte erzählt, dann mache ich davon Gebrauch.« Greta nahm ihre Zigarette wieder zwischen die Lippen und fuhr langsamer. Die Hecken zu beiden Seiten lichteten sich und wir kamen auf eine schmale Straße, die sich durch ein kleines Dorf mit windschiefen Häusern und dann durch grasbedeckte Hügel schlängelte, wo in einer Kehre ein Gasthof lag.

Greta nahm die Zigarette wieder aus dem Mund. »Wir sind da. Das eben war Buckington und das hier zwischen Buckington und Elmwood-in-Marsh ist der Goldene Löwe.« Ein Lächeln umspielte ihre Lippen, als sie vor dem Gasthaus erstaunlich sanft zum Stehen kam. »So. Viel Spaß bei Ihrem Unterfangen, hier für Sicherheit zu sorgen.«

Offenbar war das eine Aufforderung an mich, auszusteigen. »Vielen Dank, dass Sie mich mitgenommen und mir so vieles anvertraut haben.«

»Gerne.« Greta blinzelte mit ihren langen, dunklen Wimpern.

Ich stieg aus, nahm den Koffer wieder in eine Hand und warf die Zigarette fort. Greta fuhr wieder an und lenkte den Wagen seitlich am Haus vorbei, um vermutlich dahinter zu parken. Ich ließ meinen Blick die Fassade emporwandern. Das hier war wohl einmal ein kleinerer Landsitz oder ein größeres Gutshaus gewesen, das nun umfunktioniert worden war. Die hohen Fenster waren allesamt nicht erleuchtet, was zu erwarten war, denn der Himmel war trotz der geschlossenen Wolkendecke hell. Selbst die, die gerade nicht irgendwo beim Dreh waren, saßen sicherlich nicht mit eingeschaltetem Licht auf ihren Zimmern.

Der Dreh. Ich hatte Greta ganz vergessen, nach dem Weg zum Filmset zu fragen. Jetzt musste ich mich an der Rezeption erkundigen.

Kurzentschlossen betrat ich durch eine hübsch lackierte Tür das Innere des Goldenen Löwen. Am Fuße einer Treppe gegenüber dem Eingang stand ein unbesetzter Tresen mit einem Gästebuch darauf und einem Schlüsselkasten an der Wand dahinter. Die Schlüssel zu stehlen wäre hier bei Bedarf sehr einfach. Ich durchquerte den Eingangsbereich und blieb am Tresen stehen. Es gab keine Glocke, daher wartete ich einfach.

Schritte ertönten hinter mir und ich drehte mich um. Ein Mann trat neben mir an den Tresen und lächelte mich freundlich an. Er musste aus einem der angrenzenden Zimmer gekommen sein, jedenfalls hatte ich ihn nicht die Treppe herunterkommen hören. Er war größer als ich, schlank, aber kräftig und trug ein weißes Hemd zu einer schlichten Hose. Seine Haare waren dunkel und scheitellos gekämmt. Er schenkte mir einen aufmerksamen Blick aus tiefbraunen Augen. Ich schätzte ihn auf etwa mein eigenes Alter, eventuell war er auch schon vierzig.

»Ich bringe nur meinen Schlüssel vorbei«, erklärte er, legte sich über den Tresen und hängte seinen Schlüssel in das Fach mit der Nummer 24. »Einen schönen Tag.« Er wandte sich um und verließ mit leicht federnden Schritten den Eingangsraum.

Ich stand wie vom Donner gerührt.

Beim Anblick des Fremden hatte sich etwas in mir geregt, ein Gefühl, das ich für gewöhnlich noch viel weniger zuließ als jedes andere und dessen Bekanntschaft ich zum Glück nur selten machte. Adriana konnte es wecken, aber jetzt gerade war eindeutig nicht sie schuld daran gewesen. Klopfte mein Herz wirklich schneller als zuvor? War das tatsächlich ein Kribbeln auf meiner Haut? Ich spürte, dass meine Wangen heiß wurden. Bestimmt war ich so rot geworden wie der Teppich, auf dem ich stand. Hatte ich etwa gerade beim Anblick eines gutaussehenden Unbekannten eine Art … Zuneigung empfunden?

Jemand räusperte sich hinter mir und ich wirbelte herum.

Ein grauhaariger Herr hinter dem Tresen sah mich forsch an. Erst dachte ich, er sei dort aus dem Boden gewachsen, bis mir auffiel, dass hinter dem Tresen neben dem Schlüsselkasten eine Tür war, die zuvor verschlossen gewesen war, jetzt aber offen stand. »Guten Tag. Was wünschen Sie? Wir sind zurzeit leider ausgebucht.«

»Ahm.« Ich konnte nur an den Unbekannten denken. »Ich … ahm …«

Der Blick des Rezeptionisten zeugte von Irritation und Ungeduld, sofern ich das richtig beurteilte. »Wie bitte?«

Ich fasste mich. »Mein Newcombe ist … Mein Name ist Newcombe. Laurentius Newcombe. Mr. Kerner und Miss Shilling erwarten mich. Ich bin auf Einladung des Produzenten hier.« *Na, das war vielleicht ein Auftritt. Reiß dich gefälligst zusammen, du bist wegen eines Auftrags hier!*

Der Angestellte nickte. »Die heutige Ankunft von Ihnen oder Ihrem Kollegen ist uns angekündigt wurden. Die letzten beiden freien Zimmer sind für Sie reserviert. Möchten Sie gleich Ihr Zimmer beziehen?«

Ja, aber wahrscheinlich wird es mir nicht gelingen, es je wieder zu verlassen, wenn ich einmal auf dem Bett liege.
»Noch nicht«, erwiderte ich. »Ich würde nur gern meinen Koffer hier verwahren, wenn das möglich ist, um mich am Filmset an die Zuständigen zu wenden.« Immerhin hatte Adriana mich gebeten, so schnell wie möglich zu kommen, also durfte ich nicht im Hotel warten. »Könnten Sie mir den Weg zum Drehort beschreiben, bitte?«

»Den genauen Ort für den heutigen Dreh kenne ich leider nicht«, erwiderte der Mann bedauernd. »Aber – Mr. O'Malley! Sie können dem Herrn doch sicher helfen, nicht wahr?«

Ich wandte mich um. Ein junger Mann mit wuscheligem, unfrisiertem blondem Haar und trüben blauen Augen war gerade die Treppe hinuntergeeilt und schlüpfte im Gehen in einen Mantel. »Oh … ja. Sicher doch«, erwiderte er unsicher. »Zum Dreh? Richtig? Alles in Ordnung, folgen Sie mir einfach. Es wird bei der Kirche gedreht.«

Ich bedankte mich und übergab dem Angestellten meinen Koffer. Mr. O'Malley strebte aus dem Foyer und ich eilte ihm nach. Draußen schlug er einen Weg quer über die Hügel ein. Ich bemühte mich, Schritt zu halten. Es ging ein kühler Wind.

»Verzeihen Sie mir, dass ich so schnell laufe«, erklärte er. »Ich bin spät dran.«

»Das macht doch keine Umstände«, antwortete ich, obwohl ich jetzt schon so außer Atem war, dass ich an unserem Ziel vermutlich einfach kollabieren würde.

»Ich bin Edward O'Malley. Ich spiele beim Dreh«, fügte er hinzu und versuchte, im Gehen trotz des Windes seine Haare zu glätten. Es misslang ihm.

»Newcombe«, japste ich zwischen zwei Atemzügen. »Es freut mich, Ihre Bekanntschaft zu machen.«

»Ebenfalls.«

Im Gegensatz zu Greta sprach mein neuer Begleiter danach kein Wort mehr. Er schien vollkommen in Gedanken und murmelte irgendeinen Text vor sich hin. Ich hätte die Gelegenheit zu einem Gespräch nutzen sollen, aber in Gedanken hing ich immer noch bei dem Fremden, den ich entgegen meiner Vernunft geneigt war, als *attraktiv* zu beschreiben. Dabei *durfte* ich so etwas nicht über andere Menschen denken – bei Adriana hatte ich mich dazu hinreißen lassen, und wohin *das* geführt hatte, war nur allzu bekannt.

Glücklicherweise schien Edward O'Malley froh darüber, dass ich ihn in Ruhe ließ, und unser Weg war nicht weit. Die Kirche thronte auf einem Hügel hinter dem Dorf und war von einem ausgedehnten, ummauerten Friedhof umgeben. Schon von Weitem war zu erkennen, dass hier der Filmdreh im Gange sein musste. Auf der Wiese ringsum waren Zelte aufgeschlagen, die wohl als Garderoben und sonstige Unterstände genutzt wurden. Auch zwei Lastwagen parkten hier. Auf ihren Planen prangte ein Logo, das vermutlich zu der Produktionsfirma gehörte. Hier wurde es zusehends lauter, Rufe und Gesprächsfetzen schwirrten durch die Landluft.

Edward O'Malley führte mich zielstrebig durch das schmiedeeiserne Friedhofstor. Wie in jedem englischen Dorf stand die Größe der Kirche in keinem Verhältnis zur Größe der Ortschaft, und es gab schätzungsweise dreimal so viele Gräber in der Wiese wie Einwohner in Buckington.

Allerdings waren die tatsächlichen Ausmaße des Friedhofs schwer zu schätzen, weil es unglaublich voll war. Die größte Menschenansammlung befand sich an der Seitenwand der Kirche und stellte anscheinend den Dreh dar, erinnerte aber mehr an einen wuselnden Ameisenhaufen. Kameras und Tongeräte wurden umhergetragen, Männer beugten sich über Papiere, Klappstühle wurden zusammengefaltet und anderswo wieder aufgestellt. Wir gingen auf das Menschenknäuel zu.

Mit einem Mal war es still. Die umherschwirrenden Menschen blieben stehen und bildeten eine Art Halbkreis vor der Kirchenwand. Eine Klappe knallte, und da hörte ich Adriana. Genauer gesagt dachte ich erst, dass ich sie singen hörte, bis ich erkannte, dass ihre Stimme mit musikalischer Untermalung aus einem Tonträger drang. Dafür sah ich sie jetzt auch. Sie stand genau im Zentrum des Kreises, trat langsam auf die Kirchenwand zu und legte eine Hand auf die Steine. Dann drehte sie sich um, lehnte sich an die Wand und schaute zum Himmel, während sie die Lippen zur Melodie bewegte. Ich sah, wie eine Kamera immer näher an ihr Gesicht heranfuhr, während Adriana dramatisch das Kinn auf die Brust sinken ließ und, soweit ich das erkennen konnte, sachte die Augen schloss.

»Schnitt!«, rief ein Mann in einem hellen Hemd, der einen gehefteten Stapel Papier in der Hand hielt. »Die Einstellung war fantastisch! Wir brauchen dich nicht mehr heute, herzlichen Dank.« Dann wandte er sich um. »Oh, Edward! Du bist wieder spät. Wir möchten jetzt die nächste Szene filmen.«

Edward murmelte etwas, das verdächtig klang wie »Du

kannst mich mal ganz gewaltig«. Er verschwand in einem kleinen Zelt, das man auf einem der Kieswege aufgebaut hatte.

Ich überlegte, was ich tun sollte, aber Adriana nahm mir die Entscheidung ab. Sie warf mir einen Blick zu und lächelte kurz. Dann trat sie zu dem Mann mit den Papieren hin, nahm ihn beim Arm und sagte leise etwas. Sein Gesicht erhellte sich. Er machte sich los, gab einem anderen Mann neben sich einige Anweisungen, gestikulierte einem Kameramann, die Kamera anders aufzustellen, und legte den Papierstapel in einen Faltstuhl. Danach kam er zu mir, Adriana im Schlepptau.

»Sie sind Mr. Newcombe, stimmt das?«, fragte er freundlich. Seine blauen Augen blitzten hinter einer schmalen randlosen Brille auf. Ich schätzte ihn auf etwa mein Alter. »Mein Name ist Franz Kerner. Ich bin entzückt.«

Er streckte mir die Hand hin. Ich ergriff sie. »Gleichfalls.«

»*Entzückt* hat in den letzten hundert Jahren niemand mehr gesagt, Franz«, bemerkte Adriana. Dann schenkte sie mir einen eindringlichen Blick. »Hallo Laurentius.«

Erwartete sie, dass ich ihr auch die Hand schüttelte? Was sollte ich überhaupt zu ihr sagen? Ich entschloss mich, einfach anerkennend in ihre Richtung zu nicken. Das musste genügen.

»Adriana korrigiert netterweise meine Formulierungen«, sagte Franz und strahlte. Mir war nicht bewusst gewesen, dass man eine Verbesserung von Adriana hinnehmen konnte, ohne die Augen zu verdrehen. Es war bewundernswert.

»Angenehm«, erwiderte ich.

»Wir können miteinander sprechen, zuweilen die Crew den Aufbau des Sets aktualisiert. Ich darf Sie in das Regiezelt bitten. Vielen Dank, dass Sie so eilig bei uns sein konnten.« Franz führte uns den Weg zurück, den ich mit Edward gekommen war, und zur Rechten des Friedhofstors in eine der Stoffaufbauten, deren Wände sich im Wind bauschten.

»Setzt euch.« Franz wies auf die Stühle um einen Klapptisch herum, der turmhoch mit Papieren beladen war, die wohl alle mit dem Film zu tun hatten. »Entschuldigt die Windigkeit. Das hat uns Schwierigkeiten verursacht heute, weil es rauscht in den Aufnahmegeräten für die Tonspur.«

Mich fröstelte, als ich mich setzte und den Hut abnahm. Franz hingegen schien einer dieser Menschen zu sein, die jenseits allen Kälteempfindens lebten, denn er trug nur sein Hemd, das er in die Hose gesteckt und die Ärmel hochgekrempelt hatte. Er setzte sich mir gegenüber und Adriana nahm neben ihm Platz.

»Bevor wir anfangen«, begann Adriana. »Was ist mit Clifford?«

Ich betrachtete sie, nur allzu sehr an die Passagen in ihren Briefen erinnert, in denen sie sich über mich lustig machte. Sie trug selbstverständlich noch ihr Kostüm, einen taillierten dunkelgrauen Mantel mit doppelreihigen Knöpfen und schlichte schwarze Schuhe, Kleidung einer Pfarrerstochter vom Land. Dafür war ihr Make-up noch eleganter als üblich. Hätte ihr Gesicht irgendwelche Makel besessen, wären sie alle unter der dezent aufgetragenen Schminke verschwunden. Die Haare trug sie hochgesteckt. Ihre honigbraunen Augen mussten auf der Leinwand noch viel eindrucksvoller wirken als auf mich. Sie war genauso hübsch wie bei unserem letzten Kuss, nur dass sich unser Verhältnis seitdem gravierend verändert hatte. Ihr Anblick erinnerte mich daran, dass sie eine erfolgreiche Schauspielerin war und ich ein Privatdetektiv, der Schwierigkeiten hatte, morgens überhaupt aufzustehen.

»Hör auf, mich anzustarren!«, sagte Adriana vorwurfsvoll. »Ich sehe vielleicht nicht aus wie sonst, aber das ist eben das Kostüm. Wir haben gerade die Szene gefilmt, in der Rosalie unglücklich heimkehrt. Jetzt darfst du meine Frage beantworten.«

»Verzeihung«, antwortete ich hastig. »Clifford wollte unseren derzeitigen Fall beenden und wir hielten es für klüger, wenn ich es bin, der vorausfährt. Er hofft, schon heute Abend oder morgen bei uns sein zu können.«

»Ich nehme an, dass Adriana Sie in Kenntnis gesetzt hat über die Situation«, sagte Franz, ehe Adriana elaborieren konnte, dass sie mich nicht unbedingt sehen wollte. Seine Aussprache war bemerkenswert gut, nur seine Wortwahl und sein Satzbau etwas experimentell. Er holte eine Schachtel Zigaretten aus der Tasche und bot mir eine an. »Rauchen Sie?«

»Oh, bitte nicht! Qualmt nicht das ganze Zelt voll!«, protestierte Adriana. »Das könnt ihr machen, wenn ihr allein seid.«

Franz steckte gehorsam die Schachtel weg. »Entschuldige bitte.«

Ich hätte mir gern einfach zur Provokation eine Zigarette angesteckt, verzichtete aber darauf, weil ich die leise Ahnung hatte, dass meine Lunge es mir danken würde. »Ja, die Zustände sind mir geschildert worden und ich verstehe, weshalb das Arbeitsklima beunruhigend wirkt. Ich habe vor, mir erst einmal ein eigenes Bild von der Lage zu machen, bevor ich urteile.«

»Das Problem ist, dass ich nicht immer gesichert bin, ob es nur ich sehe oder ob es wirklich existiert«, erklärte Franz ernst und strich sich über seinen schmalen Schnurrbart. »Ob ich nach Verfolgung wahnsinnig bin oder ob wirklich jemand böse Absichten hegt gegenüber diesem Film oder sogar gegenüber Adriana. Um auf einer geringen Ebene zu beginnen, ich weiß zum Beispiel nicht, ob Mr. Edward jedes Mal nicht pünktlich ist oder ob das nur ich sehe.«

»Edward ist *immer* zu spät«, bemerkte Adriana und legte Franz beschwichtigend die Hand auf den Arm. »Clyde und Jackie waren schon vor einer halben Stunde hier. Und zu den Mahlzeiten taucht er zunehmend gar nicht mehr auf, also bitte. Und das ist ja nicht einmal eine Bedrohung für den Film. Aber auch alles das, was du mir von mitgehörten Gesprächen berichtet hast, hast du dir auch nicht eingebildet.« Sie sah mich an. »Heute Vormittag hat Herman Hughes, der den Vikar beziehungsweise den Vater meiner Rolle spielt, in der Maske eine der Maskenbildnerinnen gefragt, ob Franz nicht einfach, Zitat, *ein bisschen die Treppe herunterfallen könnte, damit wir einen besseren Regisseur bekommen.*«

Franz blinzelte. »Bei dir klingt das dramatischer, als es gemeint war.«

»Ich bin dazu geneigt, Miss Shilling recht zu geben«, entgegnete ich. Es klang, als hätte schon jeder zweite Schauspieler hier einen Todeswunsch für Franz oder Adriana verlauten lassen.

Adriana verschränkte die Hände vor der Brust. »Wenn schon *Adriana*. Ihr nennt mich beide beim Vornamen, also musst du nicht mit *Miss Shilling* ankommen.«

Ich seufzte. *Nicht darauf eingehen, keine Gefühle zulassen, Würde bewahren.* »Vorhin habe ich bereits mit Miss Greta Woods sprechen können und einen groben Eindruck von der Stimmung bekommen.«

Adriana schmunzelte. Aus irgendeinem Grund ließ sie das unbeschreiblich anziehend wirken. »Oh ja, die gute Greta! Hat sie dir erzählt, wie die ganze Welt über sie herzieht, während sie selbst unzählige Leute beleidigt? Sie ist ganz schön berechenbar.«

»Genau das hat sie.« Ich justierte meine Manschettenknöpfe. »Eine Frage habe ich noch, ehe ich mich umhören gehe. Soll ich offen als Detektiv agieren oder erst einmal verdeckt herausfinden, ob hier tatsächlich die Gefahr besteht, dass jemand den Film sabotieren oder sogar Schlimmeres wagen könnte, ohne meinen Auftrag offen zu erläutern?«

»Es wäre mir lieb, wenn Sie sich bedeckt eine Meinung bilden und danach offen eintreten würden zur Beruhigung und zum Verhindern von Plänen, die es geben könnte«, antwortete Franz.

»Einverstanden. Ich bin außerdem offiziell auf Bitte des Produzenten hier und nicht auf Ihre, also wird niemand denken, dass Sie etwas eingefädelt haben.«

»Das beruhigt.« Franz lächelte. »Adriana ist für heute frei, sie wird Ihnen den Dreh erklären können. Ich muss jetzt zum Filmen.«

»Vielen Dank, Mr. Kerner. Wir sehen uns.«

»Danke Ihnen«, erwiderte er mit einwandfrei gelungenem *th* und schlüpfte aus dem Zelt. Ich speicherte ihn unter *angenehmer Eindruck* und *spielt unter Umständen die Lage herunter* ab.

»Da wären wir«, sagte Adriana. »Danke, dass du gekommen bist und so weiter.«

Ich sah sie an. Wenn Clifford hier wäre, könnte er jetzt einen Witz reißen oder einen sinnvollen Redebeitrag leisten, aber er war leider noch mit unserem alten Fall beschäftigt.

»Du siehst gut aus«, entgegnete ich mangels einer intelligenten Idee für Smalltalk.

Sie runzelte die Stirn. »Willst du dich als Erstes einschmeicheln, bevor ich mich daran erinnern kann, dass du mich abserviert hast?«

»Nein, das war vollkommen ehrlich gemeint.« Es stimmte. Auf dem Filmstreifen musste Adriana beeindruckend sein, auch wenn sie für mich nur die Frau war, die ich im Wintergarten von Lonemoor Estate bei unserem letzten Fall … *Distanz bewahren, Laurentius!*

»Schön. *Du* siehst nämlich überhaupt nicht gut aus. Lass mich raten: zu wenig geschlafen, zu viel geraucht und totale emotionale Verweigerung?«

Warum hatte sie ständig recht? »Aha. Jedenfalls bin ich beruflich hier und deshalb unter anderem an deiner Meinung über dein Kollegium interessiert, in diesem Fall Edward und Greta.«

»Edward ist ein bisschen unzuverlässig und schweigsam, aber ein toller Schauspieler«, antwortete Adriana. »Den haben sie als Jugendlichen mehr oder weniger als Talent von der Straße aufgelesen. Die Hauptrolle hat er diesmal nicht bekommen, aber er steckt wirklich all sein Herzblut hier rein, lernt Tag und Nacht nur Texte und probt und wiederholt und und überhaupt.«

»Er ist auch auf dem Weg vom Goldenen Löwen hierher Texte durchgegangen, deswegen konnte ich nur wenig mit ihm sprechen«, erwiderte ich. »Dafür hat Greta mir viel darüber erzählt, was das Ende der Stummfilmzeit für Schauspielerinnen wie sie bedeutet hat.«

»Oh ja. Das scheint wirklich bitter gewesen zu sein. Anscheinend war sie auch mal ein Jahr oder so von der Bildfläche verschwunden, angeblich auf Kur, laut Klatsch und Tratsch auf einem Drogenentzug. Glaube ich allerdings nicht. Ich finde es in jedem Fall blöde, dass sie nicht sprechen darf. Sie kann schließlich einwandfrei Englisch, bis auf den Akzent. Es ist total seltsam, mit jemandem zu spielen, der nur die Lippen bewegt und dessen Stimme aus dem Abseits kommt.« Sie lehnte sich in den Klappstuhl zurück. »Es war auch mies für Herman und Jackie damals, danach kannst du die beiden auch fragen. Umso wütender sind sie dementsprechend auf neue Leute, die mit dem Stummfilm nichts am Hut hatten und jetzt die großen Stars sein sollen. Damit meine ich Franz und mich.«

»Ich kann sehr gut nachvollziehen, dass ihr beide angesichts dieser langen Liste an Gründen und Beobachtungen kein gutes Gefühl bei diesem Dreh habt«, erwiderte ich. »Bis Clifford hier ist, habe ich vor, Bekanntschaften zu machen und mir eventuell einige Hotelzimmer genauer anzusehen.«

»Durchsuchen und Lauschen! Spannend. Leider kann ich nicht viel helfen, ich muss ja ausnahmsweise auch mal meine eigene Arbeit machen.« Adriana seufzte. Dann lächelte sie. Galt das etwa mir oder nur der bevorstehenden Detektivarbeit? »Ich kann dir jedenfalls bestätigen, dass der Dreh nichts von seiner Aufregung eingebüßt hat. Ich liebe es. Apropos, ich muss zum Abschminken zu meiner Maskenbildnerin, sie wartet bestimmt schon.« Sie stand auf. »Aber du kannst mitkommen. Wir können uns währenddessen weiter unterhalten, das machen Franz und ich auch immer, wenn ich in der Maske bin, genau wie alle anderen hier auch. Ich rate dir, wenn du Konflikte aufdecken willst, befrag die Leute in der Maske, die sehen und hören alles.«

Zum Beispiel das, was dieser Herman Hughes über Franz gesagt hatte. Es schien mir ein lohnenswerter Besuch. »In Ordnung.«

Wir schlüpften aus dem Zelt, und Adriana führte mich zu einem größeren, rechteckigen Zelt daneben. »Die Maske arbeitet auch im Goldenen Löwen und in den Lastwagen«, erklärte Adriana mir. »Aber an Tagen wie heute, wenn wir mit vielen verschiedenen Schauspielern drehen, ist das Zelt praktischer.«

Drinnen waren Spiegel, Tische, Stühle und Hocker aufgestellt. Es roch intensiv nach Kosmetik. Der Raum erinnerte an eine Mischung aus Rumpelkammer, Friseursalon und explodierter Parfümabteilung im Kaufhaus. Ich trat gleich beim ersten Schritt auf eine Haarbürste, die ich aufhob und in einen vor Tüchern und Flaschen überquellenden Korb legte.

»Hallo Marietta. Da bin ich.« Adriana setzte sich in einen drehbaren Stuhl und lächelte auf ihre besondere Art.

Die angesprochene junge Frau sah stattdessen mich an. »Wer sind *Sie*, wenn ich fragen darf?«

»Newcombe. Ich bin auf Einladung des Produzenten hier und sehe mir gerade alles an«, erwiderte ich. Hoffentlich wurde diese vage Antwort auch diesmal wieder problemlos akzeptiert.

»Das ist ja interessant! Na, hoffentlich läuft hier alles nach Ihren Vorstellungen«, ertönte es hinter mir.

Ich fuhr herum. Der Mann, der gesprochen hatte, hatte sich bis eben noch in einem Spiegel betrachtet und drehte sich jetzt zu uns um. Seine Kleidung war ausgesprochen modisch, soweit ich das beurteilen konnte, und sein blondes Haar schwungvoll zur Seite gegelt. Aus seinem leicht gebräunten, perfekt proportionierten Gesicht strahlte er mich mit blitzend weißen Zähnen an. Dann richtete er seine märchenprinzblauen Augen auf Adriana. »Adri! Meine Liebe! Du warst toll heute. Lass uns heute Abend miteinander sprechen, du kannst auf mein Zimmer kommen. Jetzt muss ich zum Dreh, den Film erfolgreich machen.« Er lachte auf, machte einen flinken Schritt zu Adriana hinüber und drückte die Hand, die sie ihm hinhielt, an seine Brust, bevor er aus dem Zelt eilte.

»Hab einen schönen Nachmittag, Clyde!«, rief Adriana ihm nach. Marietta zog sich einen Hocker heran und begann, sie abzuschminken.

Ach. Das war also Clyde Redford, der Held aus Adrianas Briefen.

»Er ist *sehr* humorvoll und angenehm«, erwiderte ich. »Man sollte ihm einen Oscar für das plakatgeeignetste Lächeln überreichen.«

»Sei nicht so sarkastisch. Er hat ja kaum etwas gesagt. Und die Anspielung, die er am Ende gemacht hat, stimmt tatsächlich. Er hat die Rolle bekommen, um den Film erfolgreicher zu machen.« Sie sprach, als wischte ihr gerade niemand mit einem Tuch im Gesicht herum.

Ich schwieg, auf eine Antwort wartend.

»Du kannst nicht mehr wirklich viel Geld machen mit einem Film, wenn du nur ein Absatzland hast«, erklärte Adriana. »Deswegen heuert Hollywood britische Schauspieler an und die britischen Studios stellen Hollywood-Leute ein. Dadurch wird der Film in Großbritannien *und* in den USA mehr angesehen. Deswegen hat auch dieser Film hier in der weiblichen Hauptrolle mich als Britin und in der männlichen Hauptrolle Clyde als Amerikaner. Im Film reden wir aber alle mit demselben transatlantischen Akzent.«

»Ist das dieser besondere Film-Dialekt?«

»*Genau dieser ist es*«, erwiderte Adriana in der Aussprache, die nie ein Mensch abseits der Leinwand im Englischen gebraucht hätte. Dann wechselte sie zurück in ihr normales britisches Englisch. »Jedenfalls bedeutet diese Besetzung für Clyde viel Druck, weil es größtenteils von ihm abhängt, wie erfolgreich der Film in Amerika wird. Seine Rolle muss dafür sorgen, dass das Publikum den Film mag. Er spielt quasi stellvertretend für ganz Amerika mit. Deshalb ist er immer sehr bedacht darauf, dass der Film sein maximales Potenzial ausschöpft.«

Ich nickte.

»Wo du schon bei Leuten bist, von denen du dir ein Bild machen möchtest: Marietta hier hatte angeblich bei einem früheren Dreh eine Affäre mit Eliza Barley, die Gretas Text einspricht.«

Kein Mensch außer Adriana hätte so etwas gesagt, wenn die Person, um die es ging, in Hörweite war. Ich kannte Adriana gut genug, um nicht mehr schockiert von ihren schlechten Manieren zu sein. Marietta hingegen zuckte zusammen und fing dann an, etwas zu grob die Nadeln aus Adrianas Frisur zu rupfen.

»Au! Etwas sachter! Und das ist ja nicht einmal ein Geheimnis gewesen«, setzte Adriana nach, eine Entschuldigung im Tonfall andeutend, die ihre Taktlosigkeit kaum wettmachte. Marietta tat mir leid. Ich betrachtete ihre dichten rotblonden Locken und die Kleidung, mit der sie mit mädchenhafter Verzweiflung versuchte, elegant zu wirken. Ich versuchte, Marietta nicht gleich mit meinen Vorurteilen bezüglich junger Frauen in der Schönheitsbranche zu belegen, und stellte mit Wohlgefallen fest, dass sie jede Nadel aus Adrianas Haaren ordentlich in ein Schächtelchen legte. Das Chaos um das Schächtelchen herum machte meinen Eindruck jedoch wieder zunichte.

»Welche Frisur darf ich dir machen?«, fragte Marietta und zupfte weitere Nadeln aus Adrianas Haaren. Es schienen mehrere Dutzend darin versenkt zu sein, obwohl das Ergebnis so locker und leicht gewirkt hatte.

»Die Schnecken, wie immer. Und das normale Make-up.«
Marietta nickte und flocht mit flinken Fingern Adrianas

Haare auf. Ihr Blick huschte zu mir und ich kam mir komisch vor, wie ich nur als Betrachter herumstand.

»Wie gefällt es Ihnen bisher?«, fragte sie mit einem nicht zu entschlüsselnden Unterton in der Stimme.

»Die Atmosphäre erscheint mir unangenehme Spannungen mit sich zu tragen«, erwiderte ich ausweichend.

»Ist das so?«

Was sollte man darauf antworten?

Glücklicherweise enthob mich Adriana von der Pflicht, auf diesen Satz zu reagieren. »Ich muss mich jetzt umziehen, also geh bitte.« Sie zeigte in Richtung des Zelteingangs.

»Danke, dir auch einen schönen Tag.« Also wirklich – als wäre ich ihr Angestellter. Ehe Adriana noch etwas hinzusetzen konnte, kam ich ihrer Aufforderung nach und verließ das Zelt.

Draußen riss mir der Wind fast den Hut vom Kopf. Ich hustete. Wohin jetzt? Zum Dreh? Zum Goldenen Löwen? Oder hinab in ein tiefes dunkles Loch, in dem mich niemand mehr mit Konversation belästigte?

Auch wenn Letzteres ungemein verführerisch klang, beschloss ich, mir den Dreh der nächsten Szene anzusehen.

Das Filmteam hatte sich um die Ecke des Pfarrhauses neben der Kirche gruppiert, wo neben Clyde im schicken Anzug jetzt auch ein kostümierter und frisierter Edward O'Malley und eine mir unbekannte junge Frau mit in Locken gelegten blonden Haaren in einem sehr figurbetonten Kleid standen. Ich schmuggelte mich unauffällig in die Menschentraube um sie herum und machte davon Gebrauch, dass ich häufig übersehen wurde.

Den Schauspielern gegenüber stand Franz mit einem Stapel geheftetes Papier in der einen und einer Zigarette in der anderen Hand und dirigierte Kameras und Menschen hin und her. »So! Das ist passend. Geht in Position, ja?«

Clyde und Edward verschwanden um die Hausecke, die Frau blieb.

»Alfreds und Annies erste Begegnung, Klappe, die erste!«, rief Franz.

Eine Klappe knallte. Clyde und Edward spähten um die Ecke des Pfarrhauses, während die Frau – eventuell »Annie« – langsam die Wand entlangschritt.

»Das ist sie!«, rief Clyde. Dann sah er skeptisch zu Edward herüber. »Meinst du wirklich, du kannst sie verführen?«

»Leiser!«, entgegnete Edward bissig. »Und natürlich kann ich das. Ich bin ein Charmeur, und das sage nicht ich, das sagen die Mädchen.«

»Schnitt!«, unterbrach Franz, während er hastig einige Notizen auf sein Skript kritzelte. »Clyde und Edward, bitte macht es, als würdet ihr euch mögen! Ihr seid beste Freunde. Alfred und Annie, Klappe, die zweite!«

Die beiden wirkten sichtlich missmutig und Edward warf sowohl Clyde als auch Franz giftige Blicke zu, doch auf Klappenschlag waren wieder alle auf Position.

»Da ist sie!«, rief Clyde begeistert und drehte sich dann

zu Edward um. »Aber … meinst du wirklich, du kannst sie verführen?«

»Leiser!«, flüsterte Edward aufgeregt. »Und natürlich kann ich das. Ich bin ein Charmeur – und das sage nicht ich, das sagen die Mädchen!« Er grinste verschmitzt.

»Ich schulde dir wirklich etwas, Alfred. Es ist unersetzlich, dass du das für mich und Rosalie tust.«

»Ach was. Jetzt sei still!« Edward warf sich in eine dramatische Pose und schritt dynamisch um die Ecke, wo er »Annie« begegnete. Die Kameras folgten ihm, als er sich leger gegen die Mauer lehnte, einen Heuhalm in den Mund nahm und eine rasche Seitenbewegung mit dem Kopf machte. »Hallo, hallo. Wen haben wir denn da?«

»Jemanden, den du dir auf eine andere Art anlachen musst, Scherzkeks«, erwiderte »Annie« schlagfertig.

Edward alias »Alfred« lachte. »Jetzt fehlen mir die Worte.«

»Schön.« »Annie« wandte sich ab. »Guten Tag!«

»Warte!«, rief Edward und lief ihr nach. »Ich – ich – ich will dir sagen - !«

»Schnitt!« Franz warf seine Zigarette weg, überprüfte etwas im Drehbuch und nickte anerkennend. »Das war eine gute Einstellung. Ich bitte um Wiederholung.«

Was folgte, war zwar förderlich für meine geringe Kenntnis des Filmgeschäfts, aber leider entsetzlich langweilig. Die genau gleiche Szene wurde noch vier Mal genau so wiederholt. Dabei stellte sich heraus, dass Franz zumindest aus meiner Laienperspektive ein sehr gründlicher und kompetenter Regisseur war, der versuchte, die Differenzen zwischen Clyde und Edward zu überbrücken. Die beiden waren geradezu fantastisch darin, die besten Kumpel zu mimen und sich dann an die Gurgel zu gehen, sobald die Kameras nicht mehr liefen. Als Clyde einen Texthänger hatte, ging Edward völlig in die Luft.

»Was ist denn heute dein Problem?«, schrie er und fuchtelte mit den Armen. Auf seinen Wangen waren rote Flecken aufgetaucht. »Hast du deinen Text überhaupt gelernt? Wir haben nicht den ganzen Tag Zeit! Wir haben einen Plan! Wir haben Ansprüche, verdammte Axt!«

»Krieg dich wieder ein, du Knirps.« Clyde schnaubte und wies eine herbeigeeilte Maskenbildnerin an, ihm den Puder aufzufrischen.

»Wir können doch nicht wegen dir die Szene neu drehen! Wie stellst du dir das vor, wenn hier keiner seinen Text kann?« Edward raufte sich die Haare. »Du hast doch die Hauptrolle, du Idiot!«

»Red nicht so mit mir, verstanden?«, fuhr Clyde ihn an. Unter seinem modischen Kostüm spannten sich sichtbar seine beeindruckend gut trainierten Muskeln an. »Lern du von mir aus die ganze Nacht, mir reicht mein Zeitplan. Jeder vergisst mal etwas, und wir haben schon mindestens einen perfekten Durchlauf im Kasten, frag den Juden.«

Ach du liebe Zeit. Hier gab sich wirklich niemand auch nur ansatzweise Mühe, seine Feindseligkeiten zu verbergen.

»Ich darf daran erinnern, dass ich einen Namen habe«, bemerkte Franz vorwurfsvoll. »Es gibt keine Begründigung für Feindschaft! Wir haben mehr als genug Zeit, und Fehler sind verzeihbar. Wir können es ganz ohne Probleme ein weiteres Mal machen. Braucht jemand ein Glas mit Wasser?«

»Es heißt *Begründung* und *verzeihlich*, Mensch!«, giftete

Edward. »Wenn wir so viel Zeit haben, könntest *du* vielleicht Englisch lernen!«

Edward sah mir aus, als würde er demnächst seine Faust in jemandes Gesicht rammen. Sollte ich einschreiten oder lieber detektivischer Beobachter bleiben?

»Annie« kam mir zuvor. »Jetzt hört doch auf, ihr benehmt euch ja wie kleine Kinder! Edward, du musst dich nicht so aufregen, wenn Clyde mal seinen Text vergisst, und Clyde, du musst Edward nicht dafür angehen, wenn ihm Textsicherheit wichtig ist. Und wehe, ihr lasst eure Zwistigkeiten an Franz aus, dann setzt es was!«

»Hmpf«, machte Edward und wandte sich ab.

»Sehr freundlich. Lasst uns weitermachen!« Franz strahlte mit bemerkenswertem Optimismus in die Runde. »Wenn ich Fehler mache, ist es übrigens sehr erlaubt, mich zu korrigieren. Wir sollen ja die beste mögliche Arbeit leisten. Alfred und Annie, Klappe, die –« Er verstummte überrascht, als eine Frau sich durch die Crew drängte und vor ihm zum Stehen kam. »Grazia?«

»Oh ja, das bin ich!«, rief die Frau außer Atem und packte Franz bei den Schultern. »Du! Ha! Ich weiß, ich komme plötzlich und ich platze herein, alles gut, aber weißt du, ich habe gerade das Gefühl, dass wenn ich *jetzt* eine Szene drehen würde, ich wäre wirklich gut. Könnte ich ganz wunderbar schauspielern. *Jetzt*, verstehst du?«

»Das klingt toll«, erwiderte Franz, der zu Recht etwas überrascht wirkte. »Wir drehen nur heute bedauerlicherweise keine Szenen mit dir.«

»Kriti*sierst* du mich etwa?« Grazia stieß Franz von sich. Ihre modisch kurz geschnittenen Haare wippten auf und ab.

Sie waren so weißblond, dass es nur künstlich sein konnte, und ihre Lippen waren knallrot angemalt. Eigentlich hätte sie gut auf das Cover einer Illustrierten gepasst, aber gerade wirkte sie mehr wie ein aufgescheuchtes Huhn, als sie mit fuchtelnden Händen erklärte: »Franz, Franz, Franz, ich weiß nicht, wie lange das so bleibt. Und wir müssen das nutzen, wenn es schon mal so ist, ich weiß und alles, aber *bitte*!«

»Ich enttäusche dich wirklich nur sehr ungerne, aber ich muss dem Drehplan Respekt zeigen«, antwortete Franz bedauernd und versuchte, Grazia eine Hand auf den Arm zu legen, die sie sofort abschüttelte.

»Lass mich los!«, fauchte sie. »Du verstehst aber auch *gar nichts*! Ich –«

»Grazia! Da bist du ja!« Adriana kam vom Maskenzelt her über den Friedhof gelaufen. Der Märzwind ließ ihren Mantel flattern. Sie trug wieder die Alltagskleidung, in der ich sie gewohnt war, und hatte ihre Haare zu den zwei üblichen Schnecken hochgerollt. »Kommst du mit mir hoch zum Goldenen Löwen? Dann können wir schon einmal die Szene für morgen durchspielen.«

Franz sah aus, als wäre er soeben von einer schweren Last erlöst worden. Adriana gab Grazia keine Zeit zu protestieren, sondern packte sie entschieden beim Handgelenk und führte sie über die Wiese ab, wobei sie mir Zeichen gab, ihr zu folgen. Ich grüßte höflich und schloss dann zu den beiden auf.

»Szenen freiwillig proben?« Grazia versuchte, sich loszumachen. »Ich bin doch nicht Edward!«

»Dann kannst du aber deine inspirierte Phase bestens nutzen!«

»Hör bitte auf, mich zu behandeln, als wäre ich geisteskrank«, entgegnete Grazia und wand sich endgültig aus Adrianas Griff. Sie machte allerdings nicht kehrt, sondern ging weiter mit uns in Richtung des Goldenen Löwen zurück und nestelte dabei an ihrer Halskette. Ihre Hände waren schlank und blass. Unwillkürlich fragte ich mich, wie es den Schauspielerinnen erging, die nicht so mühelos gängigen Schönheitsidealen entsprachen.

Grazia warf mir aus zart umschminkten blauen Augen einen fragenden Blick zu. »Und wer sind Sie?«

»Mein Name ist Newcombe. Ich bin im Auftrag des Produzenten hier, um für mehr Sicherheit zu sorgen.« Mehr würde niemand von mir zu hören bekommen – es waren genug Informationen, damit meine Anwesenheit erklärt war, aber es gab nicht preis, welcher Anliegen wegen ich eingeladen worden war. »Es freut mich, Ihre Bekanntschaft zu machen.«

»Ebenfalls. Grazia Bernardi«, erwiderte sie. »Viel Spaß Ihnen. Hier hassen sich alle. Ist wunderschön, ganz toll, wir lieben es, aber ich würde nicht gern darüber sprechen.«

»Wieso nicht?«, fragte ich zurück. Es überraschte mich, dass auch Grazia sich gar nicht darüber wunderte, dass jemand am Dreh für mehr Sicherheit sorgen sollte. Anscheinend hielten alle das für nötig, sonst wären sie meiner Anwesenheit mit mehr Überraschung begegnet.

Grazia seufzte. »Die anderen, ja? Wenn Sie's hören wollen, kann ich Ihnen gerne erzählen, wie toll wir einander finden. Wollen Sie wissen, was ich von unserem Regisseur halte, zum Beispiel?« Sie breitete einladend die Arme aus. »Ich könnte ihn glatt *umlegen*! Seine Art zu reden macht mich wahnsinnig, ich lasse mich nicht von ihm herumkommandieren, und es ist so nervtötend, wie er den Drehplan übertrieben ernst nimmt und mich nicht spielen lässt, wenn ich gerade gut bin, aber nein, samstags zum Beispiel wird kategorisch nicht gedreht, anstatt ab und zu mal auf die Wünsche und Bedürfnisse des Casts zu achten!«

Mittlerweile hätte es mich nicht mehr wundern sollen, wie explizit man einander an diesem Filmset beleidigte, aber trotzdem überraschte Grazia mich.

»Jetzt reicht's aber auch mal!«, entgegnete Adriana im Befehlston. »Franz hat dir *nichts* getan!«

Grazia schnaubte verächtlich. »Du hast keine Filmerfahrung, da kannst du auch nicht urteilen! Erinnere mich bitte, wen hasse ich noch außer dir und dem Kerner?«

»Greta«, antwortete Adriana resigniert. Sie schien Grazia ebenfalls nicht sonderlich gut leiden zu können. Als ich einen Blick zu ihr warf, sah ich, dass sie die Augen verdrehte.

»Ah ja«, nahm Grazia den Faden auf. »Die Sache mit den Künstlernamen.« Erklärend an mich gewandt fügte sie hinzu: »Die liebe Greta stößt sich gerne daran, dass ich als Engländerin unter einem italienischen Namen spiele und alle das herrlich exotisch finden, sie sich aber einen englischen Namen zulegen musste, weil sonst niemand ihre Filme anschauen würde. Als wäre das meine Schuld! Ihren Namen kann nun eben mal kein Mensch aussprechen.« Sie langte in ihre Manteltasche und förderte ein Fläschchen zutage. Erst hielt ich es für ein Parfümflakon, doch dann trank Grazia einen kleinen Schluck daraus.

Adriana runzelte die Stirn. »Willst du wirklich jetzt schon mit dem Trinken anfangen?«

»Erstens geht dich mein Leben einen Dreck an, und zweitens ist das kein Alkohol, nur Beruhigungsmittel.« Grazia hielt das Fläschchen gegen das Licht und nippte dann noch einmal daran.

»Und das trinkst du in so einer Dosis?«, fragte Adriana skeptisch.

»Halt dich raus, Theatermäuschen. Ich bin ja der Meinung, ich muss das Zeug nicht nehmen, aber Dr. Leonard besteht darauf. Na ja, dann soll er auch nicht jammern, wenn ich ein bisschen mehr nehme als seine verschriebene Dosis.« Grazia ließ das Fläschchen wieder in ihre Tasche gleiten. »Ich pass ja auf, dass ich mich nicht versehentlich ins Koma befördere. Wenn man die Flasche austrinkt, war's das nämlich. Kann ich ja mal machen, wenn unser werter Regisseur meinen Lebenswillen völlig zerstört hat. Aber so wirkt's schön benebelnd, dann kann ich das unsägliche Drama hier wenigstens aushalten.«

Das klang besorgniserregend. Ich tauschte mit Adriana skeptische Blicke aus, die leider nicht unbemerkt blieben.

»Keine Panik, die Herrschaften!« Grazia vollführte eine Pirouette. »Mein Kopfdoktor will mit mir Verantwortung üben, dann soll er doch. Ich schütte es keinem ins Getränk, ich versprech's, und jetzt tun mir bitte alle den Gefallen und gehen mir am Allerwertesten vorbei.« Sie beschleunigte ihren Schritt.

»Grazia heißt eigentlich Gracie Bernard, und niemand weiß so richtig, ob sie nur ein bisschen wild ist oder ob es ihr nicht gut geht«, flüsterte Adriana mir zu. »Wegen ihr haben wir einen Psychiater mit beim Dreh, den du bestimmt noch treffen wirst. Gracies Zimmer ist die 208, wenn du es durchsuchen möchtest.«

»Hat sie uns gerade nicht demonstriert, dass sie im Besitz einer Mord- oder Selbstmordwaffe ist?«, fragte ich außer Atem. Wenn wir noch länger in diesem Tempo liefen, würde ich mir am Ziel erst einmal die Seele aus dem Leib husten.

»Unter Umständen. Wer weiß, was sie noch alles hat. Aber eigentlich ist sie in Ordnung, wenn ihr nicht gerade, wie vor zwei Nächten, um drei Uhr morgens die Idee kommt, im Treppenhaus voll kostümiert Arien aus der Zauberflöte zu singen.«

Ich nickte stumm.

Wir folgten Gracie in den Goldenen Löwen und durch das Foyer in ein Lesezimmer, das mit altmodischen Sesseln bestückt war. In zweien davon saßen Greta und eine mir unbekannte junge Frau einander gegenüber. Sie starrten sich so feindselig an, als hätten wir sie gerade beim Streit unterbrochen.

»Na?« Adriana strahlte fröhlich in die Runde und setzte sich auf eine bretthart aussehende Couch. »Übt ihr auch gerade eure Texte?«

»Könnte man so sagen«, erwiderte Greta kühl. »Wir waren uns nur uneins, ob es *mein* Text ist oder ihrer.«

»Glaub's mir, Greta«, erwiderte die andere Frau ärgerlich. Sie trug ihr dunkelbraunes Haar kurz geschnitten und dazu ein graues Kleid mit einer rosafarbenen Strickjacke. »Ich hätte auch lieber eine ganze Rolle, anstatt sie mir mit *dir* teilen zu müssen.«

»Verrate mir eins, Eliza«, entgegnete Greta kampfeslustig.

»Wenn die Welt schon deine Stimme als meine Stimme kennenlernen muss, warum kannst du dann nicht eine Unze Gefühl dort hineinlegen? Ich bin doch kein Leierkasten, Herrgott noch mal, ich bin die Leinwandlegende Greta Woods!«

Also das war Eliza Barley, die Gretas Text einsprach – und anscheinend bei einem früheren Dreh eine Affäre mit der Maskenbildnerin Marietta gehabt hatte. Sie machte nicht gerade einen sympathischen ersten Eindruck, aber zugegebenermaßen hatte das außer Franz und dem rätselhaften Fremden an der Rezeption noch niemand hier.

»Wieso konntest *du* denn nicht einfach in Sonstwo bleiben und spielen, wie du willst, anstatt uns hier die Rollen wegzunehmen?«, giftete Eliza jetzt. »Dann hätte ich nämlich eine anständige Rolle, die jemandem wie mir würdig ist, die Hauptrolle vielleicht, anstatt dir Russentochter deine Texte vorzulesen.« Sie rümpfte die Nase und blätterte durch das eselsohrige Drehbuch auf ihren Knien.

Greta sprang auf. »Ich bin *Polin*«, zischte sie eisig. »Aber wenigstens bin ich keine Sapphistin, und ihr werdet niemals sehen, wie *ich* im Requisitenwagen eine Frau küsse, nur um ihr danach das Herz zu brechen, du kleine Nutte!« Sie rauschte aus dem Salon.

»Ts«, murmelte Eliza. »Sie ist nur neidisch«, fügte sie dann an uns gewandt hinzu. »An ihrer Stelle wäre ich auch gern Britin und hätte auch gern so einen gutaussehenden Verlobten, wie Bert einer ist, aber das kann sie natürlich nicht haben.«

»Müsst ihr denn *immer* streiten und einander beleidigen?«, fragte Adriana sichtlich genervt.

»Nicht wegen allem«, antwortete Eliza. »Wir sind uns zum Beispiel einig, dass wir beide gern *deine* Rolle gehabt hätten, Schätzchen.« Sie hob suggestiv eine fein nachgezogene Augenbraue. »Die liebe Gracie hier übrigens auch.«

Gracie hatte währenddessen ihr Spiegelbild in einem blank polierten Blechtablett auf einem Beistelltisch betrachtet und drehte sich jetzt zu uns um. »Für *dich* immer noch Grazia Bernardi, die seit *Bittersüßer Tod* 1928 nur noch Blockbuster gedreht hat«, bemerkte sie spitz. »Ich habe außerdem beschlossen, dass ich meinen Text nicht üben muss. Ich habe immerhin natürliches Talent. Wenn ich nicht spielen darf, obwohl ich in bester Stimmung dazu bin, gehe ich eben im Dorf eine rauchen und lasse mich vom Volk bewundern.«

»Tu das.« Eliza blätterte eine Seite um und strich sich eine Haarsträhne hinters Ohr. »Genieß die Anerkennung, bis die Öffentlichkeit herausfindet, dass der Ruhm dich den Verstand gekostet hat.«

Gracie lachte los, dass es sie schüttelte. Es war ein helles Lachen, das gar nicht vermuten ließ, was für eine Beleidigung sie sich gerade hatte anhören müssen.

»Oh, Liebes«, sagte sie dann mit zuckersüßer Stimme. »Du kannst mich mal so gewaltig.« Sie verbeugte sich dramatisch und verließ das Zimmer.

»Nun ja.« Eliza seufzte. »Bekomme ich jetzt die Ehre, Ihre Bekanntschaft zu machen, Mister? Welche Rolle haben *Sie* unverdienterweise vor die Füße geworfen bekommen?«

Die einzige Frau, die so mit mir reden durfte, war Adriana. »Mein Name ist Newcombe, ich bin im Auftrag des Produzenten hier und soll für mehr Sicherheit sorgen.«

Zum Beispiel Sicherheit vor Ihren Anschuldigungen, Miss Barley. Dieser Filmdreh war vollkommen außer Kontrolle, so wie es mir erschien. Wahrscheinlich wäre niemand überrascht, falls Eliza oder irgendjemand anderes innerhalb der nächsten zwei Stunden eine Pistole zücken und jemanden erschießen würde. Ich jedenfalls hätte nicht mit der Wimper gezuckt.

»Da tun Sie gut dran«, meinte Eliza. »Das Set dürfte etwas Sicherheit nötig haben, bei all den Gestalten, die hier herumlaufen.«

Damit war sie die erste, die das offen aussprach. Alle anderen, mit denen ich bisher gesprochen habe, mussten diese Meinung allerdings insgeheim geteilt haben, sonst hätten sie meine Anwesenheit hinterfragt, was bisher aber noch nicht vorgekommen war.

Eliza wandte sich an Adriana. »Welche Szene wird gerade gedreht?«

»Annies und Alfreds erste Begegnung, wo er sie am Ende besingt, sie ihm nachvollziehbarer Weise erstmal die kalte Schulter zeigt und David ständig in die Kamera sagt: *Das geht nicht gut aus.*«

Eliza nickte wissend.

In diesem Moment öffnete sich die Tür zum Salon und der Hotelier von der Rezeption betrat den Raum. »Mr. Newcombe, sind Sie hier? Ah, sehr gut. Bitte verzeihen Sie die Störung, aber es ist jemand für Sie am Telefon. Ein Mr. Walker.«

Clifford? Was gab es so Wichtiges, dass er im Hotel anrief? Ich verabschiedete mich rasch von Adriana und Eliza und folgte dem Hotelier ins Foyer, wo es ein kleines gläsernes Kabinchen mit dem Telefon darin gab. Hier konnte man Gespräche führen, ohne belauscht zu werden.

»Es ist auf diesen Apparat umgestellt worden«, wies der Mann mich an.

»Vielen Dank.« Ich betrat die Telefonzelle und hob ab. »Guten Nachmittag.«

»Da bin ich!«, hörte ich Cliffords Stimme. Sofort wünschte ich mir, er wäre hier mit mir, sodass ich nicht allein unzählige Gespräche führen musste. »Ich wollte mich melden, weil ich unseren Fall gelöst habe. Erinnerst du dich an den einen Brief, den wir am Anfang in den Händen hatten? Ich habe den Scheck gefunden, auf den darin Bezug genommen wurde, habe bei der Bank nachgehakt und jetzt mehrere schriftliche Beweise dafür, wie alles war. Wir hätten früher darauf kommen können.«

Eventuell wären wir das auch, wenn du nicht nur Briefe an Elaine geschrieben und mir das Ermitteln aufgedrückt hättest, obwohl ich seit drei Wochen nur noch mithilfe von Schwarztee und Zigaretten den Tag überlebe. Ich vermisste Clifford gleich deutlich weniger.

»Sehr schön«, sagte ich in dem Tonfall, in dem man für gewöhnlich anmerkt: »Oh nein, wir haben Mäusekot in der Marmelade.«

»Wie sieht es bei dir aus?«, fragte Clifford. »Wie ist die Stimmung am Filmset? Ich mache mich schnellstmöglich auf.«

»Die Atmosphäre hier ist gelinde gesagt grauenvoll, vor allem Franz und Adriana gegenüber«, erwiderte ich. »Aber das sollte ich dir nicht am Telefon erklären, sonst kostet das Gespräch ein Vermögen.«

»Wo telefonierst du überhaupt?«

»In einer kleinen Telefonzelle aus Glas im Foyer. Niemand hört mich, falls dich das besorgt.«

Ich hörte ihn lachen. »Von solchen Orten aus kann man hervorragend Morde und andere Verdächtigkeiten beobachten, wenn man den Romanen Glauben schenkt. Aber sag, soll ich noch irgendetwas mitbringen?«

»Möchtest du vielleicht im Stadtarchiv oder in der Bibliothek nach Informationen über Clyde Redford, Greta Woods, Grazia Bernardi, Eliza Barley und Edward O'Malley suchen? Ich hätte gern ihre biografischen Hintergründe.«

»Kein Problem, das mache ich. Weißt du, ich wollte dir etwas sagen. Am Telefon, damit du die Konversation beenden kannst, wenn du willst. Ich weiß, dass du über manches nicht gern sprichst.«

Das klang verdächtig nach *Geh bitte zum Arzt* oder *Ich heirate Elaine im Juli.*

»In Ordnung?«, antwortete ich vorsichtig.

»Ich habe heute Morgen mitbekommen, dass du gerade in einer deiner Phasen bist, in der du … wenn du vieles sehr mühsam findest und du gern allein bist. Ich wollte dir sagen, dass das in Ordnung ist und du dich mit dem Ermitteln nicht übernehmen musst. Also … ich möchte als Freund und Detekteipartner für dich da sein und dir Unterstützung bieten, falls mir das möglich ist und du das möchtest.«

Er wollte mir etwas Nettes sagen. Ich wusste, dass er es versuchte. Aber Clifford sollte mich gut genug kennen, um zu wissen, dass ich nicht über meine Gefühle sprach wie ein kleines Kind, das noch nichts von Distanz wusste.

»Bis heute Abend«, zwang ich mich zu sagen, bevor ich den Hörer einhängte und das Telefonat unterbrach. Dann stöhnte ich. Es war vielleicht nicht sonderlich freundlich von mir gewesen, aber nach all der menschlichen Gesellschaft, der ich mich heute schon ausgesetzt hatte, war mein Pensum an sozialem Umgangston irgendwann aufgebraucht. Ich ärgerte mich über Cliffords unangemessen persönliche Fragen und auch über Adriana, die uns diesen Fall aufgehalst hatte und jetzt fröhlich ihren Film drehte. Ich hatte sie abgewiesen, um mich nicht mit meinen Gefühlen herumschlagen zu müssen, und seitdem ertrank ich in einem Sumpf aus Lethargie. Es war ein lexikawürdiges Beispiel für einen Plan, der nach hinten losgegangen war.

Leider rief trotzdem die Arbeit.

Ich drehte mich um und verließ die Telefonkabine, nur um mich Clyde dem Schönen gegenüber zu finden.

Er grüßte freundlich. »Na, hatten Sie ein angenehmes Telefonat?«

»Durchaus«, erwiderte ich höflich, obwohl es ihn überhaupt nichts anging und es mich bei seinem amerikanischen Akzent beinahe schüttelte.

Er lächelte sein Plakatlächeln. »Es wird in jedem Fall angenehmer sein als meins, was? Ich darf den Anwalt meiner Exfrau anrufen, wissen Sie. Sind Sie verheiratet?«

»Nein.« Zum Glück. Einer Ehefrau gegenüber müsste man ja regelrecht *liebevoll* sein. Lieber würde ich für den Rest meines Lebens nur noch faule Eier essen.

»Eine kluge Entscheidung, Kamerad. Nichts ist schlimmer als eine Ehe mit der Falschen.« Clyde fuhr sich durch die fast schon übertrieben blonden Haare. Ich fragte mich, warum er angeblich so viel Charme hatte. Der Fremde an der Rezeption hatte meinen Blick viel mehr auf sich gezogen. War er einer der Schauspieler? Wohnte er auch hier? Würde ich ihn wiedersehen?

Clyde bedachte mich mit einem Filmstarblick und seufzte. »Vor allem ist das schwer, wenn einem dann eine wunderbare Frau begegnet … aber lassen Sie sich nicht von mir aufhalten. Einen schönen Nachmittag.« Er betrat die Telefonkabine und schloss die Tür hinter sich.

Ich beschloss, mich der menschlichen Gesellschaft fürs Erste zu entziehen und einige Zimmer zu durchsuchen. Noch gab es zwar keine Beweisstücke für irgendwelche Verbrechen zu finden, keine Reste verbrannter Briefe im Kamin, keine Mordwaffen unter der Matratze, keine blutigen Kleidungsstücke, die jemand ganz unten in seinem Koffer versteckt hatte. Aber ich brauchte eine Entschuldigung, vorerst keine Gespräche mehr zu führen und trotzdem etwas für den Fall zu tun, deswegen beschloss ich, mir durch die Zimmer ein Bild von den beim Dreh anwesenden Personen zu machen.

Erst rauchte ich draußen eine Zigarette, dann ging ich zur Rezeption und erhielt auf Nachfrage die Schlüssel zu meinem Zimmer, der 207.

»Das Essen wird im Speisezimmer serviert. Außerdem

haben wir im Erdgeschoss ein Lesezimmer und einen Ausschankraum, die allen Gästen zugänglich sind, momentan natürlich exklusiv den Teilnehmenden des Drehs«, erklärte mir der Hotelier hinter dem Tresen. »Im Hotel wohnen nur die Regie, der Cast und noch die Maskenbildnerinnen, damit sie dem Cast jederzeit zur Hand gehen können. Es gibt für alle Zimmer außer den großen Zimmern Gemeinschaftsbäder auf dem Stockwerk, selbstverständlich nach Geschlechtern getrennt.«

Vorzüglich. Ich legte ja sonst keinen Wert auf Privatsphäre.

»Ich wünsche Ihnen einen angenehmen Aufenthalt.«

Ich mir auch, bin jedoch wenig optimistisch. »Herzlichen Dank.« Ich nahm die Schlüssel entgegen und stieg dann langsam die Treppe hinauf, um neuerliche Hustenanfälle durch die Anstrengung möglichst zu vermeiden. Glücklicherweise war mein Gepäck bereits heraufgebracht worden, aber dennoch keuchte ich nach meiner Ankunft im ersten Stock. Einen Augenblick lang pausierte ich, um wieder zu Atem zu kommen, dann sah ich mich im Korridor um.

Die drei Türen rechts von mir waren allesamt verschlossen, außer der vierten, die aber ins Bad führte. Ich probierte die erste Klinke gegenüber – ebenfalls versperrt – und fragte mich, was ich am besten tun sollte, falls sich eine der Türen zwar öffnen ließ, aber das Zimmer dahinter nicht leer sein sollte.

Die zweite Tür gegenüber – Zimmer Nummer 105 - lieferte die Antwort. Als ich sie öffnete, fand ich mich Greta Woods gegenüber, die gerade in einer Kommode herumwühlte und erschrocken aufblickte.

»Oh, es tut mir aufrichtig leid«, improvisierte ich. »Ich suche das Zimmer von … Mr. O'Malley.«

»Das ist weiter den Gang runter. Die 107.« Greta zeigte vage in die Richtung.

»Ah, danke.« Mit einem schnellen Blick erfasste ich das Zimmer. Hemden und Hosen auf dem Bett und in dem halb offenen Schrank, Herrenschuhe vor dem Bett. Falls Greta in ihrer Freizeit keine Männerkleidung bevorzugte, gehörte zumindest die Kleidung in diesem Zimmer nicht ihr.

»Guten Nachmittag«, sagte Greta mit Nachdruck und schob die Schublade zu, mit der sie beschäftigt gewesen war. Ich nahm die Aufforderung an, grüßte mit der Hand und zog die Tür hinter mir zu.

Hatte ich Greta gerade dabei ertappt, wie sie das Zimmer eines Mannes durchsuchte?

Ich würde in Erfahrung bringen müssen, wer hier schlief. Wenigstens würde sie bestimmt nicht verraten, dass ich versucht hatte, einfach so in das Zimmer hineinzuspazieren.

Den Flur weiter hinunter befanden sich noch vier Zimmer, zwei auf jeder Seite. Dort führte eine andere Treppe weiter in den zweiten Stock. Ich entschloss mich, reihum die Türen auszuprobieren, und war gleich bei Nummer 107 erfolgreich. Der Raum war nicht nur unverschlossen, sondern die Tür sogar nur angelehnt.

Ich schlüpfte hinein und fand mich in einem so heillosen Chaos wieder, dass mir fast schwindlig davon wurde. Kleidung, Bücher, Skripte, Lebensmittelverpackungen, alle möglichen persönlichen Gegenstände und sogar Geschirr türmten sich auf und unter dem Bett und bedeckten jede freie Oberfläche. Selbst von der Deckenlampe baumelte eine Socke. Ich schloss die Tür hinter mir und bahnte mir einen Weg um einen Stapel herum, der aus drei Büchern, einer Hose, einem leeren Rucksack und zwei Konservenbüchsen – *Beste Bohnenmischung für die schnelle Küche* – bestand. In wie vielen Koffern war das alles angereist? Edward O'Malley brauchte vermutlich eine Karte, um sich hier zurechtzufinden.

Auf dem Nachttisch stand ein gerahmtes Hochzeitsfoto in Sepia, das mir nicht sonderlich viel verriet. Die Kleidung des Paars war zwanzig oder dreißig Jahre alt, deshalb ging ich davon aus, dass es Edwards Eltern waren. Ich linste in den Kleiderschrank hinein und wurde von einem Knäuel aus wild hineingeworfener, eher billig aussehender Kleidung und einer Sammlung verschiedener Flaschen begrüßt – kein Alkohol, aber das war auch das einzig Gute. Auch im restlichen Zimmer sah ich mich um, aber falls hier etwas verdächtig war, konnte ich es nicht finden. Hier hätte eine menschliche Leiche herumliegen können, eventuell sogar noch eine zweite, und ich hätte es in dieser Unordnung nicht bemerkt. Hoffentlich musste ich in diesem Raum nie nach Beweisstücken suchen.

Ich öffnete die Tür einen Spaltbreit und linste auf den Gang hinaus, nur um zu sehen, wie Greta das Zimmer verließ, in dem ich sie angetroffen hatte. Sie zog einen Schlüssel aus der Tasche, schloss die Tür von Zimmer 104 daneben auf und verschwand darin.

Also hatte sie wirklich das Zimmer einer anderen Person durchsucht. Das hier war meine Chance. Ich schlüpfte aus

Edwards Zimmer, eilte zu der anderen Tür und ließ mich in Nummer 105 ein.

Ein recht ordentliches Zimmer erwartete mich, mit drei Büchern auf dem Nachttisch und kaum persönlichen Gegenständen. Sacht schloss ich die Tür hinter mir. Die Möblierung war ähnlich wie bei Edward O'Malley in Zimmer 107, nur konnte ich sie hier in Ruhe betrachten, weil sie nicht unter verstreuten Besitztümern ertrank. Ein Bett an der Wand dem Fenster gegenüber, mit schweren weißen Decken bezogen. Ein Tisch mit Stuhl am Fenster, eine Kommode mit einem Spiegel darauf, ein Kleiderschrank, alles sehr aufgeräumt. Auf dem Boden lag ein kleiner Bettvorleger und vor den Fenstern hingen helle Vorhänge. An der Einrichtung gab es nichts Besonderes, es war einfach ein Zimmer in einem Landgasthaus.

Ich suchte nach Gepäckstücken und fand einen Koffer mit internationalen Aufklebern unter dem Bett. Das Monogramm *HH* darauf verriet mir, was ich wissen wollte: Die Person mit diesen Initialen konnte Herman Hughes sein, den ich noch kennenlernen musste.

Ein Blick in den Schrank verriet mir lediglich, dass der Bewohner dieses Zimmers gewöhnliche Anzüge trug. Seine Strümpfe waren allesamt gebügelt, was ihn mir ungemein sympathisch erscheinen ließ. Die Bücher auf dem Nachttisch waren alles Sachbücher, genauer gesagt zwei Biografien und ein Werk mit dem Titel *Tagebuch eines Landpfarrers*. Letzteres las er vielleicht, um sich bestmöglich in seine Rolle als Vikar einzufinden. Das Zimmer wirkte allgemein mehr wie das eines Bankangestellten auf Dienstreise als das eines Schauspielers, der es sich hier für einen Dreh gemütlich gemacht hatte. Lediglich der Schreibtisch wies auf den Film hin, denn dort lagen etliche annotierte Seiten des Drehbuchs und ein dünnes Heftchen mit dem Titel *Filmschauspiel ist kein Talent – in 15 einfachen Schritten zum Erfolg.*

Hier gab es keine Geheimnisse zu entdecken. Also was hatte Greta hier gesucht?

Rasch und leise verließ ich das Zimmer wieder.

Die beiden verbliebenen Türen auf diesem Stockwerk ließen sich jedoch nicht öffnen. Ich würde oben weitersuchen müssen.

Die Treppe in den zweiten Stock war deutlich schmaler und steiler, wodurch ich mir vorkam, als müsste ich hier und jetzt vor Anstrengung eines frühen Todes sterben.

Mein eigenes Zimmer, die 207, war die vierte Tür auf der rechten Seite. Es zog mich zu der Ruhe eines Raums ohne Licht, Menschen und Pflichten hin, aber ich zwang mich, erst die restlichen Zimmer in Augenschein zu nehmen. Wie schon im ersten Stock waren sie nicht wie die Häuser in einer Straße mit ungeraden Zahlen auf der einen und geraden auf der anderen Seite nummeriert, sondern im Uhrzeigersinn. Die Zimmer 200 bis 205 waren verschlossen, die 206 nicht belegt. Dann also 208 – Gracies Zimmer, wie ich mich erinnerte. Sie war ins Dorf gegangen, hatte sie gesagt, also würde sie mich bestimmt nicht überraschen. Ich konnte mir Zeit lassen. Und tatsächlich, die Tür war nicht versperrt.

Gracies Zimmer wirkte deutlich persönlicher als die anderen, die ich bisher gesehen hatte, weil sie Fotos an die Wand geheftet hatte. Die meisten zeigten sie selbst, allein oder in Gesellschaft, lachend und hübsch gemacht, als bestünde ihr Leben nur aus Sonnenschein. Zwei Blumensträuße standen auf der Kommode. Mehrere elegante Kleider hingen achtlos über der Lehne eines Stuhls, als wären sie soeben durchprobiert worden. Das Bett war zerwühlt, ein zerfleddertes Drehbuch lag auf der Decke. Ich öffnete den Schrank und die Kommodenschubladen, entdeckte jedoch nichts Interessantes. Dann klappte ich das Frisierköfferchen auf dem Schminktisch auf – und stutzte.

Unter Kajalstiften und Puderquasten versteckten sich drei solche Fläschchen wie das, das Gracie vorhin in der Tasche getragen hatte. Dieses Beruhigungsmittel anscheinend. Ich holte die Flaschen vorsichtig heraus – zwei waren leer, eine fast leer. Leider trugen sie keine Etiketten. Daneben stapelten sich Blechdosen, in denen bei genauerer Inspektion einzelne Tabletten herumklapperten. Vermutlich waren die Dosen einmal voll gewesen. Außerdem drei Schachteln Zigaretten und einige Parfümflakons. Ich nahm eines davon heraus, zog den Stöpsel heraus und schnupperte. Das war kein Duft, das war scharfer Gin.

Zwischen den Flakons steckte eine zusammengefaltete Seite einer Illustrierten. Ich stellte das Fläschchen zurück und nahm das Blatt heraus. Es zeigte Gracie auf dem roten Teppich, doch ihre schimmernde Gestalt war mit schwarzem Stift überschmiert worden: *Sic transit gloria mundi.* Das war Latein. *So vergeht der Ruhm der Welt.*

»Oh, Gracie«, murmelte ich.

Auf einmal kamen mir die Blumen, die hübschen Kleider und die Fotos entsetzlich traurig vor. Hastig arrangierte ich den Inhalt des Köfferchens, wie ich ihn vorgefunden hatte, und floh aus dem Raum.

Die Tür nebenan war ebenfalls unverschlossen und ich trat ein. In diesem Zimmer lag ein mittelgroßer Koffer auf dem Boden, zerwühlt, aber unausgepackt. Auf dem Schreibtisch stand eine Schreibmaschine, ein leeres Blatt Papier eingespannt. Sonst wirkte das Zimmer wie kurz vor der Abreise oder kurz nach der Ankunft. Es roch nach Tinte und Rasierwasser. Ich spähte in den Schrank und in die Nachttischschublade – leer. Auch die obersten zwei Kommodenschubladen waren leer. *Na, nun müsste statistisch gesehen in der dritten Schublade etwas besonders Interessantes stecken.*

Ich hätte es nicht beschreien sollen.

Als ich die Schublade aufzog, erstarrte ich mitten in der Bewegung. Ich blinzelte einmal und noch einmal. Nein. Das war nur Paranoia.

Der Anblick blieb jedoch unverändert. Auf dem hölzernen Boden der Schublade präsentierten sich ein sorgfältig gedrehter Strick und ein paar Lederhandschuhe. Es sah aus wie das Cover eines billigen Kriminalromans, nur war es leider real.

Sicherlich gab es tausend unschuldige Gründe dafür, warum man so etwas in seiner Schublade hatte. Zumindest versuchte ich mir das einzureden, während ich wie hypnotisiert dastand. Vielleicht waren das hier nur Filmrequisiten. Für das … romantische Musical, das hier gedreht wurde? Oder sonst irgendetwas. Definitiv war das hier keine Mordwaffe. Es war viel zu unwahrscheinlich, dass jetzt schon ein *zweiter* Gegenstand auftauchte, mit dem man jemanden umbringen konnte. Ach, es würde auch gar nicht erst zu einer Gewalttat kommen. Hier waren zwar Neid und Feindseligkeit im Spiel, aber niemand war gewaltbereit. Das hier war einfach nur ein Strick.

Andererseits … gefährliche Medikamente, wie Gracie sie hatte, besaßen viele. *Das* hier sah viel zu sehr aus wie ein Galgenstrick aus festem, grobem Seil. So etwas hatte man nicht einfach so im Gepäck, wozu denn auch. Der Anblick dieser Schublade, die bis auf die Handschuhe und den Strick leer war, jagte mir Schauer über den Rücken. Unwillkürlich wünschte ich mir, dass Clifford hier wäre und uns mit einem dummen Witz wieder auf den Boden der Tatsachen zurückholte. Oder Adriana, die mir mit einer ihrer abstrusen Theorien deutlich gemacht hätte, dass meine Fantasie mit mir durchging. Fantasie war Gift für die Detektivarbeit, nur verweichlichte Gefühlsduselei war noch schlimmer.

Wessen Zimmer ist das hier?

Meine Gedanken wurden von dem Geräusch schwerer Schritte auf der Treppe unterbrochen. Das konnte der Besitzer dieses Stricks sein. Rasch schob ich die Schublade wieder zu, eilte zur Tür und spähte auf den Gang hinaus. Noch niemand. Ich schlüpfte aus dem Zimmer und dann zwei Türen weiter in mein eigenes, dessen Tür ich mit dem Schlüssel von der Rezeption erst aufschloss und nach dem Betreten sofort wieder zusperrte. Entkommen. Und endlich ungestört.

Ich ließ mich in sehr würdeloser Manier auf das Bett fallen, holte Zigaretten und Streichhölzer aus der Tasche und rauchte dann, den Blick zur Decke gerichtet.

Ich hatte gehofft, dass die Detektivarbeit und das Sammeln der Fakten mich wie üblich begeistern würden, aber diesmal ergriff mich der Fall noch nicht - oder gar nicht. Ich wollte nicht ermitteln. Kein Adrenalin, kein Pflichtgefühl, obwohl der Auftrag alles andere als langweilig war. Ich sah dem Rauch nach, der zur Decke aufstieg. Wenigstens tat der Tabak gut.

Eigentlich war es kein Wunder. Diese Melancholie suchte mich in unregelmäßigen Abständen ein, seit ich denken konnte – meistens, nachdem irgendetwas vergrabene Erinnerungen in mir aufgestachelt hatte. Adriana hatte das getan, als sie versucht hatte, mehr als eine Freundin der Detektei zu sein. Sie hatte mir in Erinnerung gerufen, dass ich niemals Zuneigung gegenüber einem Menschen zeigen durfte, den ich verlieren konnte. Ich hatte sie nicht schnell genug von mir weggestoßen, und jetzt war wieder alles bergab gegangen außer meinem Zigarettenkonsum. Wunderbar. Wie ich *so* einem Auftrag nachkommen sollte, war mir ein Rätsel.

Reiß dich zusammen! Du benimmst dich wie ein welkes Salatblatt. Wo ist dein würdevolles Benehmen? Geh gefälligst Fakten sammeln.

Nach dem Anzünden einer zweiten Zigarette konnte ich mich dazu motivieren, eine gedankliche Liste anzufertigen. Ich kannte neun der Menschen, die am Film arbeiteten. Adriana natürlich. Franz Kerner, den Regisseur. Clyde Redford, die männliche Hauptrolle, David. Gracie Bernard, die sich Grazia Bernardi nannte und im Film Rosalies Konkurrentin spielte. Greta Woods, im Film Davids Verlobte. Eliza Barley, die Gretas Text einsprach. Edward O'Malley, im Film Davids bester Freund und Annies Liebhaber. Marietta, die Maskenbildnerin. Und die Frau, die Annie spielte, auch wenn ich mit ihr noch nicht gesprochen hatte. Zusätzlich kannte ich bereits drei Namen, deren Trägern ich noch nicht begegnet war: Herman Hughes in der Rolle des Vaters und Pfarrers, Bert Wallace, der das Drehbuch geschrieben hatte, und Jackie Fox.

Halt. Das waren noch nicht alle. Da war dieser Fremde von der Rezeption, der seinen Schlüssel abgegeben hatte. Wer war dieser Mann? Einer der Filmleute? Gut möglich. Vielleicht würde ich ihn wieder treffen, obwohl ich unsicher war, ob ich das überhaupt wollte. Ich mochte das prickelnde Gefühl nicht, das sein Auftreten in mir geregt hatte.

Was die anderen anbetraf, so schien es einige Konfliktherde zu geben. Meine Gedanken wanderten zu Greta, Gracie und Eliza. Neid um die Rollen anderer schien ein dominanter Faktor zu sein, abgesehen davon, dass die drei einander ohne Not beleidigt hatten – Eliza wegen ihrer angeblichen Affäre mit einer Frau, Greta wegen ihrer Herkunft und Gracie wegen ihrer angeknacksten seelischen Gesundheit. Warum mussten Menschen so miteinander umgehen? Ein Grund mehr, die Distanz zu wahren und sich im Abseits aufzuhalten.

Ich rauchte und studierte die Astlöcher im Holz der Zimmerdecke.

Für die Detektivarbeit war es günstiger, sich unter die

Leute zu mischen, verstand sich, aber ich war nun einmal nicht wirklich in der Verfassung für weitere Konversation. Hatte ich denn nicht schon genug herausgefunden?

Lüg dich nicht an!

Ich ließ die Zigarette in den Aschenbecher auf dem Nachttisch fallen und überlegte kurz, mir eine dritte anzuzünden. Allerdings meldete sich meine Lunge mit einem Lagebericht in Form eines heftigen Hustenanfalls und ich entschied mich für den Verzicht. Clifford und Adriana würden mich sonst nur wieder löchern, ob denn alles in Ordnung sei – oh, wie ich diese Frage hasste. Ich würde mich einfach bis zu Cliffords Ankunft auf meinem Zimmer beschäftigen.

Bedauerlicherweise fand sich außer dem Auspacken meines Koffers keine sinnvolle Beschäftigung. Ich drehte eine Lupe aus unserem detektivischen Bestand in den Händen und hoffte, sie möge mir verraten, welche Alternative mir zu einem Gang in die menschliche Gesellschaft blieb. Leider erhörte die Lupe meine Bitte nicht.

Ich seufzte. Einfach nichts zu tun war während eines bezahlten Auftrags unzulässig, deshalb musste ich wohl nach unten gehen. Oder sollte ich einfach auf diesem weichen Bett ein Nickerchen machen? Wie viele Stunden hatte ich in der vergangenen Nacht geschlafen? Höchstens zwei. Ich war erst weit nach Mitternacht zu Bett gegangen und danach waren wieder einmal Albträume zu Gast gewesen.

Nichts da. Ich legte die Lupe weg, stand auf und rückte meine Krawatte gerade. Das waren die schwächlichsten Gedanken, die mir seit Langem untergekommen waren.

Kein Detektiv der Welt würde sich so benehmen. Niemals. Ich würde nach unten gehen und ermitteln, und wenn ich dabei kollabierte.

Fünf Minuten später ging ich resigniert den Flur des ersten Stocks entlang, als mir auch schon jemand begegnete. Aus Zimmer 105, das Greta vorhin durchsucht hatte, trat ein Mann und nickte mir freundlich zu. »Guten Tag.«

»Guten Tag.«

Er schloss seine Zimmertür hinter sich und ging neben mir den Gang hinunter. Seine langen dynamischen Schritte passten gar nicht zu dem grauen Haar und der runden, randlosen Brille. Er lächelte freundlich. »Mein Name ist Hughes, Herman Hughes. Sind Sie heute angereist?«

»Ganz richtig«, antwortete ich und stellte mich ebenfalls vor. Schon wieder ein konversationsbereites Gegenüber.

»Herzlich willkommen im Goldenen Löwen, wenn ich das als Gast so sagen darf«, erwiderte er. »Gilt für Sie auch ein ›Willkommen am Filmset‹ von *Ein Mädchen im Rampenlicht*?«

»In gewisser Weise.« Ich sagte mein Sprüchlein auf, das meinen Aufenthalt erklären sollte und fügte schnell ein »Sie sind Schauspieler, nehme ich an?« hinzu, bevor er Fragen stellen konnte.

»Ganz genau. Ich bin der Vikar.« Herman Hughes lachte

und stutzte dann plötzlich. »Oh. Ich habe ganz vergessen, die Brille abzusetzen. Die ist nämlich nur Teil des Kostüms.« Er nahm sie ab und ließ sie in der Brusttasche verschwinden. »Verzeihen Sie mir, dass ich gleich bei unserer ersten Begegnung so viele Fragen stelle, aber dürfte ich Sie zu einer Partie Billard einladen?«

Ich war etwas überrumpelt. »Selbstverständlich«, erwiderte ich, als wir nebeneinander die Treppe betraten.

»Ich hoffe, ich bin nicht zu sehr mit der Tür ins Haus gefallen, aber es macht eine Partie um einiges interessanter, wenn man zu dritt spielt«, erklärte Herman, die Treppe herabsteigend. Ohne die Brille sah er jünger aus, vielleicht wie Ende fünfzig.

Fragen Sie Herman Hughes und Jackie Fox, hatte Greta gesagt. *Die können Ihnen ein Lied davon singen, was der Tonfilm sie gekostet hat.* Vielleicht würde sich ja beim Billard eine Gelegenheit ergeben, das Gespräch darauf zu lenken.

»Ich bin gern Ihr dritter Mann, Mr. Hughes.«

»Das freut mich. Kommen Sie.«

Wir durchquerten das Foyer, gingen am Lesezimmer vorbei und betraten einen kleinen Raum, in dem ein Billardtisch sowie einige beigefarbene Sessel standen. Der Geruch von Zigarren und Whiskey mit Soda lag in der Luft. Herman zog rasch die schweren olivgrünen Vorhänge zu. »Das ist lediglich die Marotte eines alten Schauspielers, um Beobachter auszusperren«, erläuterte er mir und rückte die Kugeln in ihrer Dreiecksform auf dem Tisch zurecht. »Welchen Queue möchten Sie?«

Ich wählte von denen, die an der Wand in einer Fassung hingen, einen aus. »Auf wen warten wir noch?«

»Ich weiß nicht ganz genau, wann die Dreharbeiten für heute beendet sind, aber wir können bereits eine Partie zu zweit spielen«, entgegnete Herman Hughes, ohne meine Frage wirklich zu beantworten. »Spielen Sie gut?«

»Das kann ich ohne einen Vergleichsansatz schwer beurteilen«, wich ich dem Eigenlob aus. »Bitte. Sie dürfen den ersten Schlag machen.«

Herman Hughes nahm sich einen Queue, platzierte die weiße Kugel auf dem Startpunkt und sprengte die Kugeln mit einem gezielten Schlag auseinander. Klackernd rollten sie gegeneinander und gegen die Bande. Ich wartete, bis sie zur Ruhe gekommen waren. Dann beugte ich mich vor, visierte die halbe gelbe Kugel an und zielte. Die weiße Kugel stieß mein Ziel ins Loch, prallte von der Bande ab und stupste die schwarze Acht gefährlich nah an die gegenüberliegende Öffnung.

Ich richtete mich auf. »Die Ganzen sind Ihre.«

Herman nickte anerkennend. »Das nenne ich einen guten Eröffnungsschlag!« Er beugte sich herunter, peilte die Eins an und verfehlte sie um Haaresbreite. Seine Fünf und meine Zwölf wurden gegen die Bande gestoßen.

Ich nahm meinen Platz wieder ein, fixierte meine halbe rote Kugel, bemühte mich um eine Stellung, in der ich vernünftig Luft bekam, und ließ meine Hand langsam ruhig werden. Ein präziser Stoß mit dem Queue versenkte meine rote Elf. Wenigstens Billard spielen konnte ich noch.

»Zwei zu null nach vier Schlägen, gute Bilanz.« Herman Hughes lächelte und führte den fünften Schlag aus. »Na so was. Zwei zu eins.«

Es war Zeit, das Gespräch auf den Film zu lenken. »Spielen Sie zum ersten Mal einen Vikar?«

»Das ja, aber Vaterrollen hatte ich schon viele, falls Sie zum Beispiel *Wisteria Hall* oder *Kekse zum Tee* kennen«, antwortete er, während ich schlug, und übernahm dann wieder den Zug. »In diesem Film hier ist auch eher meine Rolle als Erziehungsberechtigter wichtig, die religiöse Komponente sorgt vor allem für Komik.« Er ahmte eine helle Frauenstimme nach: »*Um Gottes Willen, Vater!* – Rosalie, ich kenne Gottes Willen etwas besser als du!«

»Das klingt sehr lustig«, antwortete ich und zwang mich zu einem schiefen Schmunzeln.

Herman seufzte. »Aus der Sicht des Publikums mag das so sein, aber wissen Sie, ich war schon immer ein Schauspieler um des Schauspiels willen. Ich brauche diese flapsigen Dialoge nicht. Die Zuschauer möchten es und ich nehme das hin, aber jeder kann einen Text vorlesen. Die wahre Kunst ist das Spiel.«

Ich versenkte meine Vierzehn und mit ihr die weiße Kugel. »Dann muss doch der Stummfilm ganz ihr Metier gewesen sein.«

»So war es.« Herman nickte. »Das haben Sie gut erkannt. Damals war das Schauspielen für die Leinwand noch etwas anderes. Die Menschen waren andere, das Publikum war anders. Im Stummfilm hatte ich eine ganz andere Aufgabe. Deswegen laufen heute so viele Leute auf den Sets herum, die gar nicht mehr wissen, was Filme einmal waren.«

»Aber Sie spielen immer noch.«

»Ja, Mr. Newcombe, ich bin ein alter Hase des Stummfilms, der immer noch weiter über die Leinwand hoppelt. Meine Lorbeeren reichten nicht aus, um meine Karriere zu beenden, und ich wollte außerdem weiter vor der Kamera arbeiten. Bei Greta Woods war das anders, falls Sie sie schon getroffen haben. Sie hat einige der erfolgreichsten Rollen der letzten zehn Jahre gespielt, das hätte für ein Leben ausgereicht.«

»Wissen Sie, warum Miss Woods trotzdem noch spielt?«, fragte ich ehrlich interessiert. »Immerhin bekommt sie keine Hauptrollen mehr und darf ihren Text nicht selbst sprechen.«

Herman neigte den Kopf. »Ich für meinen Teil könnte mir vorstellen, dass das *Danach* ihr Angst macht. Aber ich möchte niemandem etwas nachreden, was ich nicht weiß.«

Was er wohl sagen würde, wenn er wüsste, dass Greta sein Zimmer durchsucht hatte?

Ich verfehlte meine violette Kugel und traf stattdessen Hermans Zwei. »Darf ich fragen, was Sie genau meinen?«

»Das Filmgeschäft ist ein hartes Geschäft. Es gibt viel Druck, den man bei der Arbeit ertragen muss, bevor man es ins Rampenlicht schafft. Wer aufhört, der kann zusammenbrechen, sobald die Kameras fort sind. Absinken. Falls Sie mich verstehen.«

Greta hatte davon gesprochen. *In einem Jahr sitze ich wahrscheinlich auch in einem Haus an der Riviera und suche das Vergessen in dem, was uns früher vor der Kamera euphorisch gemacht hat.* Ich musste an den Gin in Gracies Parfümfläschchen denken.

Als hätte er meine Gedanken gelesen, fügte Herman hinzu: »Manchen passiert es schon während ihrer Karriere. Manchmal ist der Druck der wartenden Kinogänger das Letzte, das einige von uns noch beisammenhält. Aber ich spiele von Herzen gern und werde nicht zulassen, dass die wahren Künstler vom Set verdrängt werden.«

98

Ehe ich Rückfragen stellen konnte, öffnete sich die Tür. »Oh, wird schon gespielt? Es tut mir leid, aber für mich war erst jetzt Drehschluss. Edward und Clyde bekommen noch Einzeleinstellungen.«

»Alles in Ordnung, Jackie«, erwiderte Herman und setzte zum Schlag an. »Ich habe nur noch drei Kugeln und Mr. Newcombe eine. Wir können also gleich zu dritt spielen.«

Ich sah auf. Das war also Jackie Fox – kurze rötlich braune Haare, dunkle Hosen, blass gestreiftes Hemd, Hosenträger. Aber wen hatte Jackie gerade gespielt? Ich hatte nur Edward, Clyde und die blonde Frau gesehen.

»Newcombe«, stellte ich mich höflich vor. »Es freut mich, Ihre Bekanntschaft zu machen.«

»Jackie Fox«, entgegnete Jackie lächelnd. »Die Freude ist ganz meinerseits. Aber ich möchte Sie nicht von Ihrer Partie abhalten.«

Herman richtete sich von seinem Schlag auf. »Welche Szene wurde gerade gedreht?«

»Alfreds und Annies erste Begegnung, das gemeinsame Duett.« Jackie setzte sich in einen Sessel, schlug die Beine übereinander und zündete sich eine Zigarette an. »Es war wirklich lustig und Mr. Kerner war sehr zufrieden mit mir, nur Edward und Clyde lagen sich die ganze Zeit in den Haaren. Es hat mir fast schon leidgetan, ihn mit den beiden allein zu lassen.« Jackies Blick wanderte zu mir. »Ich habe Sie beim Set gesehen. Was machen Sie hier, wenn ich fragen darf?«

»Ich bin im Auftrag des Produzenten hier, um für mehr Sicherheit zu sorgen«, antwortete ich, verfehlte meine Zielkugel und hätte um ein Haar die schwarze Kugel ins Loch gestoßen. Jackies Aussage hatte mich verwirrt. »Ich kann mich aber gar nicht erinnern, Sie vorhin beim Dreh gesehen zu haben. Wann wäre das gewesen?«

Jackie lachte. »Ich werde es der Maske als Kompliment ausrichten, dass Sie mich nicht erkannt haben. Ich spiele Annie unter einer beeindruckenden Schicht an Make-up und Kostüm. Die blonde Mädchenfrisur ist eine Perücke. Es ist eine ziemliche Verwandlung.«

Das stimmte in der Tat. Ich versuchte, Jackie nicht allzu perplex anzustarren. »Ach so. Ich – ich wusste nicht, dass …«

Jackie nahm einen tiefen Zug aus der Zigarette. »Bevor Sie noch ins Stottern geraten, mein Herr – ich schauspielere immer schon androgyn. Auf Stummfilmplakaten können Sie mich sowohl als *Jack Fox* als auch als *Jacqueline Fox* finden. In den Zwanzigern kam das hervorragend an.«

»Und jetzt tut es das nicht?«, fragte ich zögerlich und versuchte, gelassen zu klingen und nicht, als würde ich mich fragen, was zum Teufel Jackie bitte für ein Leben führte und ob das legal war.

»Nimm die gelbe Kugel, Herman. – Nun, Mr. Newcombe, sagen wir es so. Ich hatte für Edwards Rolle vorgesprochen. Aber seit zu meinen Rollen auch gesprochener Text gehört, gibt es keine Männerrollen mehr für mich. Zum Glück kannte mich der Produzent und ich konnte Annies Rolle bekommen, sonst wäre ich überhaupt kein Teil des Films geworden. Aber glauben Sie, meine Besetzung war noch eine der am wenigsten umstrittenen Entscheidungen diesbezüglich.«

In meinem Kopf tummelten sich sehr viele Fragen, doch

ich wusste von keiner, wie ich sie hätte stellen können, ohne meilenweit den Rahmen dessen zu verlassen, was ich als Detektiv in Erfahrung bringen durfte.

Eine Kugel fiel klackernd ins Loch. »Verflixt!«, fluchte Herman. »Das war das letzte Mal, dass ich einen Ratschlag von dir annehme. Jetzt ist die Schwarze drin.«

»Du hast geschlagen, nicht ich«, erwiderte Jackie, stand auf und klemmte sich die Zigarette zwischen die Lippen. »Spielen wir jetzt zu dritt?«

»So war das vorgesehen.« Herman holte die Kugeln wieder aus den Löchern, damit ich sie arrangieren konnte – als hätte er gewusst, dass für mich der beste Teil des Billardspiels das korrekte Ausrichten der Kugeln im Startarrangement war.

»Hattest du heute keine Szenen, Herman?« Jackie wählte einen Billardqueue.

»Nein. Ich hätte zusammen mit Gracie am Vormittag einen Termin mit dem Schneider gehabt, um die Kostüme für das Finale noch einmal anzupassen, aber sie ist nicht aufgetaucht.« Er seufzte.

»Vorhin war sie bei uns am Set und wollte spielen, aber ihre Szene war nicht dran«, erwiderte Jackie. »Du darfst eröffnen, wenn du möchtest.«

Herman kam der Einladung nach und lochte beim ersten Schlag gleich eine Kugel ein. »Ich wünschte, man könnte sich auf sein Kollegium verlassen. Es wäre ungerecht, wenn die harte Arbeit von wirklichen Talenten wie dir und mir dadurch zunichte gemacht wird, dass die anderen gar nicht wissen, was sie tun. Irgendwo hört meine Toleranz auch auf.«

Ich versenkte diskret eine Kugel. »Wie meinen Sie das?«, hakte ich nach.

»Na ja, Sie haben doch auch gesehen, wer hier herumläuft.« Herman machte eine vage Handbewegung. »Psychisch Instabile, Juden, Amerikaner … und unsere Hauptdarstellerin macht ihr Filmdebüt! Das Mädchen mag ganz hübsch sein, aber unsereins in den Zwanzigern, wir waren *Künstler*. Wir waren *Talente*. Wir haben hart gearbeitet. Nur, weil es plötzlich Tonspuren braucht, sind lauter anständige englische Filmleute arbeitslos und es wird irgendwelcher Ersatz aus Hollywood oder von sonst woher angeschleppt. Ich bin Schauspieler. Ich möchte wertvolle Arbeit in einem kompetenten Kollegium leisten. Aber ich will niemanden schlechtreden.«

Man merkt's. Für gewöhnlich musste ich als Detektiv zwischen den Zeilen der Gespräche lesen, aber an diesem Filmset hielt man offensichtlich mit nichts hinterm Berg.

»Die Welt ändert sich nun einmal, Herman«, entgegnete Jackie und drückte die Zigarette in einem Aschenbecher auf dem Kaminsims aus. »Ich wünschte auch, dass ich noch Stummfilme drehen könnte, aber so ist es nun einmal.«

Herman grunzte. »Du verstehst mich wenigstens. Über deine Rollen damals kann man schon kritisch denken, aber wenigstens warst du noch ein echtes Talent.«

»Ich bin so frei und werte das als Kompliment.«

Daraufhin wurde das Billardspiel zu einem schweigenden Hin und Her, bei dem nur noch dumpfe Queue-Schläge sowie das Rollen und Klackern der Kugeln zu hören waren. Das Spiel zu dritt erforderte mehr Konzentration, da man sich nach den Zahlen auf den Kugeln statt nach den Farben richten musste.

Als Jackie gerade in Führung lag, klopfte es an der Tür und Franz trat ein, ein Klemmbrett im Arm.

»Entschuldigt bitte die Störung. Habt ihr Miss Bernardi gesehen?«

»Ich denke nicht, dass wir in ihrer Abwesenheit ihren Künstlernamen benutzen müssen«, antwortete Herman. »Aber nein, ich habe sie heute noch gar nicht gesehen, seit sie nicht bei der Kostümprobe war. Wird sie gesucht?«

»In der Tat.«

Herman brummte. »Warum suchen dann nicht die Regieassistenten nach ihr? Das wäre die übliche Arbeitsteilung an einem Filmset.«

»Das stimmt, aber meine Regieassistenten haben mir auf meine Bitte hin zu verstehen gegeben, dass ich meinen Dreck doch alleine machen soll«, erwiderte Franz und umklammerte sein Klemmbrett etwas fester. »Ich schätze die Zurückmeldungen meines Teams, deshalb suche ich jetzt selbst.«

»Sie meinte vorhin, dass sie ins Dorf gehen würde«, warf ich ein.

Franz sah auf sein Klemmbrett und seufzte. »Es scheint, dieser Drehplan hat nur einen symbolischen Wert. Trotzdem sehr vielen Dank, ich werde sehen, ob sich jemand ins Dorf von mir schicken lässt.« Er lächelte. »Jackie, dein Spielen war besonders ausgezeichnet. Ich bin gespannt auf deine morgige Szene.«

»Danke schön«, erwiderte Jackie offenbar geschmeichelt. »Haben Edward und Clyde sich wieder vertragen?«

»Es hat sie vereint, dass sie beide keine Anweisungen von *mir* wollten, wodurch ich sie versöhnen konnte«, erwiderte Franz. Sein Lächeln wirkte jetzt etwas verkrampft. »Wir sehen uns.« Er schlüpfte wieder aus dem Raum, ließ die Tür aber halb offen.

»Wessen Zimmer ist eigentlich die Nummer 209?«, fragte ich schnell, ehe wir uns wieder in das Spiel vertiefen konnten.

»Welches?«, wollte Herman wissen. »Warum?«

»Oben im zweiten Stock. Auf dem Weg zu meinem Zimmer hörte ich darin … seltsame Geräusche.« Das war nicht die beste detektivische Ausrede, auf die ich je gekommen war, aber ich bekam den Strick in der Schublade nicht aus dem Kopf.

»Meinen Sie *mein* Zimmer?«, hörte ich eine Stimme hinter mir. Ich wandte mich um und fand mich einem mir bisher noch nicht bekannten Mann gegenüber. Er hatte ergrautes Haar, wirkte aber noch nicht alt. Von seiner Lippe hing eine Zigarette und er war nachlässiger gekleidet als die Filmstars. Sein Blick zeugte von Misstrauen.

»Wenn die Nr. 209 Ihnen gehört, dann ja«, erwiderte ich betont gelassen. »Ich hatte lediglich heute Nachmittag den Eindruck, dass darin jemand wäre, der in den Schubladen wühlte, den Geräuschen nach zu urteilen. Ich klopfte, erhielt aber keine Antwort. Deshalb wollte ich den Bewohner des Zimmers fragen, ob ich mich getäuscht habe oder ob es tatsächlich außergewöhnliche Vorkommnisse gegeben haben könnte.« Kaum hatte ich ausgeredet, fiel mir auf, dass das keine sonderlich gute Erklärung war, schließlich hätte kein normaler Gast es beunruhigend gefunden, wenn jemand im Zimmer nebenan in Schubladen wühlte. Mein Kopf schien im Zuge dieses Auftrags nicht imstande, vernünftige Lügen hervorzubringen.

»Ich war's nicht«, antwortete der Mann und paffte ein Rauchwölkchen. Zum Glück fiel ihm nicht auf, wie seltsam meine Ausrede geklungen haben musste. Ich überlegte, ob er der Typ Mensch war, der einen Strick in seiner Schublade hatte, und fragte mich anschließend, was für ein Typ Mensch Stricke in der Schublade hatte.

»Darf ich vorstellen?«, intervenierte Jackie. »Bert, das ist Mr. Newcombe, er kümmert sich um die Sicherheit am Filmset. Mr. Newcombe, das ist Mr. Wallace, er hat das Drehbuch geschrieben.«

»Das *ursprüngliche* Drehbuch«, korrigierte Bert Wallace.

»Es freut mich, Ihre Bekanntschaft zu machen«, sagte ich höflich.

»Du kannst gleich mit uns im Doppel spielen, wenn wir hier fertig sind.« Jackie zielte und verfehlte die weiße Kugel. »Mist.«

Bert ging langsam zu einem der Sessel hinüber, ließ sich hineinsinken und sah uns schweigend an. Es verwunderte mich, dass jemand wie er das Drehbuch zu diesem Film geschrieben hatte. Zumindest machte er auf mich nicht den Eindruck eines Mannes, der sich eine Romanze ausdachte oder ein Musical über die Selbstbestimmung von Pfarrerstöchtern niederschrieb. Genauer gesagt konnte ich ihn mir bei überhaupt keiner kreativen Tätigkeit vorstellen. So skeptisch, wie er mich ansah, war es aber auch schwer zu beurteilen.

»Brauchst du etwas von uns?«, fragte Herman.

»Nein. Eliza hat eine Textprobe, deshalb muss ich mich anderswo amüsieren, wo ich nicht dabei zusehen muss, wie mein Film verhunzt wird.«

Ich schlug und lochte meine letzte Kugel ein. Jetzt spielten Jackie und ich beide auf die Schwarze. »Wie meinen Sie, Mr. Wallace?«

In diesem Moment betrat Edward den Raum. »Jackie, ich habe gehört, du –« Er brach mitten im Satz ab und blieb überrascht in der Tür stehen. »Oh. Sie … Es ist ja schon eine Partie im Gange.«

Bert nickte in Edwards Richtung. »Sowas meine ich.«

»Habe ich etwas falsch gemacht?«, fragte Edward erschrocken.

»Das war wirklich nicht nett.« Jackie warf Bert einen bösen Blick zu und setzte zum Schlag an.

»Mr. Wallace hat einen Kommentar über die Kompetenz der Beteiligten an diesem Film gemacht«, erklärte Herman.

Edward sah Bert ernst an. »Kompetenz ist mein zweiter Vorname, was man von unserem Regisseur und unserem Hauptdarsteller nicht behaupten kann.«

»Ach, erzähl mir doch keine Märchen, Junge.« Bert winkte ab. »Kommst aus der Gosse, wirst in der Gosse sterben, da will ich mal hoffen, dass du keinen Dreck auf meinem Film liegen lässt.«

Herman räusperte sich vorwurfsvoll. Edward lief knallrot an, ob vor Scham oder vor Wut, war nicht zu erkennen.

»Also wirklich, Edward hat nichts getan und wir wollen friedlich Billard spielen«, empörte sich Jackie.

Edward setzte zu einer Erwiderung an und überlegte es sich dann anders. »Wir sprechen uns später, Jackie«, nuschelte er, machte auf dem Absatz kehrt und knallte die Tür so heftig hinter sich zu, dass sie wieder aufsprang.

»Der Bursche verdient etwas mehr Mitleid, Bert«, brummte Herman.

»Nein!«, rief Jackie in diesem Moment. »So ein Mist!« Nicht nur die schwarze Kugel war versenkt, sondern die weiße war ihr ins Loch gefolgt. »Hach, wie knapp! Aber es ist ja nur ein Spiel.«

»Genehmigen wir uns erst mal einen Drink«, beschloss Herman. »Wer möchte mit an den Tresen drüben gehen?« Er warf einen Blick auf seine Armbanduhr. »Zeit genug dafür und für eine Partie müsste vor dem Abendessen noch sein.«

In diesem Moment sah ich durch die Tür, die Bert offen gelassen hatte, wie Adriana im Hotelfoyer am Ende des Korridors auftauchte. Es war Zeit, sich mit ihr zu besprechen. »Vielen Dank für das Spiel«, erwiderte ich, an die anderen gewandt, »aber ich muss Sie jetzt leider allein lassen. Einen schönen restlichen Nachmittag wünsche ich Ihnen.«

»Es war ein gutes Spiel, und wir hatten Sie gern dabei«, entgegnete Jackie freundlich.

Auch Herman nickte. »Wir werden uns anderweitig begegnen, vermute ich.«

»Danke, gleichfalls«, verabschiedete ich mich und verließ den Raum. Am Fuße der Treppe fing ich Adriana ab.

»Laurentius«, sagte sie überrascht und wandte sich mir zu. »Ich hatte mich schon gefragt, wo du steckst.«

»Wir sollten uns von Angesicht zu Angesicht über die Situation unterhalten, jetzt, da ich mich umgesehen habe«, erwiderte ich halblaut. »Kennst du einen Ort, an dem wir miteinander sprechen können?«

»Komm am besten mit auf mein Zimmer.« Adriana gab mir einen Wink, ihr zu folgen. Sie führte mich in ein großes Zimmer im ersten Stock, das vorhin bei meinem Rundgang abgeschlossen gewesen war. Die Ausstattung des Raumes war deutlich weniger schlicht als in den anderen Zimmern, die ich bisher gesehen hatte.

Adriana schien meinen Blick zu bemerken. »Das große Zimmer ist Hauptrollenprivileg«, erklärte sie. »Ich habe auch ein eigenes kleines Bad hinter der Tür da. Je nach Posten bekommt man ein schönes oder weniger schönes Zimmer, so ist das hier.« Sie setzte sich in einen Sessel am Fenster und bot mir den Stuhl an, der vor dem Schminktisch stand. »Nimm Platz.«

Ich setzte mich und ließ meinen Blick durch das Zimmer schweifen. Adriana hatte sich offenbar gut eingelebt. Der Schminktisch versank in Utensilien, mehrere Paar Schuhe standen unter dem Fenster aufgereiht und das Bett war unter einer Schicht aus Kleidern, Hüten und Handschuhen nur noch zu erahnen. Ein Zimmermädchen schien es im Goldenen Löwen nicht zu geben, und wenn doch, dann war sie nicht für das Aufräumen der Zimmer zuständig.

»Es ist sehr hübsch«, sagte ich höflich.

»Jetzt sag, wen du getroffen hast.« Adriana zupfte am Stoff ihres Rocks herum. »Eigentlich weiß ich gar nicht, was ich hören will. Dass Franz und ich *nicht* völlig den Teufel an die Wand malen oder dass alles in Butter ist und niemand sich Gedanken zu machen braucht.« Sie sah mich auffordernd an. Wie mich dieser Blick in seinen Bann ziehen konnte … aber nein. Adriana verdiente die Clyde Redfords dieser Welt.

»Es war in keiner Weise ein Fehler, Clifford und mich hierher zu bitten«, erwiderte ich. »Sowohl Franz als auch dir als auch anderen Mitgliedern des Casts wird mehr als nur übel nachgeredet.«

»Geredet, ja. Aber meinst du, dass etwas passieren könnte?« Adriana runzelte besorgt die Stirn.

Ich zögerte kurz, ehe ich antwortete. Von dem, was ich jetzt sagte, hing der gesamte Verlauf des Auftrags ab. Solcherlei Situationen kamen mir im Detektivalltag nicht gerade oft unter, denn meistens hatte ich es mit Verbrechen zu tun, die es schon gegeben hatte. »Nun … ich schätze die Situation durchaus so ein, dass eine Person zu Schaden kommen könnte, wenn es aus Neid oder aus reinem Hass geschieht.«

»Wie meinst du das?«

»Die Vorurteile und die Abneigung an diesem Set sind nicht einmal subtil«, erwiderte ich. »Es gibt Menschen – und ich befürchte sogar, es gibt sie hier –, die der Meinung sind, dass Menschen wie Greta, Gracie oder Franz an kein Filmset gehören. Besonders gegenüber Franz ist das spürbar. Ich habe zum Beispiel noch niemanden sagen hören, dass er schlampig, ungerecht oder gemein wäre. Man scheint sich hier nur daran zu stören, dass er Ausländer und jüdisch ist, und das in einem völlig disproportionalen Maß. Jemand könnte, sagen wir, eine scheinbare Lebensmittelvergiftung herbeiführen oder einen Draht auf der Treppe spannen, und schon ist jemand aus dem Weg und wird durch eine Person ersetzt, die einem lieber wäre.«

»Das ist doch völlig widerwärtig.«

»*Du* nennst es widerwärtig, andere Menschen würden es vollkommen gerechtfertigt finden.«

»Findest *du* das etwa gerechtfertigt?«, fragte Adriana vorwurfsvoll.

»Du weißt, dass ich Wert auf gewisse Standards bei der Arbeit lege, und deshalb kann ich nachvollziehen, dass jemand ähnliche Standards an einem Film bewahren möchte«, erwiderte ich. »Allerdings lassen sich diese Menschen vollkommen von Emotionen und in keiner Weise von rationalen Überlegungen lenken, wofür ich überhaupt kein Verständnis habe.«

Adriana sah aus, als würde sie etwas Schnippisches erwidern wollen, schüttelte dann aber den Kopf. »Mit *dir* und *deinen* Idealen beschäftige ich mich ein andermal. Was meintest du vorhin mit Neid?«

»Fast jede Rolle in diesem Film wurde kontrovers besetzt.« Ich nahm mein Zigarettenetui aus der Tasche. »Daher –«

»Hier drin wird nicht geraucht!«, rief Adriana. »Weg mit den Glimmstängeln, aber sofort!«

Ich seufzte tief und steckte das Etui wieder ein. Warum glaubte sie eigentlich, dass sie mir ständig in mein Leben hineinreden durfte? *»Jedenfalls.* Du weißt zum Beispiel sehr gut, dass Gracie, Greta und Eliza alle drei gern deine Rolle hätten. Wenn du unpässlich werden und den Dreh beenden solltest, käme ihnen das zum Beispiel recht gelegen. Ähnliches gilt auch für andere Rollen.«

»Das ist doch völlig unsinnig.« Adriana streifte ihre Stiefeletten ab und zog die Beine an. So etwas tat auch wirklich nur sie in Gegenwart eines Herrn. »Wir haben schon mit dem Dreh begonnen. Wenn Greta mir verdorbenen Fisch verfüttert oder Edward Clyde die Treppe runterschubst, wird der Dreh pausiert, aber danach mit der gleichen Besetzung fortgeführt. Wir haben ja schon einen bedeutsamen Anteil der Szenen im Kasten.«

»Aber was würde geschehen, wenn Greta dir, sagen wir, etwas Blausäure in den Drink gießt? Oder Edward Clyde vor ein Auto stößt?«

Adrianas Augen wurden groß wie Teller. »Du meinst *Mord*?«

»Es ist lediglich eine *Möglichkeit*«, erwiderte ich. »Aber ich denke, es ist eher wahrscheinlich, dass es, wenn überhaupt, zu einem Verbrechen *ohne* Personenschaden kommt.«

»Du meinst Diebstahl?« Adriana sah mich verwirrt an.

»Nein, Sabotage.«

Jetzt nickte sie langsam. »Stimmt. Das, was ich auch dachte, als ich dir geschrieben habe.«

»Exakt. Nehmen wir Franz als Beispiel. Wenn jemand keinen jüdischen oder deutschen Regisseur möchte, muss man ihn nicht körperlich beseitigen. Es wäre viel weniger riskant und viel effizienter, sagen wir, etwas beim Dreh vollkommen schief laufen zu lassen und es wie seine Schuld aussehen zu lassen, damit er seinen Posten verliert.«

»Und was wäre das?«

»Ich weiß es nicht. Ich bin kein Verbrecher.«

»All das, was du gerade erzählt hast, klingt aber so, als würdest du regelmäßig mit Mördern und Fanatikern ein Bierchen trinken gehen.«

»Ich *studiere* lediglich viele Verbrechen«, erwiderte ich. »Hat es denn schon etwas wie eine Sabotage gegeben?«

»Hm«, machte Adriana. »Es grenzt schon fast an Sabotage, wenn Eliza ständig grundlos Streit sät und alle an der

Arbeit hindert. Und wie Edward ständig zu spät kommt und Gracie mit ihren Stimmungsschwankungen den ganzen Drehplan über den Haufen wirft, obwohl das keine Absicht ist, nehme ich an.«

»Dann werden Clifford und ich uns umsehen, ob es irgendwelche Anzeichen gibt.« Ich musste unwillkürlich gähnen.

Adriana hob eine Augenbraue. »Hast du eigentlich auch nur eine Minute geschlafen, seit wir uns das letzte Mal gesehen haben?«

»Du wirst es kaum glauben, es waren sogar *zwei*.« Adriana durfte sich gefälligst aus meinen Angelegenheiten heraushalten.

»Tu mir den Gefallen und schlaf ab und zu, es wäre schlecht für das Filmset, falls du an Überarbeitung stirbst. Und rauch vielleicht nicht so viel, dann siehst du bestimmt weniger tot aus und keuchst nicht die Treppe hoch, als hättest du fortgeschrittene Tuberkulose.«

Es gab wenige Dinge, die ich mehr hasste als Kommentare dieser Art. »Vielen Dank für diesen liebenswürdigen Ratschlag«, erwiderte ich und stand auf. »Wenn du mich entschuldigst, werde ich noch ein wenig ermitteln und *deinen* Tod auf *effizientere* Weise verhindern.« Mit diesen Worten verließ ich den Raum und zog die Tür hinter mir zu, ohne auf das zu achten, was Adriana mir noch hinterherrief.

Erst auf dem Flur wurde mir bewusst, dass ich gerade laut zugegeben hatte, dass jemand Adriana etwas antun könnte.

Als ich im Dunkeln vor dem Hotel stand und mir einredete, frische Luft beim Rauchen sei auch ein Zeichen eines gesunden Lebensstils, entdeckte ich die erste gute Nachricht des Tages. Genauer gesagt war es Clifford, der mit einem Koffer in der Hand an der Biegung der Straße auftauchte. Das wenige Licht, das durch die Fenster des Goldenen Löwen nach draußen fiel, reichte mir trotzdem, um ihn sofort zu erkennen – seine roten Locken, seine langen Schritte und unter dem offenen Mantel seine himmelblaue Fliege, die sich entsetzlich mit seinem grünen Pullunder biss.

Ich warf die Zigarette weg und eilte ihm entgegen. Clifford sah auf und ein breites Lächeln erschien auf seinem Gesicht. »Da wären wir!«, rief er mir entgegen. »Die Detektei Newcombe & Walker ist wieder zum Ermitteln vereint.«

Ich kam vor ihm zum Stehen. »Du bist schnell hier. Angesichts der Tatsache, dass ich dich noch in die Bibliothek geschickt habe, hatte ich nicht vor heute Nacht mit dir gerechnet.« Vermutlich hätte ich mich dafür entschuldigen sollen, dass ich vorhin so plötzlich aufgelegt hatte, aber Clifford erwartete so etwas bestimmt nicht. Zumindest hoffte ich das.

»Glücklicherweise habe ich einen Bibliothekar getroffen, der für das Filmgeschäft *brannte* und mir die gesamte Recherche mehr oder weniger abgenommen hat.« Clifford lachte. »Ist das da der Goldene Löwe?«

»Exakt. Bei meiner Ankunft hieß es, die letzten beiden Zimmer seien für uns reserviert. Meinen Schlüssel habe ich schon, jetzt können wir noch deinen holen.«

Nur wenige Minuten später saßen wir in Cliffords Zimmer, das genauso aussah wie meines und nebenan lag. Ich war froh, dass Clifford genau jetzt gekommen war, denn ich hatte mich nach meinem Gespräch mit Adriana zu keinen weiteren Gesprächen mehr im Stande gefühlt und auf meinem Zimmer meine Notizen ins Reine geschrieben, anstatt zum Abendessen zu gehen und mich sozial zu verhalten. Ich zündete mir eine neue Zigarette an, während Clifford Hut und Mantel achtlos aufs Bett warf und sich dann daneben setzte, weil ich den einzigen Stuhl im Raum in Beschlag genommen hatte.

»Wie war es bisher?«, fragte Clifford.

»Adriana hat in ihren Briefen auf keinen Fall übertrieben, vielleicht hat sie sogar untertrieben.«

»Untertrieben? *Kann* Adriana das?«

»Hör selbst.« Ich berichtete von meinen Entdeckungen und Gesprächen im Laufe des Tages.

Das Lächeln verschwand aus Cliffords Gesicht. »Ach du liebe Zeit. Das klingt wirklich, als müssten wir aufpassen, dass niemandem etwas passiert, wie immer wir das auch anstellen sollen. Wir müssen unser Bestes geben.«

Ich nickte. »Was hast du über Clyde und die anderen erfahren können?«

Clifford stand vom Bett auf, öffnete seinen Koffer und holte ein Notizbuch hervor. »Einige interessante oder doch zumindest erhellende biografische Details. Erzähl du mir doch erst mal, was du über Clyde herausgefunden hast, und ich ergänze.«

»Ich habe noch nicht viel mit ihm sprechen können, aber Adrianas Meinung über ihn teile ich nicht.«

Clifford lachte. »Eifersüchtig, was?«

»*Nein.*« Ich spürte mich nicht einmal rot werden. »Er ist

einfach objektiv kein angenehmer Mensch, sobald er den Mund aufmacht.«

»Meinst du, er hat es wirklich auf Adriana abgesehen?«

»Denkst du, *ich* könnte so etwas beurteilen?«

»Laut meiner Recherchen ist er in jedem Fall ein recht begehrter Schauspieler in Hollywood. Nicht oberste Liga, nicht Clark Gable, aber erfolgreich genug, um eine Villa in Los Angeles zu besitzen. Er war sogar einmal in einem Film, der einen Academy Award gewonnen hat. Zwar nicht für Clydes Beitrag, aber immerhin. Die Hauptrolle in dieser Produktion hat er bekommen, um den Film auf dem amerikanischen Markt beliebt zu machen.«

»Dass er vor allem aus kommerziellen Gründen als männlicher Hauptdarsteller ausgewählt wurde, hat Adriana mir erzählt«, antwortete ich. »Edward O'Malley kann ihn nicht leiden, weil er ebenfalls diese Rolle wollte, aber im Endeffekt nach der Verkaufsstrategie und nicht nach dem Talent entschieden wurde. Clyde ist außerdem geschieden, aber das tut vermutlich nichts zur Sache.«

»Außer für Adriana, vermute ich.« Clifford schmunzelte. »Nun. Welchen Kontakt hattest du schon mit Greta Woods?«

»Sie hat mich hergefahren und dabei ungefragt mein Leben aufs Spiel gesetzt«, erwiderte ich. »Sie macht keinen Hehl daraus, dass sie sich für zu gut hält, um in diesem Film mitzuwirken, weil sie im Stummfilm anscheinend sehr berühmt war. Allerdings muss im Tonfilm eine Engländerin ihren Text einsprechen, damit man ihren Akzent nicht bemerkt, daher kann sie keine größeren Rollen übernehmen.«

»Ich habe sie tatsächlich einmal im Kino gesehen«, ergänzte Clifford. »Das war *Spionage in SoHo*, glaube ich. 1926 müsste der in die Kinos gekommen sein. Sie hat wirklich, wirklich gut gespielt, und vor allem war sie erst dreiundzwanzig. Ich muss aber zugeben, dass ich nie gedacht hätte, dass sie keine Britin ist.« Er blätterte in seinen Notizen. »Ihre Filme haben Rekorde gebrochen, und sie hat es mehrfach auf die Titelseiten von Magazinen geschafft. Sie ist wirklich kein Niemand. Als der Tonfilm langsam die Überhand gewann, ist sie von der Bildfläche verschwunden wie so viele ihrer Kolleginnen. Aber nach einem Jahr war sie plötzlich wieder da und spielte Nebenrollen in Tonfilmproduktionen. Da fing dann die Klatschpresse an, wilde Spekulationen anzustellen, warum sie eine Auszeit vom Film genommen hatte. Es scheint sich das Gerücht zu halten, dass sie eine Entziehungskur gemacht hat. Ich persönlich finde die These viel interessanter, dass sie eine Gefängnisstrafe abgesessen haben soll, obwohl niemand das wirklich glaubt, weil man den Prozess ja hätte mitbekommen müssen.«

»Mir hat sie erzählt, dass sie weiterspielt, weil sie so gern Filme dreht«, antwortete ich. »In ihren Augen verkommt das ganze Filmgeschäft. Vielleicht sieht sie es als ihre Pflicht, das zu retten, was ihr so viel bedeutet.«

»Hältst du sie für fähig, einen Sabotageakt zu begehen? Oder sogar ein Verbrechen?«

»Jederzeit, und das meine ich gar nicht böse«, erwiderte ich. »Greta wirkt auf mich sehr überzeugt von ihren Idealen. Das bringt oft Motive hervor. Die Frage ist nur, ob sie sich zu so etwas herablassen würde. Aber ich halte es für genauso wahrscheinlich, dass sie das Opfer eines solchen Akts sein könnte.«

»Ich verstehe.« Clifford holte ein Gurkenglas aus dem Koffer, setzte sich zurück aufs Bett, schraubte das Glas auf und begann, Pickles zu knabbern. »Was ist mit Edward O'Malley?«

»Er hat sich nicht mit mir unterhalten, aber die anderen bemängeln seine Unpünktlichkeit und sein scheinbar sehr obsessives Wiederholen seiner Texte. Auf mich wirkte er aber, als würde er seinen Beruf ernst nehmen.«

»Vielleicht *zu* ernst, angesichts dessen, was du mir vom Dreh erzählt hast«, meinte Clifford, stopfte sich eine Gewürzgurke in den Mund und blätterte durch seine Notizen. »Hier ist, was ich zu ihm gefunden habe. Er ist in einem Waisenhaus aufgewachsen, wurde dann ›entdeckt‹ und bekam seine erste Rolle. Dazu gab es einen Zeitungsartikel. Über Stipendien und sehr, *sehr* viele Auftritte hat er sich hochgearbeitet und gilt jetzt als ein vielversprechender junger Schauspieler. Das ist allerdings eine hart umkämpfte Position, die ihm vermutlich viel bedeutet, was wir im Hinterkopf behalten sollten.«

»Oh. Das wusste ich nicht.« Diese Information machte mir Edward seltsam sympathisch. Vielleicht lag es am Identifikationspotenzial der Geschichte. Kein Wunder, dass Edward gern die Hauptrolle in diesem Film gespielt hätte.

»Es ist doch immer interessant, den Hintergrund einer Person zu kennen, nicht?« Clifford angelte ein weiteres Gewürzgürkchen aus dem Glas. »Dann wäre da Grazia Bernardi beziehungsweise Gracie Bernard. *Sie* hat doch mit dir gesprochen?«

»Sie hat mir sogar erzählt, warum sie gern den halben Cast umbringen würde.« Ich zögerte, während ich überlegte, wie ich die folgenden Informationen möglichst taktvoll formulieren konnte. »Sie nimmt ein scheinbar ziemlich starkes Beruhigungsmittel für ihre Nerven, von dem sie allerdings selbst zugegeben hat, dass es in größeren Mengen gefährlich wäre. Außerdem hat sie in ihrem Schminkkoffer schachtelweise Tabletten und Parfümflakons voll Gin. Es wird angedeutet, dass ihr Verhalten immer wieder … psychisch auffällig gewesen ist.«

»Das ist ein starkes Stück«, antwortete Clifford, biss von seiner Gewürzgurke ab und schluckte. »Als Kind war sie schon immer bühnenaffin, wenn man den Zeitungen Glauben schenkt: West End mit elf Jahren, erste Filmrolle mit siebzehn. Den Künstlernamen hat sie gewählt, weil sie in der Produktion einer italienischen Oper für mehr angebliche Authentizität unter einem italienischen Namen aufgetreten ist und der Name dann blieb. Ihre Filme sind zwar an den Kinokassen erfolgreich, aber sie hat noch nie eine große Rolle gespielt, nur die Heldin in Filmen mit sonst unbekannter Besetzung oder die Co-Hauptrolle. Einen Streifen als weibliche Hauptdarstellerin zusammen mit Clyde Redford zu drehen, wäre für sie noch ein Aufstieg gewesen.«

»Dabei suggerieren ihre Kolleginnen hier, dass sie gar nicht mehr im Filmgeschäft sein sollte, was ihre Nerven angeht.« Ich rückte meine Krawatte gerade.

»Interessant.« Clifford nahm sich noch ein Gürkchen, Sonst hattest du mich noch gebeten, etwas über Eliza Barley in Erfahrung zu bringen. Wie hat sie bisher auf dich gewirkt?«

»Überheblich und nicht unbedingt warmherzig, aber das trifft auf den Rest des Casts genauso zu«, erwiderte ich. »Sie hat sich bisher ziemlich gemein verhalten und beneidet die anderen Schauspielerinnen um deren Rollen vor der Kamera. Sie fand es angebracht, dass jemand am Film für mehr Sicherheit sorgt – so habe ich ja bisher meine Hintergründe erklärt. Das ist mir aufgefallen, aber ich konnte nicht nachhaken, ob sie auf etwas Konkretes oder nur auf die allgemeine Atmosphäre angespielt hat. Sowohl Adriana als auch Greta haben behauptet, sie hätte vor einiger Zeit eine Art … Affäre mit Adrianas Maskenbildnerin Marietta Cook geführt, diese jedoch beendet, um sich mit Bert zu verloben.«

Clifford nickte. »Über ihr Privatleben konnte ich überhaupt gar nichts in Erfahrung bringen. Sie hatte allerdings schon einige Filmrollen, mit denen sie Aufmerksamkeit erlangt hat. Wegen ihrer Leistung als Hauptdarstellerin in einem Streifen namens *Gute Nacht, mein Liebling* war sie sogar auf der Titelseite von zwei Zeitschriften. Trotzdem wäre eine Hauptrolle an der Seite eines Clyde Redford in einem Film wie diesem eine bedeutende Rolle für sie gewesen. Es ist zwar auch noch eine Ehre für sie, die Stimme von Greta Woods sein zu dürfen, aber sie ist eigentlich ein vielversprechendes Talent, das man vor der Kamera erwarten würde.«

»Diese Meinung teilt Eliza selbst.«

»Man kann es ihr nicht unbedingt verdenken. Das wäre es jedenfalls mit meiner Recherche. Wen hast du sonst noch kennengelernt?«

»Adrianas Maskenbildnerin, Marietta«, ging ich die

Chronologie durch. »Ich kann sie schwer einschätzen, aber angeblich bekommen Maskenbildnerinnen allen Klatsch mit, der am Filmset kursiert, also könnte sie uns noch nützlich werden. Dann habe ich Billard gespielt. Dabei war Herman Hughes, der älteste Schauspieler hier, der sich genau wie Greta nach der Stummfilmzeit sehnt und gerne alle Leute von damals wieder am Set hätte, was allerdings nicht klang, als würde er damit nur deren Fähigkeiten meinen. Außerdem war da Jackie Fox. Jackie scheint mit Franz auszukommen, was hier eine Seltenheit ist, und scheint auch ganz gut zu schauspielern.«

»Ist Jackie ein Künstlername oder ein echter Name?«

Ich zuckte mit den Schultern. »Ich weiß nicht. Anscheinend hat Jackie in der Stummfilmzeit als Jack und als Jacqueline mitgespielt, muss aber im Tonfilm wegen des Sprechteils bei Frauenrollen bleiben.«

»Die Besetzung dieses Films scheint wirklich böses Blut gebracht zu haben«, bemerkte Clifford.

Ich nickte. »In der Tat. Dann wäre da noch Bert Wallace, der Drehbuchautor, aber über ihn weiß ich noch fast nichts. Außer, dass er einen Strick und Handschuhe in einer seiner Schubladen hat.«

»Er hat *was*?«

»Es muss nichts heißen. Es ist nicht illegal, das zu besitzen. Ich gebe zu, dass meine detektivische Erfahrung –«

Clifford unterbrach mich und hielt ein schrecklich misshandeltes Taschenbuch hoch, das er soeben aus seinem Koffer gefischt hatte. Der Einband hing in Fetzen, doch das Titelbild war noch erkennbar: Ein Tisch, darauf ein zur

Schlinge gebundenes Seil und ein Paar Lederhandschuhe. »So, meinst du?«

»Warum bist du so grausam zu deiner Lektüre?«, murmelte ich.

»Das ist doch jetzt egal.« Clifford wedelte mit dem Buch vor meinem Gesicht herum, sodass eine Seite herausfiel. »Oh, hupsa.«

Mir lief es eiskalt den Rücken herunter. Das arme Buch. »Ja, genauso sah es aus«, antwortete ich.

»Suspekt.« Clifford legte das Buch weg und schraubte sein Gurkenglas zu.

»Kannst du mit irgendeiner dieser Informationen etwas anfangen?«

Er schüttelte den Kopf. »Mir geht es genau wie dir. Ich kann Verbrechen aufklären, aber ich weiß nicht, ob ich sie verhindern kann. Ich kann dir nur sagen, was jetzt passieren würde, wenn das hier ein Kriminalroman wäre.«

»Wäre das hilfreich?«

»Überhaupt nicht. Im Krimi wäre Adriana das Opfer. Franz wäre in irgendwelche merkwürdigen Intrigen verwickelt, die so viele judenfeindliche Vorurteile erfüllen, dass man sich fragt, ob jemand beim Schreiben eine Liste abgehakt hat. Gracie wäre natürlich eine Psychopathin und eine Gefahr für die Menschheit, aber nicht die Täterin, weil das zu langweilig wäre. Greta wäre eine kommunistische Spionin der russischen Regierung, denn in Büchern gibt es scheinbar keine osteuropäischen Staaten außer Russland. Jackie wäre auch in irgendeiner Form kriminell, weil alle, die nicht dem Sittenverständnis eines Dorfs wie Buckington entsprechen, in Kriminalromanen grundsätzlich

Verbrecher sind. Edward und Clyde hätten beide heimliche Liebschaften mit Adriana gehabt und hassen sie dafür, dass sie gleichzeitig mit zwei Männern ausgegangen ist. Die Mörderin wäre dann aber Eliza, die Adrianas Rolle wollte und von der unscheinbaren Maskenbildnerin Marietta erst beobachtet und dann verpetzt wird. Weil keine Frau alleine einen Mord begehen könnte, hätte ihr Bert geholfen. Wir als Detektive könnten den Fall lösen, in dem wir uns komplett von unseren Vorurteilen leiten lassen, und *zack!* Recht und Ordnung der guten alten Zeit wären wiederhergestellt.«

»Deswegen«, erwiderte ich vorwurfsvoll, »sollte man keine Kriminalromane lesen.«

»Nicht alle Krimis sind so! Es scheint sich nur die Leserschaft danach zu sehnen, dass alles immer so geschieht, wie es sich laut ihnen gehört, und *das* wiederum hat dann meistens erstaunlich wenig mit der Realität zu tun. Und damit hilft es uns auch nicht bei unserem Fall.«

»Was sollten wir stattdessen tun?«

»Wir sollten uns morgen ganz genau umhören, ob jemand ungute Absichten hegt. Und bis dahin sollten wir noch mehr Pickles essen. Heute Abend tut sich bestimmt nichts mehr.«

Es sollte die erste Nacht seit langem werden, in der ich dankbar war, dass ich wach lag.

Um ein Uhr morgens hörte ich Schritte. Erst dachte ich an das Personal des Goldenen Löwen – vielleicht war nachts jemand auf. Doch dafür waren die Schritte zu unregelmäßig. Wer immer da lief, blieb immer wieder stehen, als würde er in die Nacht lauschen, ehe er sich wieder in Bewegung setzte, um dann erneut zu verharren.

Lautlos schlüpfte ich aus dem Bett, griff nach der Streichholzschachtel auf meinem Nachttisch und entzündete ein Streichholz. So konnte ich mir mit Blick in den Spiegel über dem Waschtisch rasch die Haare richten, ohne dass ein breiter Lichtstrahl unter der Zimmertür hindurchschien. Dann stand ich auf und schlich zur Tür.

Im Gang war es dämmrig, weil die Lampen an der Wand auf kleiner Flamme brannten. Ich trat vollends in den Flur und entdeckte eine Gestalt im Morgenmantel bei der Treppe. Es war Marietta. Kurz war ich überrascht, sie zu sehen, doch dann erinnerte ich mich, dass außer dem Cast auch die Regie und die Maske im Goldenen Löwen wohnten.

Leise eilte ich zu ihr. »Miss Cook. Ist alles in Ordnung?«

»Ich bin aufgewacht, weil dort unten jemand herumläuft«, erwiderte sie flüsternd. Ihre langen roten Locken fielen ihr lose über die Schultern. Es kam mir entsetzlich unangemessen vor, sie so zu sehen. »Sollten wir nachsehen gehen? Ich denke, die Person ist gerade die Treppe ins Foyer hinuntergegangen.«

»Jeder hat das Recht, nachts aufzustehen und hinzugehen, wo es ihm oder ihr beliebt«, erwiderte ich, spähte aber dennoch neugierig die Treppe in den ersten Stock hinunter. »Wenn Sie möchten, kann ich mich allerdings vergewissern gehen, dass wir uns nicht zu sorgen brauchen.«

»Ich dachte erst kurz, dass jemand eingebrochen sein könnte«, entgegnete Marietta und zog den Morgenmantel fester um sich. »Aber wahrscheinlich war das nur mein müder Kopf. Sie haben recht.« Sie gähnte hinter vorgehaltener Hand. »Entschuldigen Sie. Ich glaube, ich lege mich wieder hin.«

»Gute Nacht«, antwortete ich und wartete, bis sie in ihrem Zimmer verschwunden war. Dann ging ich Clifford wecken.

»Wasslos?«, murmelte er schlaftrunken und drehte sich weg, während ich ihn zurückhaltend, aber doch bestimmt wachrüttelte.

»Jemand schleicht nachts herum. Wir sollten uns das vielleicht ansehen.«

Clifford grunzte, setzte sich schwerfällig auf und schälte sich aus den Decken. »Ja, ja. Gibst du mir bitte meine Pullover?«

Ich reichte ihm den Pullover, den er sich über sein Nachthemd streifte. Ein lebender Beweis, warum ich immer voll bekleidet schlief, *gerade* als Detektiv. »Beeil dich, sonst kommen wir der Person nicht mehr nach.«

»Warum bist du denn nicht allein gegangen?«

»Weil wir eine Detekteipartnerschaft bilden.«

Kurz darauf liefen wir so lautlos wie möglich den Flur hinunter und die Treppe hinab. Der Korridor im ersten Stock lag genauso da wie der darüber – schwach erleuchtet, totenstill.

Ich wies auf die Treppe, die ins Foyer führte. Clifford nickte. Vorsichtig stiegen wir weiter nach unten. Der Rezeptionstresen war unbesetzt, aber es schien Licht unter der

Tür durch, die in den Raum dahinter führte. Gerade wollte ich dorthin zeigen, da hörten wir die Schritte wieder. Sie kamen eindeutig aus dem Untergeschoss.

Clifford deutete mit dem Finger nach unten. »Da! Aber dort sind nur die Küche und Waschküche.«

»Das macht es nur umso verdächtiger, findest du nicht?«

»Nein. Das ist bestimmt nur jemand vom Haus. Gehen wir wieder hoch.«

»Ich möchte mir das ansehen.« Vor allem wollte ich nicht zurück in mein Zimmer und mit meinen Gedanken allein sein. Ich trat auf die schmale Tür neben der Rezeption zu, die nach unten führte. Sie stand offen.

Langsam und lauschend stiegen wir in den Keller hinab. Kein Licht brannte, es war still bis auf ein leises Summen.

Clifford berührte mich am Arm und zog mich sacht den Kellerflur entlang in Richtung einer Öffnung, aus der ein Lichtschein kam. Es war ein Durchgang, oder vielleicht auch eine offene Tür. Wir kamen vorsichtig näher und spähten hindurch.

Ich hatte vieles erwartet, aber nicht einen großen Mann, der in einem summenden Kühlschrank wühlte.

Niemand, den ich persönlich kannte, besaß einen Kühlschrank, deshalb faszinierte mich das Gerät instinktiv mehr als das, was davor geschah. Zwischen einem Spülbecken und blitzsauberen Arbeitsplatten thronte das Monstrum und schimmerte im Licht einer Taschenlampe, die auf dem Holztisch in der Mitte des Raumes lag. Leider verdeckte die Kühlschranktür, was der Mann genau tat, aber man hörte es rascheln.

Ich zog den Kopf zurück und sah Clifford irritiert an. Er

setzte im fahlen Licht eine fragende Miene auf und formte mit den Lippen das Wort »Mitternachtspicknick?«

Ich zuckte mit den Schultern und linste ein weiteres Mal durch die Türöffnung. Der Mann hatte sich umgewandt und schloss mit dem Ellenbogen die Tür des Kühlschranks. Er trug ein Tablett, auf dem Brotscheiben und andere, in dem schlechten Licht nicht erkennbare Gegenstände lagen. Vermutlich waren es weitere Lebensmittel. Dafür konnte ich das Gesicht des Küchenbesuchers umso besser erkennen. Es war Herman Hughes.

Ich war verwirrt. Was tat er hier um ein Uhr nachts in der Küche, warum war er am Kühlschrank gewesen und warum hatte er ein gefülltes Tablett in den Händen? Wahrscheinlich hatte er plötzlich Heißhunger bekommen, und da die Rezeption um diese Uhrzeit nicht besetzt war, hatte er sich selbst helfen müssen. Die Frage war eher, ob Herman Hughes wirklich nachts einen solchen Hunger bekommen würde, dass er sich in die Küche schlich, anstatt wie ein gestandener Mann bis zum Frühstück zu warten.

Clifford zog mich am Ärmel zurück in die Dunkelheit des Gangs und dann durch eine Türöffnung, die direkt neben der zur Küche lag und die ich bisher gar nicht wahrgenommen hatte. Meine Schuhsohle schabte unschön über den Boden.

»Hallo?«, rief Herman halblaut. »Ist dort jemand?«

Wir verhielten uns mucksmäuschenstill und verbargen uns in den Schatten. Das Taschenlampenlicht im Raum nebenan erlosch. Dann hörten wir Schritte langsam von der Küche zur Treppe gehen. Offensichtlich war Herman besorgt, ertappt zu werden, denn sonst hätte er wohl kaum das Licht gelöscht. Aber gleichzeitig hatte er freiwillig ver-

126

bal auf sich aufmerksam gemacht. War er heimlich hier oder nicht? Regungslos warteten wir ab, bis wir hörten, dass die Schritte die Treppe hinaufgegangen und eindeutig über uns angekommen waren.

»Wer war das?«, flüsterte Clifford.

»Herman Hughes. Er spielt den Vikar, den Vater von Rosalie, Adrianas Rolle. Konntest du erkennen, was er da getan hat?«

»Etwas zu essen geholt, oder?«

»Um ein Uhr nachts aus der Küche, relativ heimlich?«

»Jeder, der nachts in die Küche geht, würde das heimlich tun. Allerdings würden die meisten Menschen wohl eher ihren Hunger bis zum Morgen aushalten, als im Dunkeln durchs Haus zu schleichen. Merkwürdig, aber nicht besorgniserregend. Ich denke, wir können wieder nach oben gehen.«

»Warten wir lieber noch, bis wir sicher sind, dass die Luft rein ist.«

Wir blieben noch etwa zwei Minuten, dann tasteten wir uns im Finstern wieder zur Treppe hin und stiegen sie hinauf. Das Foyer lag verlassen. Im ersten Stock schien kein Licht unter Hermans Tür durch, auch nicht im zweiten Stock unter Mariettas.

Als ich einige Minuten später wieder in meinem Bett lag, beschlich mich zum ersten Mal das Gefühl, dass unser Fall sich womöglich mit etwas anderem beschäftigen würde als mit Filmsabotage.

Das Wiedersehen mit Adriana am nächsten Morgen ging mit ungefähr so viel Drama über die Bühne, wie ich erwartet hatte.

»Cliff!«, quiekte sie und umarmte ihn. »Schön, dass ihr da seid!« Sie ließ ihn los und räusperte sich. »Nun ja, eigentlich wäre es am besten, wenn ihr gar nicht hier sein müsstet, oder wenn ihr bald wieder nach Hause fahrt, aber jetzt seid ihr hier. Leider kann ich euch nicht helfen, weil ich arbeiten muss, aber ich hoffe, ihr seid erfolgreich.«

»Ich teile jeden der Gedanken, die du gerade geäußert hast«, entgegnete Clifford. Wir befanden uns im Lesezimmer, durch dessen Fenster helle Morgensonne schien.

»Jetzt muss Cliff nur noch Franz treffen, dann könnt ihr euch an die Arbeit machen. Wartet, ich hole ihn kurz.« Adriana schlüpfte aus dem Raum und tauchte fast unmittelbar später mit Franz im Schlepptau wieder auf, sodass ich mich fragte, ob sie gerannt war oder ob Franz direkt hinter der Tür im Flur gestanden hatte. »Da wären wir! Clifford – Franz Kerner. Franz – Clifford Walker.«

»Ich freue mich sehr, dass Sie hier sind und uns helfen«, erwiderte Franz, nachdem die beiden sich die Hände geschüttelt hatten, und nahm dann einen gehefteten Stapel Papier unter dem Arm hervor. »Der Drehplan heute sieht vor: eine Szene mit Doris und Letizia, gespielt von Miss Woods und Miss Bernardi. Zweitens eine Stellprobe für einen Song von David und Rosalie, das sind Mr. Redford und Miss Shilling. Drittens eine Szene mit dem Paar sowie mit Alfred und Annie, das sind Edward O’Malley und Jackie Fox. Sie sind frei, sich zu bewegen und zu tun, was Sie für benötigt sehen.«

»Danke dafür und für diesen sehr hilfreichen Überblick«, erwiderte Clifford lächelnd. Er erwies sich wie gewöhnlich als sozial kompatibel, während ich danebenstand wie eine Requisite. »Gibt es etwas Besonderes, auf das wir achten sollten?«

»Nicht unbedingt. Am besten wäre es, wenn Sie uns definitiv versichern könnten, dass alles hier am Set völlig normal ist, damit ich mich bemühen kann um eine verbesserte Atmosphäre zum Arbeiten«, entgegnete Franz. »Was ist Ihr Eindruck im Moment?«

»Noch können wir Sabotageabsichten nicht ausschließen und haben einige Dinge beobachtet, zu denen wir gern weitere Nachforschungen anstellen würden«, antwortete Clifford.

Franz nickte bedeutungsschwer.

In diesem Moment flog die Tür auf und wir wurden mit der Gesellschaft eines strahlenden Clyde Redford beehrt. »Adriana!«, rief er. »Die weibliche Hauptrolle meines Lebens! Guten Morgen, *my lady*.« Er fasste sie bei den Schultern und gab ihr zwei französische Küsschen auf jede Wange. »Möchtest du mitkommen, damit wir unseren Text noch einmal üben können?« Er nickte Clifford und mir kurz zu und lächelte auf Franz herunter. »’N Morgen, Fritz.«

»*Franz*«, korrigierte Adriana und schnippte ein imaginäres Stäubchen von Clydes Revers.

Franz runzelte die Stirn. »Guten Morgen, Clyde. Ich schätze, wie enthusiastisch du bist bezüglich deiner Probe, aber ich bin geneigt zu glauben, wir besprechen hier noch etwas.«

Clyde ignorierte ihn völlig. Stattdessen wandte er sich

wieder Adriana zu und strahlte sie an. »Na? Kommst du mit?«

Adriana strahlte zurück. »Na, wenn du meinst.«

»Ich werde dich vorzüglich unterhalten. Du kennst mich doch.«

Sie lachte. »Dann habe ich wohl keine Wahl.«

Clyde legte seinen muskulösen Arm um ihre Schultern und eskortierte sie aus dem Raum. Kaum waren sie auf dem Flur, da hörte ich Adriana schon albern kichern. Ach du liebe Zeit.

Franz verdrehte die Augen. Dann bemerkte er, dass Clifford und ich immer noch neben ihm standen, räusperte sich peinlich berührt und klemmte sich die Papiere unter den Arm. »Unsere Unterhaltung ist eines Mitglieds bestohlen worden. Ich sollte mich wohl besser zu meinem Filmset begeben. Wenden Sie sich aber zu mir, wenn Sie etwas brauchen.«

»Vielen Dank«, antwortete Clifford. »Das werden wir.«

Franz grüßte und verschwand.

»Er hat ein Auge auf sie geworfen«, meinte Clifford, als wir allein waren.

»Clyde macht wirklich keinen Hehl daraus.« Ich musste mich zurückhalten, um nicht verächtlich zu klingen.

Clifford lachte auf. »Nicht Clyde, Franz! Hast du gesehen, wie er sie anschaut? Ich glaube nicht, dass er sie nur für eine gute Schauspielerin hält. Und Clyde trägt bestimmt nur deshalb diese breiten modischen Jacken mit Schulterpolstern, damit sein Ego darunter noch Platz hat. Nun ja. Was sind unsere Pläne?«

»Ich schlage vor, wir gehen zum Drehort, weil sich dort

die meisten Menschen versammeln. Dort können wir uns umhören«, antwortete ich, während eine Stimme in meinem Kopf flüsterte: *Schau, jetzt hat sie Franz* oder *Clyde. Sie braucht dich nicht. Niemand braucht dich.*

Ein hilfsbereiter Assistent des Filmteams wies uns den Weg nach Buckington, wo viele Menschen mit dem Aufbau von Kameras sowie zweier kleiner Zelte, lautstarkem Diskutieren oder – im Falle der Dorfbewohner – mit Gaffen aus dem Fenster beschäftigt waren. Clifford und ich hielten uns am Rand der Masse und versuchten, die Lage zu observieren, als wir Stimmen aus einem der Leinenzelte hörten.

»… bitte auf damit! Du kannst mir vertrauen«, hörte ich eine Frauenstimme. Greta.

»Sprich um Gottes Willen *leiser*! Oder soll ich dich zum Schweigen bringen?«

Das war Herman. Ich sah zu Clifford und las in seinem Blick, dass er es ebenfalls gehört hatte. Unauffällig bewegten wir uns näher zu der Stoffwand hin und spitzten die Ohren.

»Darüber macht man keine Witze.«

»Du weißt selbst, dass nichts hieran ein Witz ist. Weshalb soll ich dir denn vertrauen können?«

»Ich habe einen gewissen Selbstschutzinstinkt«, erwiderte Greta so leise, dass ich Mühe hatte, sie noch zu verstehen. »Ich habe einen Fehler begangen und kann ihn nicht mehr rückgängig machen, aber davon muss nicht jeder wissen. Du weißt Bescheid, also würde ich mich hüten, dir schaden zu wollen.«

»Auf einmal so reumütig, was?« Herman schnaubte. »Das sah doch einmal ganz anders aus.«

»Mein Gewissen ist *meine* Angelegenheit. Wie *du* noch ruhig schlafen kannst, weiß ich auch nicht. Aber ich werde –«

Ein Lastwagen knatterte heran und hielt nur wenige Yards entfernt. Sofort wuselte eine Schar Menschen um ihn herum und begann, ihn zu entladen. Der Lärm schluckte den Rest von Gretas Satz und alles, was danach gesprochen wurde.

Clifford zog mich vom Zelt weg an ein ruhigeres Fleckchen an der gegenüberliegenden Straßenseite. »Wer waren die beiden?«

»Greta Woods und Herman Hughes.«

»Der von gestern Nacht?«

Ich nickte. »Aber ich habe nicht die geringste Ahnung, worüber sie gesprochen haben.«

»Ein Sexskandal«, schlug Clifford vor. »Filmleute haben die andauernd, wie man aus den Zeitschriften weiß, wenn man die richtigen Zeitschriften liest. Es klingt, als wollten die beiden eine gemeinsame Zusammenkunft vertuschen, für die sie sich schämen. Das ist nicht einmal unrealistisch, denn sie könnten in der Stummfilmzeit am gleichen Filmset gespielt haben.«

Ich hasste es, an solcherlei Themen auch nur *denken* zu müssen, ganz besonders wegen der Bilder, die es in meinem Kopf entstehen ließ. »Das ist es bestimmt *nicht*. Aber es scheint tatsächlich, als hätten die beiden ein gemeinsames Geheimnis.«

Wir wandten uns wieder dem Dreh zu. Die Dorfstraße, auf der wir uns befanden, war von kleinen Häusern und Geschäften gesäumt – ein englisches Dorf, das auf der

Leinwand davon leben würde, nicht in einem Studio nachgebaut worden zu sein. Vor einem Abschnitt dieser Häuserzeile auf der linken Seite der Straße umringte ein Kreis aus Kameras und Tontechnikern ein freies Stück Gehsteig, was an eine Bühne inmitten eines Publikums erinnerte. Franz stand dort und gab Anweisungen. Ich erkannte Eliza, die mit einem Skript in den Händen neben einer der Kameras stand und sich mit einem Mann unterhielt, der vermutlich Kameramann oder Regieassistent war. Möglichst unauffällig näherten wir uns dem Drehort.

»Die dunkelhaarige junge Frau dort in dem rosafarbenen Kleid ist Eliza«, erklärte ich Clifford halblaut und ließ meinen Blick auf der Suche nach mehr bekannten Gesichtern über die Menge schweifen. »Dort drüben ist Gracie – die hellblonde Frau, der gerade jemand die Frisur richtet. Ach, und da kommt Greta.«

Greta war aus dem Zelt getreten und schritt jetzt auf die Filmcrew zu wie eine Prinzessin, die sich dazu herabgelassen hatte, einem wohltätigen Ereignis beizuwohnen. Ihre schokoladenbraunen Locken waren kunstvoll frisiert und schimmerten im Licht. Sie trug einen eleganten kleinen Hut und einen schmal geschnittenen Mantel und war auf eine solche Art geschminkt, dass bei ihrem Anblick wahrscheinlich reihenweise Kinozuschauer in Ohnmacht fallen würden. Die Filmleute wichen respektvoll zur Seite, als sie gemessenen Schrittes durch ihre Reihen auf Eliza zutrat, um mit ihr zu sprechen. Gracie kam mit gerichteter Frisur ebenfalls näher. Ich warf einen Blick über die Schulter und sah Herman Hughes aus dem Zelt schlüpfen und in Richtung des Goldenen Löwen verschwinden. Aus dem Verhalten dieses Mannes wurde ich nun wirklich nicht schlau.

Greta und Gracie bezogen Stellung auf dem Bürgersteig, wurden in Pose gelotst und von den Kameras fixiert. Das Stimmengewirr in der Menschenansammlung erstarb und das ganze Dorf Buckington schien den Atem anzuhalten.

»Dorfstraße, Klappe, die erste!«, rief Franz.

Es knallte laut.

Gracie wandte sich an Greta. »Dort hinten geht es also zur Pfarrei?«, fragte sie mit italienisch angehauchter Aussprache.

Greta öffnete den Mund, doch es war Elizas Stimme, die als Antwort erklang: »Genau. Den Hang hinauf und über das Moor.«

»Sie entkommt uns nicht.«

»Genauso wenig wie der Mann, der es gewagt hat, mein Vertrauen zu brechen.« Greta lachte kalt und zog die Brauen zu einem Ausdruck damenhafter Verärgerung zusammen »Mein lieber David wird es bereuen, meinen Platz diesem Mädchen gegeben zu haben, das nicht im entferntesten so gut schauspielert wie ich.« Dieser Satz hätte auch aus Gretas – oder auch Elizas – eigenen Gedanken stammen können.

Gracie wandte sich zu ihr. »Wie plautet denn jetzt der – wie *lautet* denn jetzt der Plan? Ach, zum Kuckuck! Entschuldigung.«

»Schnitt!«, rief Franz. »Keine Sorge, das kann passieren, Grazia.«

Greta sah Gracie finster an. »Wenn wir wegen so etwas die Einstellung wiederholen müssen, brauchen wir ja bis übermorgen«, zischte sie, für Clifford und mich gerade noch hörbar.

»Also wirklich!«, entgegnete Gracie wesentlich lauter. »*Du* musst deinen Text ja gar nicht auswendig wissen, er wird ja vorgelesen, und noch nicht einmal von *dir*.«

Greta schnaubte. »Leider von einer, die einen Text nicht einmal gefühlvoll vortragen kann, wenn sie ihn abliest.«

Der Schlagabtausch wurde von zwei Maskenbildnerinnen unterbrochen, die um Greta und Gracie herumwuselten, Haare in Ordnung brachten und Lippenstift nachzogen, während die Kameras neu ausgerichtet wurden. Dann wurde die Einstellung wiederholt.

Obwohl die zu drehende Szene im Endeffekt recht kurz war, war sie dennoch sehr aufschlussreich für Clifford und mich. Gracie schauspielerte gekonnt, aber ihr fehlte das gewisse Etwas, die Leidenschaft, die sie am Vortag gezeigt hatte. Es kam noch hinzu, dass sie mühelos von Greta in den Schatten gestellt wurde. Es bestand kein Zweifel daran, dass wir es bei ihr mit einem Filmstar zu tun hatten. Jeder Blick, jede Geste, jedes Blinzeln schien von einer höheren Macht zu stammen, die uns bemitleidenswerten Sterblichen vorführte, wie man wirklich ein Publikum in den Bann zog. Umso schrecklicher war es, wie all das von Eliza vollkommen zunichte gemacht wurde. Sie mochte eine ganz hübsche Stimme und durchaus schauspielerisches Talent haben, doch ihr Gretas Text anzuvertrauen, war selbst aus meiner Laienperspektive ein absoluter Fehltritt. Es war, als würde man eine Kopie der Mona Lisa mit Wachsmalstiften anfertigen wollen – egal, wie gut der Kopist zeichnen konnte, es wäre trotzdem niemals annähernd so gut wie das

Original. Zwar würde das Publikum niemals wissen, wie Gretas Stimme wirklich klang, denn das Filmstudio sorgte bestimmt dafür, dass aus Buckington niemand plauderte. Greta jedoch wurde nach jeder Sequenz unzufriedener mit Elizas Darbietung.

»Meine Güte, Eliza, gib dir wenigstens ein *bisschen* Mühe!«, rief sie nach dem sechsten Anlauf. »Wie machst du das denn in Filmen, in denen du vor der Kamera spielst? Hast du da auch den Charme einer Zwölfjährigen, die zu einer Teilnahme am Schultheaterstück gezwungen wurde?«

»An deiner Stelle wäre ich ganz still, denn mein Beitrag ist der Grund, dass du überhaupt noch spielen darfst!«, giftete Eliza zurück. »Ohne mich würdest du zu Hause auf deinen verwelkten Lorbeeren sitzen! Oder man würde dich aus dem Land werfen!«

»Bitte beruhigt euch!« Franz trat zwischen die beiden »Ich kann absolut begreifen, dass ihr von einer halben Rolle abgetan seid, aber wenn es kein Zusammenarbeiten zwischen euch gibt, seht ihr *beide* schlecht aus, deswegen bitte ich euch –«

»Was wagen Sie, so daherzukommen, als würde sie sich falsch verhalten, Sie Wicht?«

Alle Köpfe drehten sich gleichzeitig nach dem um, der gerufen hatte. Es war Bert Wallace. Hatte er schon die ganze Zeit hier gestanden oder war er gerade erst aufgetaucht? Ich jedenfalls hatte ihn nicht bemerkt. Jetzt drängte er sich mit zornigem Gesicht unter Einsatz seiner Ellenbogen durch die Reihen der Filmleute und baute sich vor Franz und Greta auf. »Schämen Sie sich! Es ist eine Frechheit, dass man Ihresgleichen überhaupt noch Arbeit beim Film gibt, während die

Talente des englischen Filmgeschäfts sich mit zweitklassigen Produktionen begnügen müssen, aber dass Sie einen Star wie Eliza derart behandeln«, jetzt brüllte er, »dafür sollte man Sie einkerkern, und das wäre noch gnädig!«

»Vielleicht würde ich Ihnen sogar Gehör schenken, wenn Sie beim Schreien nicht so spucken würden wie ein kleines Kind.« Greta zupfte ihr Kostüm zurecht.

Franz straffte die Schultern. »Es war nicht in meiner Absicht, jemanden zu beleidigen, ich wollte lediglich als Regisseur dieses Films meinen Schauspielerinnen Rückmeldung –«

»Mir ist völlig egal, was Sie angeblich sind!« Bert stellte sich schützend vor Eliza. »Mein Mädchen ist ein Star, und das respektieren Sie gefälligst!«

Unter den Umständen machte niemand irgendwelche Anstalten, Bert entgegenzutreten. Gerade überlegte ich, ob Clifford und ich einschreiten oder ob wir dem Streit lieber zusehen sollten, da trat Eliza hinter Bert hervor und legte ihm beschwichtigend eine Hand auf den Arm.

»Bertie«, sagte sie und streichelte ihm sacht über den Arm.. »Reg dich nicht so auf über Leute, die das gar nicht wert sind. Lass mich weiterspielen. Ich werde es ihnen schon zeigen.« Sie legte den Kopf schief und sah ihn bittend an.

Bert schnaubte. »Ich sehe es gar nicht gerne, wenn man so mit dir redet.«

»Das ist lieb von dir. Aber lass mich die Szene fertig drehen, in Ordnung?« Eliza stellte sich auf die Zehenspitzen und drückte Bert einen Kuss auf die Wange.

Er streichelte ihr über das Haar. »Wie du meinst, meine Prinzessin. Zeig es ihnen.«

»Aber ein bisschen plötzlich«, bemerkte Gracie. »Wir haben nicht den ganzen Tag Zeit. Auf geht's.«

Bert ließ von Eliza ab, alle begaben sich wieder auf ihre Posten und bei der nächsten Einstellung war die Szene perfekt im Kasten.

Anschließend verschwanden die Schauspielerinnen in die Zelte, um sich umzuziehen, und die restliche Crew baute die Kameras ab. Franz wuselte zwischen den Menschen herum und verteilte Anweisungen. Es schien niemanden zu geben, dessen Namen und Aufgaben er nicht genau im Blick hatte. Jedoch stieß das nicht unbedingt auf Wertschätzung vonseiten seines Teams. Sie brummten ihn mürrisch an und tuschelten hinter seinem Rücken. Einer der Regieassistenten trat sogar demonstrativ einen Schritt zurück, als Franz sich an ihn wandte. Zwar nahm er seinen Auftrag nickend entgegen, doch als Franz sich an eine Maskenbildnerin wandte und ihr etwas auf dem Drehplan zeigte, drehte der Regieassistent sich zu einem Kollegen und tippte sich mit dem Finger gegen die Stirn. Einem unaufmerksamen Beobachter wäre all das vielleicht entgangen, doch mir fiel es auf und ich sah, dass Franz es ebenso wahrnahm, auch wenn er sich stets zu lächeln bemühte.

Clifford trat beiseite und ich folgte ihm auf die andere Straßenseite. »Was ist denn das hier für ein Arbeitsklima?«, murmelte er leise. »Und war das der Drehbuchautor? Warum mischt der sich überhaupt noch ein und macht die Leute fertig?«

»Er ist als Elizas Verlobter hier und mit dem Dreh nicht zufrieden«, erwiderte ich. »Und es ist für unseren Auftrag wichtig, nicht nur das Verhalten des Casts zu beobachten, sondern auch das der anderen Filmleute.« Unwillkürlich musste ich an den Strick in Berts Schublade denken. *Einkerkern, und das wäre noch gnädig.* Aber nein. Ich durfte keine voreiligen Schlüsse treffen.

»Gleichzeitig werden eventuelle Pläne zur Sabotage des Films vermutlich eher abseits des Sets geschmiedet«, entgegnete Clifford. »Einer von uns sollte den Dreh verfolgen, aber der andere kann sich umsehen, was außerhalb der Filmarbeit geschieht. Das solltest du sein, weil du hier mehr Orte und Gesichter kennst und weil *ich* versuchen werde, ein Autogramm von Greta Woods zu bekommen.«

Eine wohlige Wärme breitete sich in mir aus. Clifford und ich ermittelten Seite an Seite und keine düsteren Gedanken konnten dem etwas anhaben, solange ich mich an den Fall klammerte. »In Ordnung. Spätestens zum Nachmittagstee bin ich wieder im Goldenen Löwen.«

Clifford nickte. »Alles klar. Oder wie man hier am Filmset sagen würde, *okay.*« Er schmunzelte.

»Wir müssen uns ja nicht gleich ausdrücken wie Clyde Redford.«

Ich wandte mich ab und ging die Hauptstraße von Buckington in Richtung des Wegs hinunter, der zur Kirche führte. Ich hätte auch in die entgegengesetzte Richtung zum Goldenen Löwen gehen können, aber vielleicht liefen auf dem Friedhof schon Vorbereitungsarbeiten oder Stellproben, bei denen ich jemanden belauschen konnte. Der Himmel zog zu, als ich in den Weg zum Friedhof einbog, und als ich das offene Tor durchschritt, verschwand die Sonne endgültig hinter dicken grauen Märzwolken. Mich fröstelte unwillkürlich.

Heute hatte ich mehr Zeit, die Kirche zu betrachten. Sie war schlicht, aber groß, in keinem Verhältnis zu dem kleinen Örtchen. Das niedrige Kirchenschiff und der viereckige, von einem Kreuz gekrönte Turm waren aus robusten grauen Steinen ohne Zierde errichtet. Etwas dahinter lag ein pittoreskes Pfarrhaus mit einigen Rosenbeeten vor der Tür, die im Vergleich zu dem leicht verwilderten Friedhof voller schiefer und moosiger Gräber erstaunlich gepflegt aussahen. Es war naheliegend, dass man diesen Film bei einer echten Kirche hatte drehen wollen, anstatt eine Kulisse zu wählen. Es musste teuer sein, aber auf der Leinwand würde es unvergleichlich wirken.

Gerade als ich glaubte, der Friedhof sei leer, hörte ich Stimmen, die aus dem Eingang zur Kirche drangen. Zwar war ich ein gutes Stück entfernt und konnte aufgrund einer struppigen Eibe neben dem Portal nicht sehen, wer dort stand, doch die Akustik des offenen Vorraums trug die Stimmen zu mir herüber.

»Du kannst das nicht verstehen, Jackie!« Das war Edwards Stimme. Sie klang jedoch nur wenig nach ihm, weil sie merkwürdig erstickt klang, als hätte er gerade heftig geweint. »Es ist … es ist … ich *ertrage* es nicht mehr.«

»Aber du gibst doch schon dein Bestes«, entgegnete Jackie beruhigend. »Außerdem bemüht er sich auch.«

»Ach, er macht doch alles nur noch schlimmer!« Edwards Stimme war schrill und wurde von den Steinwänden des Kircheneingangs zurückgeworfen und verzerrt. »Es wird alles – alles nur noch – ich kann nicht mehr denken, ich kann nicht mehr, ich habe *Angst,* verflucht noch mal!«

Ich zuckte zusammen. Sollte ich mich bemerkbar machen? War Edward in Gefahr? Doch es schien nur Jackie und damit keine Bedrohung bei ihm zu sein.

»Setz dich«, erwiderte Jackie ruhig. »Hier, auf dieses Sims. Tief atmen. Zähl bis hundert, wenn dir das Atmen schwerfällt. Dir passiert nichts.«

»Clyde, dieser Ekelhafte! Es wäre mein Durchbruch gewesen, Jackie! All das hier wäre etwas wert gewesen, wäre nicht dieser verdammte Amerikaner!« Edward schnappte nach Luft. »Scheiße, Jackie, scheiße! Es war *meine* Rolle, und ich habe dafür gekämpft! Fertig gemacht habe ich mich und jetzt –« Er schluchzte erstickt.

Jackie seufzte. »Dafür musst du jetzt in dieser Zeit keine Titelrolle übernehmen. Vielleicht ist das gut für dich.«

»Und was, wenn ich *nie wieder* die Chance bekomme? Wenn es alles vorbei ist?«, rief Edward mit tränenerstickter Stimme. »Ach, es tut mir leid.« Jetzt sprach er wieder leiser. »Dich betrifft es ja auch. Du wolltest meine Rolle, und vielleicht hättest du sie bekommen, wenn ich jetzt an Clydes Stelle stünde.«

»Ich hätte deine Rolle im Tonfilm so oder so nicht spielen dürfen«, erwiderte Jackie resigniert.

Edward schniefte. »Ich sag's dir, einem wird es schlecht gehen. Noch ehe dieser Dreh vorbei ist, ich wette es mit dir, ist es mit mindestens einem von uns vorbei.«

»Sag nicht solche Sachen!« Jetzt wurde Jackie laut. »Nie wieder!«

»Und woher willst du wissen, dass ich nicht recht habe?« Edward schien aufgestanden zu sein, denn jetzt hörte ich seine Schritte auf dem Kiesweg, der von der Kirche wegführte. Als er hinter der Eibe hervortrat, konnte ich ihn sehen, wie er mit zerrauften Haaren und rotem Gesicht rückwärts den Weg hinunterwich. Instinktiv ging ich in die Knie und duckte mich hinter einen Grabstein, damit er mich nicht entdeckte.

»Du wirst noch sehen, wozu ich in der Lage bin! Ich kann mich behaupten! Ich werde es ihnen allen zeigen, und du kannst mich nicht davon abhalten!« Edward wirbelte herum und eilte in Richtung des Friedhofstors. Jackie folgte ihm, und die beiden entfernten sich, ohne mich bemerkt zu haben.

Ich entschloss mich, ihnen nicht nachzulaufen. Ein ungutes Gefühl machte sich in mir breit. Jackie hatte Edwards und Edward wiederum Clydes Rolle spielen wollen. Greta, Gracie und Eliza hatten alle drei auf Adrianas Rolle spekuliert, außerdem wollten Greta und Eliza beide eine ganze Rolle. Es war wie ein Gewirr aus Fäden, die …

»Guten Morgen! Darf ich fragen, wobei ich Sie störe?«

Ich zuckte vor Schreck zusammen, verlor in der Hocke mein Gleichgewicht und landete auf dem Hintern im feuchten Gras. So gut mir das möglich war, wandte ich mich um und hätte schwören können, dass mein Herz einen Schlag aussetzte. Der Mann, der freundlich lächelnd auf mich zutrat, war niemand Geringeres als der Fremde, den ich bei meiner Ankunft im Hotel am Tresen gesehen hatte.

»Ich …«, begann ich und versuchte, einen klaren Gedanken zu fassen. Aus irgendeinem Grund schien mir das völlig unmöglich, solange dieser Mann seine dunkelbraunen Augen auf mich gerichtet hielt, deren geschwungene Wimpern mich an Adriana erinnerten. »Ich war von diesem Grabstein fasziniert.«

Der Fremde nickte verstehend. Hatte er auch das Gespräch zwischen Jackie und Edward mitbekommen? Eigentlich musste er die beiden gehört haben, aber er ließ sich nichts anmerken. »Das ist wirklich ein außergewöhnlicher Grabstein. 1811-1889. Wessen Geburts- und Todesjahre sind schon Primzahlen?«

Mir lief ein Schauer über den Rücken, der keineswegs negativ begründet war. »Ahm. Genau.«

»Lassen Sie mich Ihnen aufhelfen.« Er lächelte und hielt mir die Hand hin. Erst da wurde mir bewusst, dass ich immer noch höchst würdelos am Boden saß und meine Hose hinten völlig durchnässt war. Ich spürte, wie meine Wangen heiß wurden. Was war denn überhaupt in mich gefahren?

»Danke, es geht so«, erwiderte ich und ergriff dann aus irgendeinem Grund doch seine Hand, um aufzustehen. *Bist du noch bei Verstand, Laurentius Newcombe?*

Er zog mich schwungvoll auf die Füße. »Sehr gern.«

»Danke sehr.« Ich wusste nicht, ob mir der Schweiß wirklich in Bächen an meinem Körper herunterlief oder es mir nur so vorkam. Jetzt standen wir direkt voreinander und ich registrierte unwillkürlich, wie seine Brauen geschwungen waren und wie er leicht schief lächelte …

Nein. Auf gar keinen Fall! Ich durfte mich solchen Gedanken nicht hingeben, niemals und schon gar nicht während eines Auftrags. Ich ließ seine Hand los. Die Detektivarbeit rief. »Ich habe Sie gestern im Goldenen Löwen gesehen, aber Ihre Bekanntschaft noch nicht gemacht.«

»Oh, entschuldigen Sie! Ich habe mich gar nicht vorgestellt.« Er lachte, was mir prompt das Gefühl gab, als hätte er damit mehrere überlebenswichtige Areale meines Großhirns abgetötet. »Ich bin Clarence Leonard, aber da hier viele nur den Vornamen nutzen, dürfen Sie mich auch Clarence nennen.«

»Laurentius Newcombe«, antwortete ich. *Distanz und Detektivarbeit! Wehe, du lässt auch nur ein einziges Gefühl aus seiner angestammten Gefängniszelle hervorkriechen!* »Was führt Sie hierher, abgesehen von der Analyse diverser Grabsteine?«

Clarence lachte wieder. »Sie haben Humor! Ich bin spazieren gewesen und habe mir die Kirche angesehen. Jetzt wollte ich zurück zum Goldenen Löwen gehen. Möchten Sie mich begleiten? Dann wandere ich nicht allein durch die Heide wie der einsame Held eines tragischen Romans.«

Ich überlegte, was wohl schlechter für die Ermittlungen sein würde – die Gelegenheit verstreichen zu lassen, allein mit einem Verdächtigen zu sprechen, oder in Clarences Gegenwart womöglich Gedanken zu denken, die ich mir niemals erlauben durfte. Vermutlich war jedoch das größte Risiko, an Ort und Stelle einen Herzinfarkt zu erleiden, wenn ich mich weiterhin von ihm anlächeln ließ.

»Sehr gern. Ich wollte ebenfalls dorthin.«

Wir setzten uns in Bewegung.

»Sie sind erst gestern angekommen, nicht wahr?«, erkundigte sich Clarence. »Darf ich fragen, weshalb Sie hier sind?«

Meine bisherige Ausrede für diese Frage, die mir ohnehin schon dumm vorgekommen war, erschien mir jetzt noch dümmer. »Ich bin im Auftrag des Produzenten hier und soll herausfinden, ob … die Sicherheit der Beteiligten an diesem Filmset gewährleistet ist.«

»Wie ein Detektiv?«

Ich ließ meinen Blick über die sanften Hügel und den hellen grauen Himmel wandern, um Clarence nicht in die Augen sehen zu müssen. Er sollte meine wahren Hintergründe nicht erahnen. »So könnte man das ausdrücken.«

»Dann haben wir beruflich etwas gemeinsam.« Er schob seine Hände in die Tasche seines langen dunklen Mantels. »Ich bin Psychiater. Eine Art Seelendetektiv.«

Die Art, wie er dieses letzte Wort aussprach, verursachte mir einen Kälteschauer, den bisher nur Adriana bei mir ausgelöst hatte, wenn sie im Abendkleid vor mir stand und den Kopf schief legte, sodass ihre Ohrringe schaukelten. Zum Glück wusste ich, dass mein Gesicht niemals verriet, was ich dachte. Ich musste mich wirklich besser auf die Befragung konzentrieren. War Clarence der »Kopfdoktor«, von dem Gracie gesprochen hatte?

»Gehören Sie zum Film dazu?«, fragte ich.

»Ja und nein. Ich bin nicht für den Film als solches hier, sondern für bestimmte Personen, die daran beteiligt sind, obwohl sich natürlich jeder jederzeit an mich wenden darf.«

»Ach, interessant.« Ich war noch nie einem Psychiater begegnet. Eigentlich hätte ich mir einen solchen Arzt älter, bärtiger und exzentrischer vorgestellt. Clarence entsprach eher meiner Vorstellung von einem Kinderkrankenpfleger. Konnten Psychiater eigentlich erraten, was einem durch den Kopf ging?

»Entschuldigen Sie, falls ich schlecht darin bin, Gespräche zu führen«, entgegnete Clarence. »Für gewöhnlich unterhalte ich mich in meinem professionellen Rahmen, deshalb sind meine Kenntnisse privater Konversation etwas eingerostet.« Er lachte.

»Oh nein. Sie konversieren sehr gut, sicherlich besser als ich.« In einem geistigen Aussetzer fügte ich dieser völlig unbeholfenen Aussage noch hinzu: »Und ich habe überhaupt nichts gegen professionelle Rahmen.«

Er antwortete nur mit einem Schmunzeln. Daraufhin entstand eine überaus peinliche Stille, in der wir nebeneinander hergingen. Normalerweise mochte ich Schweigen, aber hier war es schrecklich, weil es mich viel zu sehr darüber nachdenken ließ, welche Gefühle sich gerade meiner bemächtigten. Schon Adriana hatte ich abweisen müssen, weil sie mir zu viele davon bescherte. Was immer gerade geschah, es gefiel mir gar nicht. Ein Gespräch musste her.

»Was tut man denn genau als Psychiater?« *Wahnsinn. Was für ein innovativer Gesprächsaufhänger.*

»Man hilft denjenigen, die auf verschiedene Weise gesundheitliche Unterstützung benötigen, wenn weder Verbände noch Hustensaft die Leiden kurieren«, antwortete er. »Es ist noch eine sehr junge medizinische Disziplin. Viele denken, ich arbeite in einem Irrenhaus und mache mir Notizen für meine zukünftigen Veröffentlichungen, während meine Pfleger meine Patienten an die Wand fesseln, aber zum Glück bewegen wir uns stetig weg von einer solchen Auffassung geistiger Beschwerden.«

»Das klingt faszinierend.« Vor allem machte es das Filmset um einiges beunruhigender. Wenn hier ein Psychiater anwesend war, was sagte das über die Schauspielenden und die Crew aus? War etwa jemand hier, der möglicherweise ein Verbrechen begehen könnte?

Wir waren beim Goldenen Löwen angelangt und traten ein. Etwas unschlüssig blieben wir im Foyer stehen. Konnte ich einfach gehen oder musste ich der Höflichkeit halber eine Partie Billard mit ihm spielen, die ich im gegenwärtigen Zustand meines Verstands wahrscheinlich haushoch verlieren würde?

Auch Clarence schien aus irgendeinem Grund zu zögern. »Möchten Sie, dass ich –«

Doch er konnte seinen Satz nicht beenden. In diesem Moment stolperte nämlich jemand mit lautem Gepolter die Treppe herunter. Es war Gracie.

»Warum warst du nicht *da*?«, schrie sie und taumelte die letzten Stufen herunter. Erschrocken dachte ich, sie meinte mich, doch der Ruf galt Clarence, auf den sie jetzt zuschwankte, am ganzen Körper zitternd. Gracie war nicht mehr wiederzuerkennen. Seit dem Dreh konnte höchstens eine Stunde vergangen sein und sie trug noch ihr Kostüm, doch die Filmschminke lief ihr in Bächen über die Wangen, als würde sich ihr Gesicht buchstäblich in Tränen auflösen. Rasch machte ich einen Schritt auf sie zu, um ihr zu helfen, doch Clarence war schneller.

»Was ist passiert?« Er trat vor Gracie und hielt ihr die Hände entgegen. »Was immer es ist, wir können das wieder in Ordnung bringen.«

Gracie schwankte. Sie öffnete den Mund, als wollte sie etwas sagen, verlor jedoch die Balance und sackte zu Boden.

»Miss Bernardi!«, rief ich und kniete mich neben sie. »Sind Sie verletzt? Antworten Sie!« Vor meinem inneren Auge sah ich sie schon schlaff werden und einen dunklen

Fleck, der sich irgendwo auf ihrem Kleid ausbreitete. Hatte ihr jemand etwas getan?

»Mach, dass es aufhört«, wimmerte Gracie. »Wenn man dich einmal braucht … bist du nicht … bist du nirgendwo aufzufinden …« Ein Schluchzer schüttelte sie.

»Es tut mir leid.« Clarence ging ebenfalls in die Knie. Er wirkte merkwürdig gelassen. »Ist etwas Bestimmtes geschehen? Hast du heute schon etwas genommen?«

Gracie hob den Kopf. »Hör auf zu reden, verdammt!«, brüllte sie. In ihrer Welt schien ich nicht zu existieren. Sie zitterte jetzt buchstäblich wie Espenlaub, während die Tränen von ihrem Kinn tropften und sie versuchte, in japsenden Atemzügen Luft zu bekommen.

»Ich versuche gerade, dir zu helfen. Es ist schrecklich, aber –«

»Ich habe es *gewusst*!«, heulte Gracie. »Ich *will* es einfach nicht mehr!«

Hinter dem Empfangstresen tauchte jetzt der Angestellte auf, der mich bei meiner Ankunft begrüßt hatte, und sah völlig entgeistert auf die Szene, die sich vor seinen Augen abspielte.

»Worum geht es denn?«, fragte ich und kam mir entsetzlich hilflos vor. »Kann ich irgendetwas tun?«

Doch anscheinend betraf das hier nur Gracie und Clarence, der jetzt verständnisvoll nickte wie jemand, der ein tobendes Kind beruhigt. »Lass uns das am besten oben in meinem Zimmer besprechen und nicht hier vor allen Leuten, ja? Und dann tun wir das, was beim letzten Mal so gut geholfen hat, in Ordnung?«

»*Gar nichts* ist in Ordnung!«, schrie Gracie, rappelte sich hoch und schlug Clarence unvermittelt mit einer solchen Wucht ins Gesicht, dass der Knall laut zu hören war. Ich zuckte zusammen. »Wofür bist du eigentlich gut? Wofür bist du Psychiater, was haben sie dir denn beigebracht? Ich bring mich um! Ich bring mich um und du bist schuld, weil du ein beschissener Versager bist!« Sie schnappte nach Luft. »Ich will deine verfluchte Reflektiererei nicht! Ich hasse dich! Ich hasse mein Leben!« Ehe wir sie halten konnten, war sie ganz auf den Beinen und rannte an uns vorbei aus der Eingangstür hinaus.

Clarence erhob sich. »Entschuldigen Sie vielmals, ich erkläre das hier später, ich muss … ich gehe …« Ohne seinen Satz zu beenden, floh er Gracie hinterher durch die Tür.

Der Hotelangestellte sah den beiden verdattert nach und dann zu mir, der ich gerade etwas mühevoll wieder auf die Beine kam. All dieses Knien und Aufstehen war wirklich zu viel verlangt. »Soll ich … denken Sie, Dr. Leonard benötigt irgendetwas?« *Dr. Leonard.* So hatte Clarence sich mir nicht vorgestellt.

»Ich weiß es nicht.« Das entsprach der Wahrheit. Ich war von dem, was ich gerade mitangesehen hatte, beinahe genauso verwirrt wie dieser arme Angestellte.

Er nickte. »Gut. Ich bin hier, falls etwas geschehen sollte.« Er verschwand wieder durch die Tür hinter dem Tresen.

Ich blieb noch etwas erschüttert stehen. Gracies Ausbruch war nicht nur schockierend gewesen, sondern ich hatte in einem einzigen Moment des Augenkontakts das Gefühl gehabt, in ihre Seele schauen zu können. Sie meinte ihre Selbstmorddrohung ernst. Ich wusste zu gut, wie sich die Flamme anfühlte, die in diesem Moment hinter ihren Augen aufgeblitzt war, um mich zu irren.

Mir wurde mulmig zumute.

Was, wenn Clifford und ich nicht nur ein Verbrechen, sondern einen Todesfall verhindern mussten?

»Da spitzt sich etwas zu«, bemerkte Clifford, als wir am späten Nachmittag unten im Salon saßen und uns besprachen. Er hatte den Tag über den Dreh beobachtet, bis dieser durch einen überraschenden Wolkenbruch um kurz vor vier beendet worden war, während ich durch das Hotel und die Umgebung gestreift war, ohne jedoch jemanden antreffen oder belauschen zu können. Gerade hatte ich von meinen Erlebnissen berichtet, die meinen Partner verständlicherweise ebenso schockiert hatten wie mich.

Ich zog an meiner Zigarette. »Was ist denn während der Dreharbeiten noch geschehen?«

»Einer der Kameramänner hat sich zusammen mit Clydes Assistenten hinter der Kirche einen genehmigt, einen Schluck edlen Tropfens, meine ich«, erwiderte Clifford und lehnte sich in seinem Stuhl zurück. »Ich bezweifle aber, dass das von großer Relevanz ist. Clyde und Adriana turteln ständig herum, auch wenn sie gerade nicht vor der Kamera die Verliebten spielen sollen. Clyde tut das besonders gern demonstrativ, wenn Franz in der Nähe ist. Jackie wirkte beim Dreh irgendwie abwesend, nicht richtig bei der Sache, aber ich konnte das nicht näher ergründen. Ach ja, und Clyde erinnert ständig und überall daran, dass er für den Erfolg des Films in den USA ausgewählt wurde und sich deswegen bitte alle bemühen sollen, damit er besser dasteht. Angeberei, wenn du mich fragst. Und ich habe bedauerlicherweise noch kein Autogramm von Greta.« Er seufzte. »Ich hatte von einem Filmset deutlich mehr Glamour erwartet, aber bisher ist hier überhaupt nichts edel und besonders und der Umgang eigentlich nur ziemlich scheußlich. Übrigens sind wir eingeladen, mit der gesamten Filmcrew heute zu Abend zu essen. Um sechs gibt es an der Theke einen Aperitif und um sieben geht es dann zum Essen. Oder warst du schon gestern dort?«

»Nein«, erwiderte ich und rauchte. Hoffentlich verlangte er dafür keine Begründung - *Ich habe mir ohne deine Gegenwart keine weitere soziale Interaktion zugetraut und war stattdessen mit mir selbst allein, was mehr als nur eine dumme Idee war.* Heute Abend hingegen würde ich das gemeinsame Abendessen wagen können. »Hat jemand Gracie gesehen? Ich konnte nicht herausfinden, wo sie jetzt ist und was sie tut.« Meine detektivische Erfahrung lieferte mir diesbezüglich pausenlos unschöne Bilder im Kopf, die an mir nagten.

Clifford schüttelte den Kopf. »Seit heute Vormittag nicht. Anscheinend hat Dr. Leonard, dieser Psychiater, sie nicht mehr einholen können, jedenfalls kam er mehrfach beim Dreh vorbei und hat uns gefragt, ob wir sie irgendwo gesehen haben.«

»Sollten *wir* nach ihr suchen?«, fragte ich etwas verunsichert.

»Den Gedanken hatte ich auch.« Clifford runzelte nachdenklich die Stirn. »Gewissermaßen fällt es in den Rahmen unseres Auftrags, dafür zu sorgen, dass es keine Ausschreitungen gibt. Gleichzeitig geht uns Gracies Privatleben nichts an, solange sie keine anderen Personen oder den Dreh als solchen gefährdet. Das ist nicht der Fall, und insofern kann sie weglaufen, wie sie möchte. Dr. Leonard ist dafür verantwortlich, sich um sie zu kümmern, und er kann explizit Unterstützung anfragen, falls er sich Sorgen machen sollte.«

Ich nickte. »Könnten wir uns trotzdem darauf einigen, uns der Sache anzunehmen, wenn Gracie nicht zum Abendessen erscheint?«

»Meinst du, sie könnte ihre Selbstmorddrohung wahrmachen?«

»Ich kenne sie nicht gut genug, aber wir dürfen es nicht ausschließen«, erwiderte ich und schluckte, als könnte ich das unbehagliche Gefühl in meinem Magen so hinunterwürgen. »Außerdem habe ich gesehen, wie sie jemanden ins Gesicht geschlagen hat. Ich weiß nicht, ob sie aus Wut oder Verzweiflung gewalttätig werden könnte.«

»Dieser Filmdreh gefällt mir wirklich gar nicht«, murmelte Clifford. Doch noch ehe wir mehr besprechen konnten, hörten wir Stimmen im angrenzenden Billardzimmer. Clifford deutete stumm auf die geschlossene Zwischentür, durch die die beiden Räume miteinander verbunden waren. Wir standen auf und gingen leise hinüber, wofür ich meine Zigarette im Aschenbecher zurücklassen musste. Das alte Holz der Zwischentür war verzogen und rechts klaffte ein recht breiter Spalt. Eigentlich hätten wir uns hier unten nicht besprechen dürfen, wenn die Zwischentür nur so einen schlechten Schutz gegen Lauscher bot, doch jetzt kam es uns entgegen. Gemeinsam spähten wir durch den Spalt.

»Selbstverständlich können Sie einen Augenblick mit mir Gespräch führen, Mr. Hughes«, sagte Franz, der in das Zimmer getreten war und sich neben dem Billardtisch in einen Sessel setzte. Der angesprochene Herman Hughes nahm auf seine auffordernde Geste hin gegenüber Platz. Zum Glück befanden sich die beiden genau in dem Streifen des Zimmers, den wir durch den Türspalt sehen konnten.

»Was sorgt Sie denn?«

Herman räusperte sich. »Verstehen Sie mich bitte nicht falsch, Mr. Kerner«, begann er etwas verlegen. »Aber ich habe schon viele Filme gedreht und kenne mich aus damit, was einen guten Film ausmacht. Und … nun ja … die *Umsetzung* dieses Films gefällt mir bisher nicht so recht.«

Franz legte den Kopf schief. »Könnten Sie sich genauer ausdrücken?«

»Ich bin sehr offen«, versicherte Herman eifrig. »Und das hat auch keineswegs etwas damit zu tun, dass ich etwas gegen, äh, Ihre Leute hätte. Ich habe rein gar nichts gegen Ihre Leute. Aber ich bin nun einmal ein gestandener Schauspieler mit einem Ruf, und wenn dieser Film dann nicht nur ein *sehr* modernes Frauenbild hat … Ich spiele einen Vikar, und es hat Ihnen hoffentlich jemand erklärt, was das bedeutet. Da kann jemand wie Miss Shilling nicht meine Tochter spielen und sich so kleiden wie eine … eine Revue-tänzerin oder ein leichtes Mädchen. Aber es ist ja nicht nur das, sondern es darf ja wirklich *jeder* mitspielen, und ich bin mir nicht sicher, ob alle … ob alle das ganz richtig können. So jemand wie Miss Bernard oder Mr. O'Malley, die unter uns gesagt überhaupt nichts bei einer Produktion dieses Kalibers verloren haben. Ich verstehe auch nicht, warum Mr. Redford … warum wir unbedingt einen *Amerikaner* brauchen. Noch vor fünf Jahren wäre das ein Film mit den Talenten Großbritanniens gewesen, wirkliche Engländer in einem englischen Film, anständige Leute, die geistig und von ihren Fähigkeiten her in der Lage sind … Sie verstehen mich? Oder soll ich mich einfacher ausdrücken?«

»Ich verstehe, was Sie mir sagen wollen«, erwiderte Franz in einem sehr höflichen Tonfall, der für einen unbeteiligten Beobachter wie mich ziemlich sarkastisch klang. »Ich verstehe ebenfalls, dass Sie nicht in falschem Licht stehen wollen. Allerdings muss ich bemerken, dass ich weder das Drehbuch verfasst noch die Rollen besetzt noch die Kostüme geschnitten habe. Nicht einmal meine Führung der Regie ist mir selbst überlassen. Mein erster Film war ein Stummfilm, und ich weiß, viel hat sich geändert seitdem. Ich muss sehr beschränkt arbeiten, ohne viel kreative Freiheit, weil das Studio und der Produzent alles vorgeben. Danke, dass Sie mir Ihre Sorgen mitteilen, aber es liegt nicht auf meiner Hand, das zu ändern.«

»Ich glaube, Sie haben nicht begriffen, was ich meine.«

»Ich denke doch«, entgegnete Franz, dessen übliches Lächeln jetzt sehr gestellt wirkte. »Glauben Sie, *ich* würde diesen Film anders angehen und hätte anders die Rollen vergeben. Die Umsetzung derzeit ist keinen Wegs in *meinem* Interesse. Ich kann aber für Sie die Verantwortlichen adressieren. Wegen des Drehbuchs können Sie sich zum Beispiel wenden an Mr. Wallace.«

»Worum geht es hier?«, erklang eine misstrauische

Stimme aus der Richtung der Tür zum Flur. Bert Wallace betrat das Billardzimmer und funkelte Franz an. »Verbreiten Sie etwa Lügengeschichten und machen mich für das Drehbuch verantwortlich?«

»Ich dachte, das hätten Sie geschrieben«, antwortete Franz etwas irritiert.

»Das, was Sie in den Händen halten dürfen, ist nicht mehr mein Drehbuch.« Bert verschränkte die Arme vor der Brust und lehnte sich gegen den Billardtisch. »*Mein* Drehbuch war ein anständiger Film, aber das Studio hat die Handlung vollkommen durch die Mangel gedreht und irgendeinen verweichlichten, angeblich modernen Dreck daraus gemacht, auf den Leute angesetzt wurden, die überall hingehören, aber nicht an mein Filmset! Nicht an den Film, den ich für meine Eliza geschrieben habe! Das nur, bevor Sie mich wieder beschuldigen.« Der Blick, mit dem er Franz fixierte, hatte etwas Bedrohliches. Mich beschäftigte allerdings vielmehr, warum Bert überhaupt hier war, da er ja offenbar weder zum Film noch zum Drehbuch etwas beitragen konnte.

»Es tut mir wirklich leid, dass Ihnen der Film keinen Gefallen bringt.« Franz war sichtlich bemüht, Bert keine Angriffsfläche zu bieten. »Nur ist es leider so, dass ich mit den Änderungen und der Besetzung nichts zu tun hatte. Ich werde aber den Produzenten ansprechen, wenn Sie das möchten.«

Berts Augen wurden schmal. »Sie denken, dass Sie hier machen können, was Sie wollen«, zischte er. »Träumen Sie weiter, solange Sie noch können. Hughes, könnten Sie bitte gehen? Er und ich haben noch etwas zu besprechen.«

Ich konnte Hermans Gesichtsausdruck nicht sehen, weil er mit dem Rücken zu mir aufstand. »Wie Sie meinen.« Seine Stimme verriet nicht, was er dachte. Er verließ den Raum. Bert sah ihm kurz nach, dann trat er ganz nah an Franz heran und beugte sich zu ihm herunter, bis ihre Gesichter nur noch eine Handbreit voneinander entfernt waren.

»Sie können sich hier aufspielen, wie Sie möchten«, sagte er beunruhigend leise, »aber vergessen Sie nie: Ihr *Pack*«, er spie das Wort regelrecht aus, »glaubt, dass es die ganze Welt nach seiner Pfeife tanzen lassen kann. Ich weiß, dass da jemand seine Finger im Spiel hatte, dass mein Film kaputt gemacht wurde und dass Sie einfach so mir nichts, dir nichts die Regie bekommen haben. Aber legen Sie sich nicht mit mir an. Ich habe Ihre Pläne durchschaut und Sie werden noch herausfinden, was es bedeutet, dass Sie meinen Film zerstört haben!«

Franz' Blick flackerte. Er öffnete den Mund, doch ehe er etwas sagen konnte, ließ Bert von ihm ab, drehte sich um und marschierte erhobenen Hauptes aus dem Billardzimmer.

Franz sah ihm nach. Er presste die Lippen zusammen und umklammerte die Armlehnen des Sessels so fest, dass seine Fingerknöchel weiß wurden. Für gewöhnlich ließ ich mich von Aufträgen nicht emotional mitreißen, aber in diesem Moment hasste ich Bert Wallace und hätte ihm gern die Pest an den Hals gewünscht. Clifford berührte sacht meinen Arm und zog mich vom Türspalt weg zurück zum Sofa. Wir hörten Franz drüben aufstehen.

»Warum muss das immer sein?«, fragte er leise in die Stille hinein. Seine Stimme zitterte. »*Warum*?«

Es blieb still. Dann hörten wir seine Schritte, er verließ ebenfalls das Billardzimmer.

»Was für ein *Arschloch*!«, zischte Clifford wütend. »Was sollte das denn? Franz hat niemandem irgendetwas getan und nur weil diesem Bert die Umsetzung seines Drehbuchs nicht passt, macht er ihn und das Judentum als solches dafür verantwortlich und klingt dabei, als würde er gleich eine Rache im mittelalterlichen Stil anstiften? Widerwärtig. Ich hätte am liebsten die Zwischentür aufgerissen und ihm die Meinung gesagt!«

»Bert hat einen Strick im Zimmer«, erwiderte ich leise.

Cliffords Augen wurden groß. »Du meinst doch nicht –«

»Nein, wahrscheinlich sehe ich Gespenster, aber ich hatte wirklich kurz befürchtet, dass Bert Franz noch Gewalt antun könnte.« Erst jetzt merkte ich, wie sehr es auch in mir brodelte. *Distanz und Rationalität, Laurentius.* Dieser Fall ließ viel zu viele Emotionen in mir hochkochen, dabei sollte er mir doch eigentlich helfen, meinen Gefühlen *nicht* nachzugeben. »Jedenfalls dürfen wir das nicht so stehen lassen.« Clifford nickte. »Bis zum Abendessen beschatte ich Bert, dann wechseln wir uns damit ab, ihn im Auge zu behalten. Wir müssen verhindern, dass das hier eskaliert, ehe es zu spät ist.«

Die Luft summte von Gesprächen und die Bar des Goldenen Löwen, den der Filmdreh für sich hatte, war in ein überraschend charmantes goldenes Licht getaucht. Rauch aus Dutzenden Zigaretten kräuselte sich zur dunklen Decke hinauf. Ich hatte vor dem Umziehen geduscht – der Auftrag wirkte Wunder, was meine Kapazitäten anging – und trug jetzt meinen besten Anzug mit Weste und Krawatte. Mein Blick wanderte über die zum Aperitif versammelten Filmleute, die sich unterhielten, rauchten und Drinks von zwei eifrig mixenden Burschen hinter der Bar entgegennahmen. Es waren wirklich viele Menschen, der Raum war schon fast zur Gänze gefüllt. Kamen alle von ihnen im Goldenen Löwen unter? Es schien kaum realistisch. Und wo sollten alle essen?

Mein Blick blieb an Greta haften, die in einem bodenlangen goldenen Satinkleid am Tresen lehnte, eine ihrer dünnen französischen Zigaretten zwischen den Fingern. Man hätte sie genau so auf ein großformatiges Filmplakat drucken können. Ihre Locken umrahmten ihr Gesicht wie ein Kranz, und sie war so präzise geschminkt, als ginge es schon zur Filmpremiere und nicht nur zu einem pickligen jungen Mann, der Gin and Tonic in wechselndem Mischverhältnis aus verdächtig klebrigen Gläsern servierte.

»Wahnsinn«, flüsterte Clifford neben mir aufgeregt. »Sie sieht aus wie in dieser einen Szene in *Spionage in SoHo*! Die nachts in dem Hotel! Sie war die weibliche Heldin, musst du wissen, hat sich in der Szene ins Hotel geschlichen und dann den Helden in Zimmer 23 mit einem Dolch befreit, den sie als Kamm in ihrer Frisur stecken hatte.«

»Trotzdem sollten wir uns auf unser Vorhaben fokussieren«, bemerkte ich, die Anwesenden nach weiteren mir bekannten Gesichtern absuchend. Noch waren vor allem diejenigen da, die nicht schauspielerten und deren Garderobe daher weniger aufwändig war. »Dort hinten ist Franz, beim Fenster. Lass uns zu ihm stoßen.«

Franz trug einen perfekt sitzenden schwarzen Smoking, was interessanterweise das erste Mal darstellte, dass ich ihn in langen Ärmeln zu Gesicht bekam. Er begrüßte uns mit einem Lächeln, das nicht ahnen ließ, was vor anderthalb Stunden geschehen war. »Wie schön, dass Sie hier sind! Guten Abend. Lassen Sie sich einfach an der Theke etwas zu trinken geben.«

»Das klingt nach einem sehr guten Vorschlag«, erwiderte Clifford fröhlich. »Ich mache mich gleich auf den Weg.« Er verschwand in Richtung der Bar, wo einer der Kellner mittlerweile damit beschäftigt war, Greta leidenschaftlich anzuschmachten.

»Möchten Sie auch etwas?«, erkundigte sich Franz und nahm einen Schluck aus seinem Sektglas.

»Danke, aber ich trinke keinen Alkohol«, erwiderte ich, mein Zigarettenetui hervorholend. »Möchten Sie?«

Er nahm an und wir entzündeten unsere Zigaretten.

»Waren Ihre Beobachtungen heute voller Erkenntnis?«, wollte er wissen.

»Das könnte man so formulieren«, erwiderte ich und rauchte. Hier und jetzt konnte ich Franz nicht auf den jüngsten Vorfall ansprechen, deshalb griff ich zu einem anderen Gesprächsthema, obwohl ich an nichts denken konnte außer an Franz' Gesichtsausdruck nach Berts Drohung. »Wir konnten außerdem viel der filmischen Arbeit beobachten, was für uns als Laien sehr interessant ist. Wie kamen Sie eigentlich zur Regie? Es ist ja doch ein unge-

wöhnlicher Beruf.« Exzellenter Smalltalk. Hoffentlich
kostete mich das nicht so viel Energie, dass es mir später
nicht mehr gelang, vor dem Einschlafen meine Gedanken
zu verdrängen.

Franz lächelte. »Ein Freund der Familie, den ich als Kind
sehr gewundert habe, wurde beim Film Kameramann, als
ich auf die höhere Schule kam. Er hat mich dann einmal zu
einem Dreh mitgenommen und seitdem bin ich fasziniert.
Ich hatte aber nicht gedacht, dass ich Erfolg haben würde.«

»Tatsächlich?« Vor allem fand ich es beeindruckend, dass
Franz schon mehrere deutsche und einen englischen Film
gedreht hatte, währenddessen ausgewandert war und eine
völlig neue Sprache sowie mit dem Tonfilm ein völlig neues
Filmkonzept erlernt hatte. Dabei konnte er nicht älter sein
als Clifford und ich.

»Nun ja, es gibt nicht viele Regisseure, deshalb gehört
man zu wenigen Ausgewählten, sozusagen, wenn man es
schafft.« Er zwinkerte mir zu und zog an seiner Zigarette.
»Obwohl man immer weniger kreative Freiheiten hat, weil
man nur die Anweisungen von Studios umsetzt, macht es
mir Freude, dass ich das Glück hatte. Mein Lieblingsberuf
davor war immer – Meeresbiologe? Ist das ein Wort?«

Ich nickte. »Das wäre bestimmt auch eine interessante
Karriere gewesen.«

»Sicher. Aber ich hatte vorher ein kleines Glas mit Gold-
fischen, die sind immer gestorben, deshalb habe ich mich
gefragt, ob ich der Richtige bin für die Tiere des Wassers.«
Er lachte. »Aber wer weiß. Vielleicht darf ich einmal einen
Dokumentarfilm drehen über Wale oder Korallen. Ist es
nicht verrückt, dass die Menschen alles Land auf eine Karte

zeichnen und erforschen wollen, aber nicht das Meer kennen, das ihnen oft näher ist als ferne Gebirge?« Seine blauen Augen schienen zu leuchten, aber vielleicht war das nur das Licht auf seinen Brillengläsern.

Ich nickte wieder, obwohl ich noch nie am Meer gewesen war und es daher schlecht beurteilen konnte.

»Aber andere Filme mache ich trotzdem gern«, fügte Franz hinzu.

Clifford kam von der Theke mit einem Whiskey and Soda zurück, der sehr alkoholisch roch und das feuchte Grab zweier asymmetrischer Eiswürfel und einer ausgemergelten Zitronenscheibe bildete. »Seht mal! Es gibt sogar Eiswürfel!« Er und Franz stießen miteinander an.

In diesem Moment betraten Clyde und Adriana Arm in Arm den Raum. Clyde steckte in einem topmodernen Frack und sein weißes Hemd ließ seine Zähne noch weißer aussehen, während Adriana sich dazu entschlossen hatte, uns allen mit einem engen, bodenlangen Kleid aus himbeerrotem Schrägschnittstoff den Atem zu rauben. Ich ertappte mich selbst dabei, dass es mir unangenehm gefiel, wie das Kleid ihre Schulterpartie entblößte und die goldene Kette um ihren Hals noch besser zur Geltung brachte. Außerdem trug sie eine flauschige Stola, die ihr Clyde jetzt um die Schultern drapierte und dabei seine Hände deutlich länger als nötig in ihrem Nacken verweilen ließ.

»Schau nicht so eifersüchtig«, wisperte Clifford mir zu.

»Ich *bin* nicht eifersüchtig«, erwiderte ich eine Spur zu energisch. Jetzt steckte Clyde gerade eine entkommene Strähne zurück in die Klammer, die Adrianas Hochsteckfrisur zusammenhielt. Ich hätte ihm sagen können, dass das Vorhaben hoffnungslos war, weil Adrianas Haare zu glatt und zu schwer waren, um sie ohne Kamm zu frisieren, aber Clyde hörte leider nicht auf meine Gedanken.

»Adriana! Clyde! Wie schön!« Franz gesellte sich zu den beiden, während einer der Jungs von der Bar in vorauseilendem Gehorsam einen Drink mit Eis für Clyde und einen Sekt für Adriana brachte. Clifford neben mir nahm einen großen Schluck aus seinem eigenen Glas.«

»Bleib bitte nüchtern!«, sagte ich halblaut. »Wer weiß, was uns heute Abend noch erwartet.«

»Das ist *ein* Drink, ich bitte dich. Außerdem sollten wir uns anpassen, und nichts fällt mehr auf als die Tatsache, dass du gerade als Einziger kein Glas in der Hand hast.«

Ich zog an meiner Zigarette und sparte mir die überflüssige Erwiderung.

Clyde schien nicht besorgt zu sein, im Hinblick auf den restlichen Abend nüchtern bleiben zu müssen, da er nach dem Anstoßen gleich die Hälfte seines Drinks auf einmal schluckte. Hinter ihm sah ich Adrianas Maskenbildnerin Marietta in den Raum huschen. Sie wirkte etwas unruhig, als sie sich zu den anderen Maskenbildnerinnen gesellte, doch dann bemerkte ich Bert und Eliza, die unweit davon beieinanderstanden. Seine Hände streichelten ihre bloßen Arme. Natürlich. Marietta musste den Anblick der beiden noch mehr verabscheuen, als ich den von Adriana und Clyde verabscheute, schließlich war sie verlassen *worden*, im Gegensatz zu mir.

»Jetzt ist Bert auch wieder hier. Ich kümmere mich mal um ihn.« Clifford nickte mir zu und verschwand zwischen den Menschengrüppchen. Ich rauchte meine Zigarette auf und drückte sie in einem Aschenbecher auf einem Beistelltischchen aus. Mangels einer anderen Beschäftigung beobachtete ich Clyde und Adriana im Gespräch mit Franz. Clyde hatte seinen Arm um Adrianas Schultern gelegt, als wollte er zeigen, dass sie jetzt ihm gehörte. Merkwürdigerweise schien Adriana das ganz fantastisch zu finden, jedenfalls sah sie immer wieder zu ihm herüber und wenn sie das tat, wurde ihr strahlendes Lächeln noch ein wenig strahlender. Plötzlich wandte sie sich um. »Dr. Leonard! Wie schön! Ich dachte, Sie würden nicht mehr kommen.«

Im Türrahmen stand Clarence mit einem etwas unbeholfenen Lächeln auf dem Gesicht. »Oh ja, Miss Shilling. Ich habe mich entgegen allen Erwartungen von meinen staubigen Büchern losreißen können, um mich in Ihre wundervolle Gesellschaft zu begeben.«

Mir war vollkommen gleich, ob er das sarkastisch meinte oder nicht – mit einem Schlag waren alle Gedanken an Adriana wie weggefegt. Kaum wurde mir das bewusst, wandte ich sofort den Blick ab. Niemand durfte erahnen, was in meinem Kopf vorging. Ich durfte ihn in Gegenwart anderer nicht ansehen, sonst …

»Guten Abend.« Auf einmal stand Clarence direkt neben mir.

»Guten Abend«, erwiderte ich mit weichen Knien. »Wie schön, dass Sie … uns Gesellschaft leisten. Mir. Uns.« Das fing ja gut an. Ich versuchte, mich nicht allzu demonstrativ nach einer Fluchtmöglichkeit umzusehen, aber niemand eilte zu meiner Rettung.

»Für gewöhnlich esse ich nicht mit den Schauspielenden zu Abend, sondern im Pub von Buckington mit dem Rest der Crew, da nicht alle gern in Gegenwart ihres Psychiaters speisen, aber ich wurde überzeugt«, erwiderte er. »Und es ist schön hier.«

Ich überlegte fieberhaft, was ich jetzt antworten oder wie ich alternativ vor diesem Gespräch fliehen konnte. Zum Glück wurde ich erlöst, denn jemand schlug gegen ein Glas, sodass ein helles Klingen ertönte. Franz hatte sein leeres Sektglas erhoben. Hervorragend – so musste ich weder sprechen noch Clarence ansehen.

Als alle Augen auf ihn gerichtet waren, begann Franz. »Meine Damen und – nein, lassen Sie mich sagen, liebe Freunde: Ich bin heute wieder sehr zufrieden gewesen mit der Arbeit an dem Film. Wir können stolz sein auf uns selbst und auf einander. In diesem Sinne auf ein weiteres gutes Gelingen, denn –«

»Auf weiteres Gelingen, jawohl! Hier ist anscheinend noch einer Opti… Opti… *mist*!«

Alle Köpfe fuhren herum in Richtung der Tür, in der eine Gestalt aufgetaucht war – Gracie. Sie steckte in einem dunkelblauen Rüschenkleid und sah so fertig aus, als hätte sie gerade einen Kampf auf Leben und Tod ausgefochten. Schwankend trat sie einige Schritte in den Raum herein, salutierte in die Runde und verkündete mit schwerer Zunge: »Genau, ve– verehrte Herrschaften, ich bin's wieder. Ich wollte nur sagen, dass er, Dings hier … Dr. Leonard … dass er ein verdammter Versager ist, Amen.«

»Es tut mir leid, falls ich dich enttäuscht habe.« Clarence machte einige Schritte auf sie zu, vor denen sie stolpernd zurückwich, »aber ich denke, wir besprechen das besser allein.«

Gracie kicherte. »Bin ich dir peinlich? Das ist doch *dein* Werk, mein Herr. Brauchst gar nichts mit mir besprechen, alles bestens. Ich dreh den Scheißfilm, egal was ich dafür machen muss, und wenn ich keine … keine *Sekunde* mehr nüchtern bin, aber *du*«, sie versuchte, auf ihn zu zeigen, »*kannst* mich mal.«

Clarence wollte zu einer Antwort ansetzen, doch Jackie schnitt ihm das Wort ab. »Lassen Sie mich das machen. – Gracie, wir gehen kurz nach draußen, in Ordnung?« Jackie nahm Gracie bei den Schultern und schleifte sie aus dem Raum, denn *geführt werden* konnte man Gracies Art der Fortbewegung nicht mehr nennen. Es war mehr ein begleitetes Mäandern unter halbherzig gelalltem Protest. Der Auftritt ließ eine Parfümwolke zurück, die nicht ganz den Geruch nach Alkohol überdeckte. Gracies Flakons schienen zweierlei Dienste geleistet zu haben.

In diesem Moment trat der Rezeptionist in den Raum – nicht durch die Tür, die ins Foyer führte, sondern durch eine andere zur Rechten des Tresens. »Das Abendessen wäre bereit«, erklärte er in die Stille hinein, die sich nach Gracies und Jackies Abgang gebildet hatte. »Natürlich können diejenigen, die unten im Pub essen, weiterhin Getränke von der Theke erhalten.«

Es waren nur Clifford und ich, Clarence, Bert, Franz und der Cast, die sich jetzt aus der Menge lösten und noch etwas überrumpelt von dem eben gebotenen Schauspiel durch die Tür traten, in der eben der Rezeptionist aufgetaucht war. Dahinter lag ein kleiner Raum, den ich noch nicht kannte und in dem eine lange Tafel mit vierzehn Stühlen stand. Die Tür wurde hinter uns geschlossen.

»Wer sind Sie, wenn ich fragen darf?«, fragte Clyde an Clifford gewandt, als wir alle Platz nahmen.

Clifford bot ihm sein charmantestes Lächeln. »Ich bin wie Mr. Newcombe auf Geheiß des Produzenten hier, damit Sie sich alle sicher fühlen können. Uns wurde erlaubt, heute beim Essen dabei zu sein, um Sie alle besser kennenlernen zu können.«

»Aha«, murmelte Herman.

Aus detektivischer Gewohnheit prägte ich mir sofort die Tischordnung ein. Am von mir aus gesehen linken Kopfende, auf zwölf Uhr sozusagen, saß Clyde. Im Uhrzeigersinn folgten an der Längsseite des Tischs zwei leere Plätze, vermutlich Jackies und Gracies. Daneben saßen Greta, Bert, Clarence und Franz. Der Platz am anderen Kopfende war nicht besetzt. Im Uhrzeigersinn weiter herum folgten daraufhin Herman, ich, Clifford, Eliza, Edward und schließlich Adriana, die ihre Finger auf der Tischplatte mit Clydes verschränkte. Rasch sah ich weg und begegnete den dunklen Augen von Clarence, der mir direkt gegenübersaß. Dieses Abendessen war ein Fehler gewesen.

Das Essen stimmte mich allerdings rasch um, vor allem, da ich die letzten Wochen über nur sporadisch gegessen und den Verlust größtenteils mit Zigaretten kompensiert hatte – mir hatte schlicht die Energie gefehlt, um Mahlzeiten zuzubereiten. Die Suppe, die uns jetzt serviert wurde, war köstlich, wenn auch sehr salzig. Dazu gab es Wasser aus einer Karaffe, mit der ein Kellner einmal den Tisch umrundete.

Hör auf, dir beim Essen in Gesellschaft immer einzu-
prägen, aus welchen Gefäßen die Mahlzeiten und Getränke

166

stammen, schalt ich mich selbst. *Du bist zwar im Dienst, aber es gibt auch ein Zuviel des Guten.*

Der Kellner brachte die Karaffe weg und kam mit einer Schüssel wieder. »Mr. Redford, Mr. Wallace, Sie nehmen wie üblich Eiswürfel in Ihr Wasser?« Nach deren Bestätigung gab er mit einer kleinen Zange aus der Schale je drei Eiswürfel in die Gläser der Herren.

»Ich möchte auch gern«, machte sich Clifford bemerkbar und erhielt ebenfalls Eiswürfel. »Wann hat man schon die Gelegenheit für so etwas, nicht wahr? Sie sind hier wirklich hochmodern ausgestattet.«

Warum sollte man sein Wasser auf Gletschertemperaturen herabsetzen wollen, sodass einem beim Trinken die Zähne wehtaten? So war es jedenfalls gewesen, als ich zum ersten und bisher einzigen Mal in meinem Leben Eiswürfel gekostet hatte, bei einer Dinnerparty im Zuge eines Falls vor zwei Jahren. Der Charme des Eiswürfels würde mir immer ein Rätsel bleiben. Ich vertiefte mich in meine Suppe und sah während des gesamten Gangs kein einziges Mal nach oben, um Clarences Blick aus dem Weg zu gehen. Leider bekam ich trotzdem viel zu detailliert mit, wie sich Bert und Eliza über den Tisch hinweg unterhielten – »Schmeckt es dir, mein Vögelchen?« inklusive. Clarence begann zu meinem Glück ein Gespräch mit Herman, wodurch Franz am Tischende allerdings ziemlich außen vor war, da Herman seine Versuche, am Gespräch teilzunehmen, konsequent überhörte.

»Meine Güte, das war salzig«, keuchte Clifford, nachdem abgeräumt worden war. »Aber lecker. Und erstaunlich, wie hier mehrere Gänge serviert werden, als wären wir in einem

Luxushotel.« Er trank sein Glas in zwei Schlucken leer und stellte es auf den Tisch zurück, sodass das Eis darin klirrte.

In diesem Moment öffnete sich die Tür und Jackie und Gracie schlüpften in den Raum. Jackies Anzug war makellos, während Gracies Kleid zerknittert war und sie sich unsicher bewegte. An ihrem Platz angekommen, bestand ihre erste Handlung darin, ihr soeben gefülltes Weinglas in einem Zug auszutrinken. Daraufhin begann sie wortlos in ihrem frisch gebrachten Hauptgang herumzupicken, ohne jedoch davon zu essen.

Das Tischgespräch während des Hauptgerichts war alles andere als entspannt. Ich hatte den Eindruck, dass nur noch Formalitäten ausgetauscht wurden: wie das Wetter am nächsten Tag sein würde, wie schwierig dieser oder jener Tanz zu lernen war, die Kostüme, das Essen oder der Blumenkranz aus strangulierten Frühblühern, der die Tischdekoration darstellte. Es war, als hätten die Schauspielenden keine Gesprächsthemen, wenn sie sich nicht ungehemmt streiten konnten. Bert Wallace beteiligte sich überhaupt nicht mehr, sondern hüllte sich in Schweigen und sah nicht einmal mehr zu Eliza hoch.

Aus heiterem Himmel sprach mich Clarence plötzlich an. »Könnten Sie mir bitte den Pfeffer reichen?«

Ich verschluckte mich prompt an meinem Gemüse und bedeckte hektisch den Mund mit einer Serviette. Wie konnte er es wagen, vor allen Leuten das Wort an mich zu richten? Ich schluckte mühevoll. »Selbstverständlich«, brachte ich hervor, reichte den Pfefferstreuer herüber und versuchte, den unvermeidbaren Hustenanfall hinter meiner Serviette zu ersticken.

»Möchte noch jemand etwas Wein?«, fragte der Kellner höflich. Er sah aus wie ein Bursche, der für diese und nur diese Aufgabe im Dorf angeheuert worden und jetzt völlig davon überfordert war, jemandem wie Greta Woods buchstäblich das Wasser reichen zu dürfen. Hilfsbereit ging er mit der Flasche um den Tisch. Herman und Clifford ließen sich nachschenken. Ich machte eine ablehnende Geste und zwang einige Schlucke aus meinem Wasserglas meine Kehle hinunter, in der Hoffnung, dass das den Hustenreiz auslöschen möge. Zu meiner Überraschung lehnte auch Clarence mit einem liebenswürdigen Lächeln ab. »Danke, ich bin Antialkoholiker.« Auch das noch. Konnte er mir nicht zur Abwechslung einmal Gründe liefern, ihn *nicht* zu mögen?

»Oje«, meinte Clyde, als er seinen Teller geleert und sein Glas ausgetrunken hatte. »Das war ein gutes Essen! Ich fühle mich ganz benebelt.« Er lachte, und Adriana lachte als Einzige mit. Seit wann war sie so oberflächlich?

»Ein wirklich gutes Essen«, pflichtete Greta ihm bei.

Auf einmal schepperte es. Neben ihr auf dem Stuhl war Bert Wallace nach vorn auf den Tisch gesackt, sodass die Teller klirrten und sein halb volles Weinglas umgefallen war.

Eliza sprang auf. »Bert! Oh nein! Bertie! Bertie!« Sie rannte um den Tisch herum.

»Was ist mit ihm?«, rief Herman, während Clarence ihn beim Arm fasste und daran rüttelte. »Mr. Wallace? Ist alles in Ordnung, Mr. Wallace?«

Mit einem schleifenden Geräusch glitt Bert von seinem Stuhl und landete mit einem dumpfen Laut auf dem Boden.

Eliza kreischte. Greta stieß ihren Stuhl zurück und kniete sich hin, Clarence ebenso, während Clifford aufsprang und ebenfalls um den Tisch herumlief. Ich sah rasch von einem zum anderen. Adriana legte sich entsetzt eine Hand vor den Mund. Franz war vollkommen perplex mitten in der Bewegung erstarrt, die Gabel mit dem letzten Bissen auf halbem Weg in seinen Mund. Gracie murmelte etwas vor sich hin. Jackie war aufgestanden und beugte sich über diejenigen, die sich um Bert am Boden kümmerten. Clyde lehnte mit geschlossenen Augen in seinem Stuhl, Herman runzelte fragend die Stirn und auf Edwards Gesicht spiegelte sich nackte Angst. Der Kellner, der gerade mit einem großen Tablett für die leeren Teller aufgetaucht war, starrte völlig entgeistert auf das, was sich vor ihm abspielte.

Clifford richtete sich auf. »Es tut mir sehr leid, aber ich fürchte, Mr. Wallace ist tot.«

Der Fall: Dritter Teil
Plot Twist

Tot?«, rief Herman ungläubig. »Was soll das heißen?«

»Bert! Er kann doch nicht –« Eliza drängte sich zwischen die, die über Bert gebeugt am Boden knieten. »Bert! Bert! Sag doch was, Bertie!«

»Was ist passiert?«, rief der Kellner und sah hilflos umher. »Soll ich jemanden holen? Brauchen wir einen Arzt? Was soll ich tun?«

»Meinen Sie, das ist ein Herzinfarkt?«, fragte Clarence. »Oder ein Schlaganfall? Miss Barley, hatte Mr. Wallace Vorerkrankungen in dieser Richtung? Mein Studium der Allgemeinmedizin ist eine Weile her.«

Clifford schüttelte den Kopf. »Ich würde nicht darauf schwören, aber ein Tod durch Herzinfarkt oder Schlaganfall sieht anders aus.«

Jetzt redeten alle durcheinander. »Wir müssen sofort Hilfe holen! Schnell, einen Arzt!« – »Ist Dr. Leonard nicht ausreichend Arzt?« – »Er muss vergiftet worden sein!« – »Gibt es einen Arzt in Buckington?« - »Gift? Wo ist Gift?« – »Es war Mord! Wir müssen *unverzüglich* die Polizei davon in Kenntnis setzen!« – »Nein! Niemand verlässt das Haus! Denkt an die Presse!« – »Ist er wirklich tot?« – »Wo gibt es denn hier ein Telefon? Ich muss zum Telefon!« Die einen sprangen auf, die anderen setzten sich wieder, Eliza schluchzte und der Kellner entschloss sich, einfach auf dem Absatz kehrt zu machen und zu rennen, als wäre ein Mörder hinter ihm her.

»RUHE!«, schrie da plötzlich Franz lauter, als ich es ihm je zugetraut hätte. Er war aufgestanden und gebot mit fuchtelnden Armen Schweigen. »Es tut mir leid, dass ich so laut werden muss, aber wir müssen unsere Köpfe kühl bewahren!«

»Was gibt *Ihnen* denn das Recht, uns etwas zu befehlen?«, fuhr Herman ihn an.

»Als ich das letzte Mal nachgesehen habe, war ich der Regisseur und für das gesamte Geschehen hier verantwortlich«, entgegnete Franz spitz. »Also. Wir müssen auf der Stelle einen Arzt verständigen und die Polizei. Ich gehe, sonst verlässt niemand den Raum!«

Ich sah mich unwillkürlich um und bemerkte, dass Edwards Stuhl leer war. Er musste sich in dem Tumult verdrückt haben.

»Warum denn die Polizei?«, fragte Greta irritiert. »Wollen Sie, dass wir jede Klatschzeitschrift in England auf der Türschwelle haben?«

»Und wenn es jede Klatschzeitschrift Europas sein soll, hier geht es um ein menschliches Leben!« Franz machte Anstalten, dem Kellner zu folgen.

»Nein!«, rief Jackie. »Wenn dann gehe ich!«

Clifford, noch immer auf dem Boden kniend, warf mir über die Tischkante einen Blick zu. Ich nickte.

»Niemand ruft die Polizei *oder* einen Arzt!«, rief Clifford und stand auf. »Ich bin Arzt, und außerdem sind ich und Mr. Newcombe Privatdetektive. Mr. Wallace ist leider nicht mehr bei uns, und wir werden uns dessen annehmen.«

»Aber Sie sind doch im Auftrag des Produzenten hier«, sagte Herman ungläubig.

»Das stimmt auch, da so etwas in der Art befürchtet wurde und wir dem auf die Schliche kommen sollten«, schaltete ich mich ein und stand ebenfalls auf.

»Dann sind Sie ganz schön schlechte Ermittler.« Greta lachte trocken. »Mr. Wallace konnten Sie jedenfalls nicht retten.«

Franz kam wieder zum Tisch zurück. »Was sollten wir jetzt tun?« Man sah ihm an, dass er versuchte, Autorität zu zeigen, was ihm überhaupt nicht gelang.

»Das war ein sehr plötzlicher Todesfall«, sagte Clifford und beugte sich erneut über Bert. »Aber wie ein Herzinfarkt wirkte das nicht. Mr. Wallace hat offenbar das Bewusstsein verloren, fiel erst vornüber auf den Tisch, dann vom Stuhl und verstarb fast unmittelbar. Ich tippe auf Gift.«

»Das ist lächerlich.« Greta nahm einen Schluck aus ihrem Weinglas, als säße sie auf einer Terrasse in Südfrankreich und würde so etwas Banales wie die drohende Scheidung eines ihr oberflächlich bekannten Paars diskutieren. »Eine Vergiftung bedeutet *Mord*. Und wer würde einen Drehbuchautor ermorden, der sein Drehbuch schon geschrieben hat?«

»Diese Frage gilt es erst dann zu beantworten, wenn wir einen Unfall ausgeschlossen haben«, entgegnete Clifford.

Greta seufzte theatralisch. »Man hätte denjenigen ermorden sollen, der für die Besetzungen der Rollen verantwortlich war.«

Eliza heulte auf. Jackie erhob sich, ging zu ihr und versuchte, ihr beruhigend die Hand auf die Schulter zu legen. Eliza zuckte vor der Bewegung zurück, sprang hoch und stürzte aus dem Raum, das Gesicht in den Händen vergraben. In diesem Moment kam der Kellner mit den beiden Burschen vom Tresen und dem Rezeptionisten zurück, der aussah wie ein verschrecktes Kaninchen.

»Ich versichere Ihnen, das Essen war frisch zubereitet!«, rief er verzweifelt. »Nur das Allerbeste, und unserem Koch entgeht nichts! Ich bin untröstlich! Auch der Wein war eine frisch geöffnete Flasche und das Essen kam für alle aus denselben Töpfen! Sollen wir einen Arzt verständigen?«

»Nicht nötig.« Clifford erklärte die Situation, doch mein detektivischer Verstand war auf etwas anderes angesprungen, das der Rezeptionist gesagt hatte. Das Essen war dasselbe für alle gewesen und der Kellner hatte es für alle gleich serviert. Ich ließ meinen Blick über den Tisch schweifen, über die leeren Teller, den erbärmlichen Blumenschmuck, Salz- und Pfefferstreuer, die Weingläser, die Wassergläser …

Die Wassergläser.

In Berts Glas schwamm am Boden noch der Rest eines Eiswürfels in einer kleinen Pfütze aus Schmelzwasser. Natürlich. Aber nicht nur er hatte Eiswürfel im Glas gehabt. Sofort fiel mein Blick auf Cliffords Wasserglas, in dem die Eiswürfel ebenfalls fast geschmolzen waren. Doch mein Partner sprach immer noch mit dem Rezeptionisten und wirkte völlig normal. Wer hatte denn noch Wasser mit Eis getrunken? Bert, Clifford und – *Clyde!*

Im Tumult hatte niemand mehr auf ihn geachtet. Ich drehte mich ruckartig um. Clyde lehnte benommen mit halb offenen Augen in seinem Stuhl und schien mühsam zu versuchen, das Geschehen zu verfolgen. »Mr. Redford ist ebenfalls vergiftet worden! Schnell!«, rief ich und eilte mit drei schnellen Schritten zu ihm ans Kopfende des Tisches. »Es muss etwas in den Eiswürfeln eingefroren gewesen sein!«

Adriana war aufgesprungen und beugte sich über ihn. »Geht es dir gut? Clyde, antworte! Brauchst du einen Arzt?«

Clyde drehte vage den Kopf in ihre Richtung. »Adriana?«, fragte er mit schwerer Zunge. »Adriana, bissdudas? Ichbinso *müde.*«

»Ich kann mir das nicht erklären«, jammerte der Rezeptionist, der am Rande des Nervenzusammenbruchs zu sein schien. »Dass jemand – was sagen Sie? – irgendein Gift in den Eiswürfeln eingefroren hat? Wie soll denn so etwas gekommen sein?«

»In den Eiswürfeln?«, fragte Clifford entsetzt. Er sah erst zu Bert, dann zu Clyde und dann an sich herunter, als stünde die Antwort auf seine unausgesprochene Frage in Blockschrift auf seinem Bauch.

»Was ist mit den Eiswürfeln?«, fragte Greta.

»In meinem Wasser war auch Eis.« Zögernd trat Clifford näher an seinen Platz heran und hob sein Glas auf, in dem die Eiswürfel mittlerweile vollständig geschmolzen waren. Sollte ich ihn zwingen, sich hinzulegen, und mich persönlich um das Eintreffen eines Arztes bemühen, oder war das ein zu starker Gefühlsausbruch in aller Öffentlichkeit?

»Geht es Ihnen gut?«, rief der Rezeptionist sofort.

»Ich spüre überhaupt nichts.« Clifford stellte sein Glas wieder ab. »Ich hatte das Glas auch leer getrunken, da waren die Eiswürfel noch kaum geschmolzen. Mr. Wallace und Mr. Redford sind die, um die wir uns kümmern müssen. Mr. Kerner, ich überlasse Ihnen und Mr. Newcombe die Situation. Jackie, kommen Sie mit mir.« Clifford kam zu uns, hob Clyde unter den Achseln von seinem Stuhl hoch und schleifte ihn mit Jackies Hilfe aus dem Raum. Einer der Barmänner half ebenfalls.

»Ich finde es bezeichnend, das irgendjemand unter uns anscheinend über Gift verfügt.« Greta inspizierte ihre Fingernägel. »Man fragt sich, ob es weise Voraussicht war oder eine spontane Anschaffung.«

»Nun ja«, meinte Herman halblaut, aber dennoch deutlich hörbar, »wir wissen alle, wer ein Mittel besitzt, das in größeren Dosen tödlich wirken könnte.«

Alle Köpfe drehten sich zu Gracie, die vor ihrem immer noch halb vollen Teller saß und darin herumstocherte, als sei gerade niemand drei Plätze entfernt tot vom Stuhl gefallen. Sie sah hoch und schenkte Herman einen müden Blick. »Ach, halt doch einfach den Mund.« Sie stand auf und schritt so würdevoll, wie das in ihrem Zustand möglich war, aus dem Raum.

»Bevor diese Situation noch weiter eskaliert, würde ich gerne eingreifen«, ergriff auf einmal Clarence das Wort. »Das hier ist ein Schock für uns alle. Wenn jemand unter ihnen gern mit jemandem darüber sprechen möchte, stehe ich Ihnen zur Verfügung. Kommen Sie einfach zu egal welcher Uhrzeit zu Zimmer 202. Ich verspreche Ihnen, dass ich jedes Gespräch aus beruflicher Pflicht heraus vertraulich behandeln werde.«

»Danke schön, Dr. Leonard«, meinte Franz, der sich wieder gesammelt hatte. »Sie, Mr. Newcombe und Mr. Wright«, das musste der Rezeptionist sein, der bei längerer Überlegung der Besitzer oder zumindest der Hauptverantwortliche des Goldenen Löwen sein musste, »bleiben mit mir bei Mr. Wallace. Die anderen bitte ich, dass sie gehen. Für morgen Vormittag ist der Dreh ausgesetzt, ich werde selbst das Studio benachrichtigen. Bitte sprechen Sie nicht mit jemandem von außerhalb oder mit der Crew, damit wir kontrollieren können, welche Informationen an die Öffentlichkeit kommen.«

Zögerlich murmelnd verließen die Schauspieler und die Angestellten den Essensraum. Mr. Wright wischte sich stöhnend mit dem Taschentuch den Schweiß von der Stirn. Zu meiner Überraschung blieb Adriana mit uns zurück.

»Ich bin mit Mr. Walker und Mr. Newcombe bekannt und kenne mich daher ebenfalls mit Verbrechen aus«, meinte sie nur.

Franz fuhr sich nervös mit der Zunge über die Lippen. »Wir müssen einen Arzt aus dem Dorf rufen wegen der Leiche und wegen Mr. Redford, und auch wegen Mr. Walker. Ich werde ihn überzeugen, stilles Schweigen zu bewahren, aber das ist nicht leicht in einem so kleinen Dorf. Ich spreche mit dem Produzenten über die weiteren Vorgangsweisen. Mr. Wright, bitte sicherstellen Sie, dass die Angestellten nicht reden.«

»Halten Sie es für möglich, dass Bert mit Miss Bernards Beruhigungsmittel vergiftet wurde?«, wandte ich mich an

Clarence. Ich war so sehr auf den Mord fixiert, dass mir erst jetzt bewusst wurde, dass ich gerade genau zwischen ihm und Adriana stand.

»Eine Überdosis könnte durchaus tödliche Auswirkungen haben«, erwiderte Clarence unsicher.

»Wäre eine Überdosis schon mit einer Menge von«, ich überschlug das Volumen dreier großer Eiswürfel, »etwas über zwanzig Millilitern möglich?«

»Bei einem schwachen Kreislauf oder anderen Vorerkrankungen durchaus.« Clarence schien es unangenehm zu sein, das preiszugeben. »Die übliche Dosis als Beruhigungsmittel ist maximal ein Teelöffel täglich, als Schlafmittel mehr, aber dennoch nicht so viel.«

»Warum hat denn dann noch niemand einen Arzt gerufen?«, fragte Adriana verständnislos. »Clyde hatte doch bestimmt genauso viele Eiswürfel, er hat nur sein Wasser etwas schneller ausgetrunken. Und Clifford behauptet zwar, dass er sein Wasser getrunken hatte, bevor sie geschmolzen sind, aber ich würde lieber auf Nummer sicher gehen.«

»Ich kann mich diskret um den Arzt kümmern«, versprach Mr. Wright eifrig. »Wir werden alles genau so tun, wie der Film es braucht, das verspreche ich.«

»Ich komme mit Ihnen zu Mr. Redford«, verkündete Clarence. Die beiden verließen den Raum.

Franz zog Etui und Streichhölzer aus der Tasche, zündete sich eine Zigarette an und rauchte ein paar hektische Züge. »Das darf doch nicht wahr sein«, sagte er leise und warf einen Blick auf Berts Körper, der immer noch zusammengesunken neben seinem Stuhl lag. Irgendjemand hatte ihm eine Serviette über das Gesicht gelegt, was wohl respektvoll hatte sein sollen, aber eher lächerlich wirkte.

»Wie meinst du?«, fragte Adriana zögerlich.

Franz sah auf. In seinen Augen lag ein Ausdruck, der schwer zu deuten war. Besorgnis? Angst? Schock? Verzweiflung? Er seufzte tief. »Ich … das ist nicht der richtige Moment. Das hier muss so schnell wie möglich auferklärt werden. Und ich habe Anrufe zu machen.« Er öffnete die Tür, die Clarence und Mr. Wright soeben geschlossen hatten, und trat nach draußen in den Schankraum. Ich musste daran denken, was zwischen Bert und ihm vorgefallen war – und jetzt war Bert tot. Ein Mord an dem Filmset, an dem Franz so schlecht ankam …

Das sah nicht gut aus.

Adriana nahm mich beim Arm. »Komm. Lass uns zu Clifford gehen.«

»Also, ich hatte mit sehr vielem gerechnet«, verkündete mein Partner, »aber nicht damit, dass wir jetzt einen Mordfall haben.«

Wir saßen in seinem Zimmer. Adriana war bei Clyde geblieben und so besprachen wir uns nur zu zweit bei einem Glas Pickles.

Ich zog an der Zigarette, die ich mir soeben angezündet hatte. »Wie geht es Clyde? Ist er in Gefahr?«

»Ich denke nicht. Jackie hat sich sehr praktisch verhalten, wie ich auch gehofft hatte. Ich glaube, Clyde wusste gar nicht, wie ihm geschah, da hatten wir ihn schon auf die Toilette gebracht und Jackie ihm den Finger in den Hals gesteckt. Er hat hinterher ordentlich protestiert, aber ich hoffe, er ist damit alles losgeworden, was noch nicht ins Blut übergegangen war. Der Arzt aus dem Dorf kümmert sich jetzt, ein alter Knabe, wirkt ganz integer und nicht wie ein Tratscher. Er hat übrigens die Theorie bestätigt, dass es ziemlich sicher Gift war. Und du sagst, es waren die Eiswürfel?«

Ich nickte. »Nur Clyde und Bert nahmen Eis in ihr Wasser, eine Gewohnheit, die dem Kellner und damit vermutlich auch den anderen bei Tisch bekannt zu sein schien. Es wäre einfach gewesen, sich in die Küche zu schleichen und das Wasser in der Form durch eine andere klare Flüssigkeit zu ersetzen. Zum Beispiel durch das starke Beruhigungsmittel, das Gracie bekannterweise einnimmt. Wir müssen überprüfen, wie viel davon nötig wäre, um alle Eiswürfelformen zu füllen.«

»Als würde jemand Gracie verdächtig aussehen lassen wollen«, überlegte Clifford. »Aber deine Theorie ergibt insofern keinen Sinn, als dass ich ja auch Eis im Wasser hatte. Mir geht es einwandfrei, dabei kamen alle Eiswürfel aus der gleichen Schüssel.«

»Bist du sicher, dass es dir gut geht?«, hakte ich nach, ehe ich mich davon abhalten konnte.

Ein Lächeln huschte über Cliffords Gesicht. »Sag bloß, du machst dir Sorgen um mich. Egal, was Adriana behauptet, ganz tief in dir drin hast du sehr wohl Gefühle.«

»Ich frage aus *rein detektivischem Interesse*«, entgegnete ich und hoffte, dass ich nicht rot wurde.

»Ich habe mich untersuchen lassen, nachdem der Arzt einen Blick auf Clyde geworfen hatte, falls dich das beruhigt.«

Statt eines Kommentars nahm ich nur einen weiteren Zug aus meiner Zigarette. »Außerdem fandest du die Suppe ja so salzig, dass du das Wasser beinahe sofort ausgetrunken hast, wie du vorhin meintest«, sagte ich dann. »Danach hast du nur noch aus deinem Weinglas getrunken. Hättest du noch Wasser genommen, als das Eis schon geschmolzen war, wäre dein Zustand wohl kein anderer als Clydes oder Berts. Aber es muss erst noch bestätigt werden, ob der Mord tatsächlich so verübt wurde. Für morgen gilt es, durch Befragungen herauszufinden, wer ein Motiv für einen Mord an Bert haben könnte.«

»Nicht so voreilig!«, rief Clifford. »Bei dieser Methode hätte nämlich genauso gut Clyde sterben und Bert überleben können, sie erhielten ja gleich viele Eiswürfel. Was, wenn *Clyde* das geplante Opfer war?«

Daran hatte ich nicht gedacht.

»Ich kann mir fünf Absichten hinter dieser Tat vorstellen«, fuhr Clifford angesichts meines verblüfften Schweigens fort. »Erstens: Bert sollte sterben. Das Motiv wäre, Bert tot sehen zu wollen. Zweitens: Clyde sollte sterben. Das Motiv wäre, Clyde tot sehen zu wollen. Drittens: Bert *und* Clyde hätten sterben sollen. Das Motiv wäre, alle beide umbringen zu wollen, warum auch immer. Viertens: Niemand hätte sterben sollen, nur unpässlich werden, denn *so* viel Gift war in den Eiswürfeln nun auch wieder nicht Ich meine, wieviel Flüssigkeit sind ein Eiswürfel? Ich würde schätzen, ein oder zwei Esslöffel, das ist keine große Menge. Das Motiv wäre entweder, den Dreh durcheinanderzubringen und dem Film zu schaden – das hängt mit unserer Theorie einer möglichen Sabotage zusammen, obwohl man sich fragt, wem eine Drehpause nützt. Oder aber es ging darum, Franz schlecht dastehen zu lassen, weil er hier die Verantwortung hat.«

»Die zwei Hypothesen unter Viertens könnten auch alternative Motive für Erstens bis Drittens sein«, bemerkte ich. »Auch wenn es etwas radikal wäre, jemanden umzubringen, weil einem der Film nicht passt. In einem solchen Fall würde ich persönlich eher Brandstiftung oder so etwas erwarten.«

»Das stimmt. Und ich vermute Folgendes: Entweder, dieser Mord war tatsächlich ein drastischer und sadistischer Sabotageakt zulasten des Films an sich oder eventuell Franz als Regisseur, obwohl es in so einem Fall naheliegender wäre, Franz zu ermorden. Oder aber Clyde hätte das Opfer sein sollen. Ich kann mir nämlich nicht vorstellen, dass es hier tatsächlich darum ging, Bert zu töten.«

Ich zog an meiner Zigarette. »Wir können uns aber nicht sicher sein.«

»Nein«, antwortete Clifford bedauernd. »Und deswegen führen wir morgen Befragungen durch, um herauszufinden, wer für welches Szenario in Frage kommt.«

Clifford und ich hatten mit freundlicher Genehmigung von Mr. Wright das Lesezimmer im Erdgeschoss für unsere Befragungen in Anspruch genommen, einen Tisch mit Stühlen davor und dahinter aufgestellt sowie Notizpapier bereitgelegt. Der Dreh war unterbrochen worden. Offiziell schob Franz das auf Clyde beziehungsweise den »angeschlagenen Gesundheitszustand des Hauptdarstellers«, doch natürlich kannten alle im Hotel den wahren Grund.

»Wir werden Sie der Reihe nach im Lesezimmer befragen«, erläuterte Clifford, als wir die Schauspielenden im Billardzimmer versammelt hatten. Zunächst wollten wir uns auf diejenigen konzentrieren, die am vergangenen Abend dabei gewesen waren und die mit Bert Wallace und seinem Text am vertrautesten waren. »Sie kommen bitte allein. Wir werden Mr. Wright immer bitten, die jeweils nächste Person hereinzuholen, daher können wir die Reihenfolge jetzt noch nicht ankündigen.«

Clarence hob die Hand. »Ich würde gern als Erster befragt werden, wenn das möglich ist.«

»Wenn Sie sich freiwillig melden, von mir aus gern«, erwiderte Clifford. »Folgen Sie uns bitte.«

Mir war zwar bewusst gewesen, dass wir Clarence früher oder später befragen mussten, war mir aber sicher, dass ich das *nicht* vor Clifford tun würde. »Du fragst, ich notiere«, zischte ich ihm zu, als wir in den Salon traten. Er nickte und nahm hinter dem Schreibtisch Platz, während ich den Stuhl neben dem Tisch nahm. Clarence setzte sich in den Sessel dem Schreibtisch gegenüber und schlug die Beine übereinander. Heute trug er eine Hose mit scharfer Bügelfalte und einen Pullunder über dem weißen Hemd. Ich sah rasch auf die leere Seite des Notizbuchs, in dem ich gleich mitschreiben würde.

»Sie kennen uns zwar schon«, begann Clifford, »dennoch möchte ich uns in diesem doch sehr anderen Rahmen noch einmal offiziell vorstellen. Ich bin Detektiv, mein Name ist Clifford Walker und das ist mein Partner, Mr. Newcombe.«

»*Ermittlungs*partner«, korrigierte ich intuitiv. Kaum hatte ich ausgeredet, hätte ich mir am liebsten die Zunge abgebissen.

Clifford sah mich irritiert an. Clarence wirkte überrascht. In meiner tiefsten Seele regte sich der Wunsch, der Boden möge sich unter mir auftun. »Ich … wollte lediglich klarstellen, dass … wir zusammen Detektivarbeit leisten.«

»Genau das und nichts anderes hatte ich gemeint«, entgegnete Clifford mit gerunzelter Stirn.

»So hatte ich das auch verstanden«, ergänzte Clarence.

Ehe ich vor Scham sterben konnte, führte Clifford glücklicherweise die Befragung weiter. »Dr. Leonard, erst einmal zu Ihnen. Sie sind Psychiater?«

»Richtig.«

»Was führt Sie an ein Filmset?«

»Das ergab sich so«, erwiderte Clarence offen. »Viele derer, mit denen ich länger zusammengearbeitet habe, schauspielerten beim Film. Daher begleite ich jetzt verschiedene Klienten bei ihrer Arbeit und nehme mich an Ort und Stelle auch der anderen an, die meine Unterstützung benötigen. Außerdem finde ich persönlich dieses wechselnde Umfeld wesentlich spannender als ein Praxiszimmer in einer Stadt oder ein Büro in einer Psychiatrie.«

»Und wer bezahlt Sie, wenn Sie am Film arbeiten?«

»Ich denke nicht, dass Sie das etwas angeht.«

Clifford verhielt sich taktisch klug und bohrte nicht nach – es war immer besser, eine Aussage vorerst auf sich beruhen zu lassen, wenn die Fakten des Falls keine unbedingte Antwort erforderten. »Ich nehme an, Sie sind an diesem bestimmten Dreh wegen Miss Bernard.«

»Das stimmt.«

»Haben Sie an diesem Set noch weitere Patienten?«

Clarence blinzelte dreimal, ehe er antwortete. »Diese Frage darf ich nicht beantworten.«

»Korrigieren Sie mich, wenn ich falsch liege. Sie haben Miss Bernard ein Beruhigungsmittel verschrieben, dass sie regelmäßig einnahm?«

»Nicht grundsätzlich, aber bei Bedarf in regelmäßigen Dosen«, entgegnete Clarence.

»Welchen genauen Zweck erfüllt dieses Medikament? Ich habe Medizin studiert, Sie brauchen mir also keine fachlichen Details zu ersparen.« Clifford überging galant die Tatsache, dass er sein Medizinstudium nie beendet hatte.

»Sonderlich viel medizinischen Jargon werde ich nicht brauchen. Es ist eigentlich ein starkes Schlafmittel. In kleinen Dosen hat es eine nervlich beruhigende Wirkung und dämpft die Sinne, was in der Regel die erwünschte Wirkung ist. In größeren Dosen ist es wie gesagt einschlaffördernd, aber da man es in einem solchen Fall leicht überdosieren kann, verschreibe ich es ungern.«

»Können Sie mir sagen, zu welchem Zweck Miss Bernard das Medikament einnahm?«

»Leider nein.«

Clifford nickte verstehend. »Nun zu einem anderen

Thema. Sie essen gewöhnlich im Pub des Dorfes und nicht bei den anderen im Goldenen Löwen?«

»Ja. Ich bin der Einzige, der hier im Haus unterkommt, aber nicht hier isst. Beim gemeinsamen Essen zu Drehbeginn war ich eingeladen, aber seitdem nicht mehr – bis gestern Abend, weil Mr. Kerner den Abschluss des zwanzigsten Drehtags ehren wollte. Es ist für viele Menschen unangenehm, in Gegenwart eines Psychiaters zu essen, besonders für meine Klienten, deshalb bin ich eine Ausnahme bei Tisch.«

»Das heißt, Sie wussten nicht, was die Trinkgewohnheiten der Schauspieler sind?«, erkundigte sich Clifford. Ich schrieb hektisch mit.

»Nein.«

Clifford lehnte sich zurück. »Gestern Nachmittag hatten Sie einen Streit mit Miss Bernard, wenn man das so nennen kann. Darf ich Sie fragen, worum es dabei ging?«

Ich hatte Clifford berichtet, was ich erlebt hatte, aber es gehörte sich als Detektiv, immer nach der individuellen Wahrnehmung einer Szene zu fragen.

Clarence runzelte die Stirn. »Inwiefern ist das relevant bezüglich Mr. Wallaces tragischem Tod? Außerdem war Mr. Newcombe als Zeuge anwesend und kann Ihnen nötigenfalls die Details berichten.«

»*Alles* ist relevant, Dr. Leonard, und ich hätte gern *Ihre* Version der Dinge.«

Er nickte langsam. »Also gut. Miss Bernard hatte mich offensichtlich gesucht, da sie meine Unterstützung brauchte, aber ich war nicht im Haus. Sie warf mir das vor, als wir uns sahen. Die Situation eskalierte daraufhin, weil ich falsch

186

einschätzte, wie ernst es ihr war. Geben Sie ihr bitte keine Schuld für die Art, wie die Dinge aus dem Ruder gelaufen sind.«

»Warum waren Sie nicht im Hotel?«

»Ich hatte mir die Kirche angesehen.« Bildete ich mir das nur ein, oder zögerte Clarence wirklich, seine Antwort zu ergänzen? Sein Blick huschte kaum merklich zu mir. »Auf dem Friedhof begegnete ich Mr. Newcombe und wir gingen zurück zum Goldenen Löwen.«

Clifford bohrte nicht weiter nach. Ich mochte seine Art, Befragungen zu führen: sachlich und angemessen ernst, jedoch ohne seinen Gegenüber in die Enge zu treiben. Es war auch keine schlechte Methode, da sich in meiner Erfahrung die meisten Menschen verschlossen oder zu lügen anfingen, wenn sie sich zu früh in der Defensive fühlten.

»Wie war Ihre Beziehung zu Mr. Wallace?«, fragte er jetzt.

»Sie war weder sehr freundschaftlich noch sehr feindselig, falls Sie das meinen. Er war meinem Beruf gegenüber etwas skeptisch, aber das sind viele. Es ist ja durchaus eine junge Disziplin und ich habe erst etwas mehr als fünfzehn Jahre Berufserfahrung, wenn man den Krieg nicht mitzählt.« Auf Cliffords auffordernden Blick hin fügte Clarence hinzu: »Ich habe damals mein Studium unterbrochen, um mich zur Luftwaffe zu melden. Neben dem Kriegsdienst habe ich versucht, ein offenes Ohr für meine Kameraden zu haben. Den Piloten eine Möglichkeit zu geben, über ihre Ängste zu sprechen, bevor sie flogen, und über ihre Erlebnisse, nachdem sie zurückgekehrt waren. Mir war wichtig, dass jeder Mensch seine Seele entlasten konnte, solange ich für ihn da war. Ich habe gewissermaßen zwischen meinen eigenen Einsätzen meine ersten Berufserfahrungen gesammelt. Es gefiel mir nicht, wie so viele junge Menschen mit ihren seelischen Wunden allein gelassen wurden. Oft wurden nur die sichtbaren Verletzungen versorgt.«

»Mh-hm«, machte Clifford. Ich wusste, dass Clarence gerade einen wunden Punkt getroffen hatte, da Clifford als ehemaliger Soldat durchaus einige unsichtbare Verletzungen zu versorgen hatte. Doch auch in Clarences Gesicht erkannte ich denselben Ausdruck unterdrückten Schmerzes, den ich von Clifford in stärkerer Form kannte. Ehe mich Mitleid oder eine ähnlich unsachliche Empfindung überkommen konnte, widmete ich mich schnell wieder meinen Notizen.

»Ich kann Ihnen versichern, Mr. Walker, dass ich keinerlei Interesse habe oder hatte, Mr. Wallace schaden zu wollen.«

»Das wird sich herausstellen, aber vielen Dank für diese Versicherung. Was ist Ihr Verhältnis zu Mr. Redford?«

»Keinerlei besonderes.« Clarence wirkte irritiert. »Wollen Sie damit etwa sagen, er sollte *auch* absichtlich vergiftet werden?«

»Es ist zumindest *möglich*.« Clifford ließ sich nicht aus der Reserve locken. »Wie stehen Sie zu Mr. Kerner?«

»Wir kommen gut miteinander aus, denke ich. Wir versuchen, einander in unserer jeweiligen Arbeit zu berücksichtigen, falls wir je gleichzeitig dieselbe Person benötigen sollten. Bisher hat das gut funktioniert.«

»Vielen Dank.« Clifford vergewisserte sich mit einem Seitenblick, dass ich mit dem Schreiben hinterherkam, und wandte sich dann wieder an Clarence. »Während des Essens gestern Abend saßen Sie neben Mr. Wallace. Ist Ihnen an seinem Verhalten etwas aufgefallen? Könnten Sie uns vielleicht kurz beschreiben, wie Sie ihn als Sitznachbarn wahrgenommen haben?«

»Ich habe wenig auf ihn geachtet, um ehrlich zu sein. Wir waren nicht an denselben Gesprächen beteiligt und ich hatte meine Aufmerksamkeit anderen Personen in meiner Nähe gewidmet«, antwortete Clarence. Bestimmt meinte er damit nicht mich, auf keinen Fall. »Mr. Wallace war schweigsam, wenn er nicht mit Miss Barley sprach. Oder vielleicht wurde er immer stiller im Laufe der Zeit und der Vergiftung – es tut mir leid, ich habe wie gesagt nicht darauf geachtet. Ich würde ungern mehr sagen, weil man sich in solchen Momenten des verzweifelten Erinnerns entweder an gar nichts mehr erinnert oder an Dinge, die gar nicht so passiert sind und die man sich nur rückwirkend so erschließt. Sehen Sie, ich *glaube* zum Beispiel, dass Mr. Wallaces Bewegungen fahrig waren, aber wahrscheinlich denke ich das jetzt nur, weil es so hätte sein müssen.«

Clifford nickte. »Warum wollten Sie als Erster befragt werden?«

Er hatte es nicht wie einen Angriff klingen lassen, und so nahm Clarence es gelassen an. »Ich wollte Sie bitten, bei den Befragungen Rücksicht auf Ihre Verdächtigen zu nehmen, weil niemand sich in einer so angespannten Situation natürlich verhält. Aber angesichts unseres Gesprächs mache ich mir keine Sorgen, dass Ihnen das nicht bewusst sein könnte.«

»Natürlich, natürlich. Dann danke ich Ihnen sehr herzlich, Dr. Leonard.«

Clarence lächelte. »Keine Ursache.«

Kaum waren wir allein, wandte Clifford sich an mich. »Darf ich fragen, warum es dir wichtig war, darauf zu bestehen, dass wir Ermittlungspartner sind? Du hast das in demselben Tonfall gesagt, in dem du normalerweise versicherst, dass du und Adriana kein Paar seid.«

Ich spürte meine Wangen heiß werden. »Ich …« Ja, warum war es mir herausgerutscht? »Angesichts der Tatsache, dass wir noch nicht lang offen als Detektive agieren, wollte ich sicherstellen, dass unser gleichberechtigtes Verhältnis in der Ermittlungspartnerschaft klar ist.« Meine Güte, war das eine schlechte Ausrede. Hoffentlich ahnte Clifford nichts. Womöglich würde es unsere Freundschaft kosten, wenn er herausfand, dass ich nicht nur Adriana ein bisschen zu gerne in die Augen sah. Aber vor allen Dingen wäre mein Ansehen dahin, wenn nicht sogar meine Freiheit. Es blieb mir nur zu hoffen, dass es mir bald wieder besser gelingen würde, meine Emotionen zu kontrollieren. Verfluchte melancholische Phase.

»Meinst du denn, dass Dr. Leonard ein echter Verdächtiger ist?« Clifford spielte nachdenklich mit einem Stift, der auf dem Tisch vor ihm lag.

»Ich weiß nicht, wie er gewusst haben könnte, dass Bert und Clyde ganz sicher Eiswürfel in ihr Wasser nehmen würden«, erwiderte ich. »Und ein Motiv sehe ich auch keins. Ich frage mich, ob die beiden überhaupt miteinander zu tun hatten.«

»Es könnte natürlich sein, dass Dr. Leonard ein gefährlicher Sadist ist, der den psychologischen Effekt eines Mords am Filmset studieren will«, entgegnete Clifford. »Nein, das war nicht ernst gemeint. Ich halte ihn nicht für einen Mörder, vor allem nicht in diesem Fall. Es kann aber sein, dass er jemanden deckt oder uns nicht alles erzählt hat. Aber lass uns jetzt den Arzt aus dem Dorf befragen. Er kam vorhin, um noch einmal nach Clyde zu sehen, aber jetzt müssten wir ihn hereinbestellen können.«

»Wie Sie sicherlich verstehen, würde ich sehr ungern eine eindeutige Aussage abgeben«, bevor die Leiche nicht gerichtsmedizinisch untersucht worden ist«, erklärte der Arzt. Sein Name war Dr. McEre. Er hatte silbergraues Haar, trug einen silbergrauen Anzug und saß sehr aufrecht vor uns im Sessel, die Arzttasche auf den Knien.

»Es geht hier mehr um das Prinzip«, antwortete Clifford gelassen. »Gab es irgendetwas an Mr. Wallaces Todesumständen oder an der Leiche, was gegen eine Vergiftung spricht?«

»Nein, ich denke nicht.«

»Und andersherum, das alles könnte auf eine medikamentöse Vergiftung hindeuten, zum Beispiel auf ein oral eingenommenes Betäubungsmittel?«

»Sehen Sie«, Dr. McEre räusperte sich, »Mr. Wallace hatte keine Krämpfe, keinen Durchfall, kein Erbrechen. Er zeigte überhaupt keine Anzeichen von Übelkeit. Damit scheiden viele herkömmliche Gifte aus. Zu den mir geschilderten Symptomen – Apathie, Ohnmacht und plötzlicher Tod – passt daher ein Gift mit einer lähmenden und betäubenden Wirkung. Mr. Redford hat mir zusätzlich Schwindel und ein in seinen Worten ›nebliges Gefühl‹ beschrieben. Nun hat mir Dr. Leonard das Medikament gezeigt, was sich im Besitz einer der Schauspielerinnen hier befindet. Es wirkt beruhigend und einschlaffördernd, in höheren Dosen betäubend. Die tödliche Wirkung hängt aber auch mit der medizinischen Vorgeschichte der jeweiligen Person zusammen, über die wir in Mr. Wallaces Fall nicht informiert sind.« Er seufzte bedeutungsschwer.

»Das heißt, Sie kommen zu welchem Schluss genau?«, half Clifford ihm auf die Sprünge.

»Sagen wir es so. Es ist gut möglich, dass Mr. Wallace mit einem Schlaf- oder Beruhigungsmittel getötet wurde. Wäre es das uns bekannte Medikament gewesen, hätte eine Menge ab etwa drei Esslöffeln tödlich wirken können, ohne mögliche Begünstigungen durch Vorerkrankungen in Erwägung zu ziehen.«

»Das war sehr detailliert, vielen Dank.« Clifford lächelte freundlich, als ginge es nicht um den Tod eines Menschen. »Haben Sie eine Theorie, weshalb Mr. Redford, der eigentlich fast die gleiche Menge an Gift oder Substanz getrunken hat, den Angriff überlebt hat?«

»Er ist kräftiger und damit auch schwerer, denke ich«, antwortete Dr. McEre. Mit einem Blick auf seine Taschenuhr fügte er hinzu: »Ich müsste wieder in meine Praxis zurück und sollte auch nicht zu lang dem Dorf fernbleiben, damit nicht noch mehr getratscht wird als ohnehin. Haben Sie noch weitere Fragen?«

»Nein, vielen Dank«, entgegnete Clifford. »Einen schönen Tag wünschen wir Ihnen.«

»Das ist ja interessant«, bemerkte ich, nachdem Dr. McEre gegangen war und ich mir eine Zigarette angezündet hatte. »Wenn man beiden Opfern die gleiche Menge an Eiswürfeln gibt, könnte jeder mit einem Gefühl für die Wirkungsweise von Giften Folgendes abschätzen: Wenn beide die für Clyde tödliche Menge an Eiswürfeln erhalten, sterben Bert *und* Clyde. Wenn sie die für Bert tödliche Menge an Eiswürfeln erhalten, stirbt Bert, aber Clyde überlebt.«

»So einfach ist das nicht«, wandte Clifford ein. »Clyde und Bert sind vom Körperbau her verschieden, aber nicht völlig unterschiedlich. Es ist nicht einer groß und dick und der andere klein und schmächtig. Clyde ist lediglich muskulöser und ein, zwei Inches größer. Unser Mörder müsste sehr versiert oder aber Dr. McEre selbst sein, um abschätzen zu können, wie viel Eis der Kellner ausgeben darf, um Bert *sicher* und Clyde *sicher nicht* zu töten. Es könnte allerdings sein, dass Dr. Leonard dieses Wissen hätte.«

»Auch da würde ich sagen, dass Vergiftungen sowieso mit die unsicherste Mordmethode sind, wenn die tödliche Dosis größer als mikroskopisch ist«, entgegnete ich. »Die meisten Gifte sind ja nicht wie Blausäure, wo kleinste Mengen genügen, sondern man braucht ein gewisses Minimum. In solchen Fällen kann selbst die Tat eines Toxikologen fehlschlagen. Insofern könnten Berts Tod und Clydes Überleben genau geplant oder reiner Zufall sein. Was sagst du denn mit deiner medizinischen Fachkenntnis zu dieser Geschichte?«

»So genau kenne ich mich mit Giften nun auch nicht aus«, erwiderte Clifford. »Außerdem kannte ich dieses Beruhigungsmedikament vorher nicht. Allerdings würde ich Dr. McEres Einschätzung mehr oder weniger wortgleich zustimmen.« Clifford stockte. »Warte. Hattest du nicht erzählt, du hättest Gracie einmal aus der Flasche *trinken* sehen?«

»Das waren zwei recht kleine Schlucke«, erinnerte ich mich. »Vielleicht ist sie so vertraut mit ihrer Dosierung, dass sie keinen Löffel mehr braucht. Unter Umständen ist es sogar die harmloseste Substanz in ihrer Reichweite.« Ich zog an meiner Zigarette.

»Hm«, machte Clifford. »Und dann hat Gracie gestern ihren Selbstmord angedroht. Theoretisch hätte sie dazu nur in ihr Zimmer gehen und ihr Fläschchen austrinken müssen. Warum lässt Dr. Leonard sie überhaupt so viel davon haben? Oder meinst du, sie hat davor nie suizidale

194

Absichten gezeigt? Oder war diese Szene, die du mitangesehen hast, ein spontaner Wutausbruch ohne Hintergrund?«

»Woher soll ich das wissen?«, gab ich zurück. »Wir können sie ja selbst fragen. Holen wir Sie als Nächstes herein.«

Clifford schüttelte den Kopf. »Nein, erst möchte ich noch andere Gespräche führen.«

»Das hier soll keine Befragung eines Verdächtigen sein«, erklärte Clifford. »Wir müssen lediglich mit jeder Person gesprochen haben, die beim Essen anwesend war.«

Franz nickte lächelnd, sah dabei allerdings einfach nur resigniert aus. Er hatte dunkle Schatten unter den Augen, die nur teilweise von den Brillenrändern verdeckt wurden, und hatte offensichtlich noch schlechter geschlafen als ich, was ein kleines Wunder sein dürfte. »Das ist kein Problem.« Ihm war der Stress anzumerken, da ihm die *th's* nicht mehr einwandfrei gelangen. »Ich bin auch der Hauptverantwortliche immerhin für die Situation, sofern ist es sinnvoll, dass Sie mich befragen.«

»Geben Sie sich nicht die Schuld«, entgegnete Clifford. »Und ich versichere, es gehört zu unseren Grundsätzen, dass wir unparteiisch agieren, aber wir halten Sie dennoch nicht für einen Mordverdächtigen.«

»Ich meinte nicht verantwortlich für die Tat. Ich bin derjenige, der alles überschauen soll, der sich kümmern muss.

Wenn etwas schiefläuft am Filmset, bin ich Verantwortlicher. Egal, ob das Schieflaufen meine Schuld ist oder nicht ist. Es muss *ich* mich vor dem Studio verantworten, und wenn Sie feuern, dann mich. Und verzeihen Sie mein Englisch, ich glaube, meine Satzstellung ist gerade nicht gut.«

»Das macht überhaupt nichts.« Clifford bot Franz Zigaretten und Streichhölzer an.

Er akzeptierte und sprach weiter. »Es ist gut, dass Sie die Dinge aufklären. Unser Produzent hat sich durchsetzen müssen, dass ich Regisseur werden kann für diesen Film, und ich muss dem Studio beweisen, dass es keine falsche Entscheidung war. Und jetzt hat es einen Mord gegeben.« Franz gab sich sichtlich Mühe, gefasst zu wirken. »Also. Befragen Sie mich gerne. Ich muss dafür sorgen, dass Licht zu dieser Sache gebracht wird.«

»Wir versuchen es.« Clifford lächelte aufmunternd. »Könnten Sie uns erzählen, wie Sie überhaupt zu diesem Film nach England gekommen sind? Das soll keine suggestive Frage sein, wir fragen alle, wie sie zu dieser Produktion gefunden haben.«

Franz nickte und rauchte. »Ich habe bei einem deutschen Filmstudio zweimal als Regieassistent an Filmen gearbeitet, dann wurde mir die Regie an einer Komödie zugesprochen. Während der Dreharbeiten war es aber so, dass mein, wie kann ich das formulieren – Mentor? – der an einem anderen Set arbeitete, Androhungen bekam von Gewalt. Dass er keine deutschen Filme machen sollte – er war auch Jude – dass sein Ruhm nicht verdient war, dass man seine Filme boykottieren sollte, dass man ihn entlassen sollte, dass bekannt ist, wo er wohnt. Und er traf sich mit mir und sagte:

Mir gefällt nicht, wie sich unser Land entwickelt. Wie mehr und mehr Menschen eine Partei lieben, die die jüdische Bevölkerung verantwortlich macht für alles Üble. Wie immer mehr Bekannte berichten, von wo der Hass kommt. Und er sagte zu mir: Franz, deine Karriere ist noch neu. Dein Name verrät nicht. Niemand kennt dich. Wenn deine Religion geheim ist, kannst du Erfolg haben. Oder du gehst ins Ausland und baust dir neu eine Laufbahn.« Er sah Clifford und mich direkt an. »Ich mag keine Heimlichtuerei. Ich stehe zu mir selbst. Und so entschied ich, zu versuchen, ob es im Ausland besser ist. Ein Wort, das sehr relativ ist.«

Clifford schluckte. »Lassen Sie mit Absicht aus, was Sie schlussendlich zur Emigration überzeugt hat, oder war das alles?«

Franz nahm einen tiefen Zug aus seiner Zigarette. Man konnte förmlich sehen, dass Bilder vor seinem inneren Auge vorbeizogen, die er nicht in Worte fassen würde. »Das ist etwas sehr Persönliches, über das ich ungerne spreche. Und bitte verstehen Sie es nicht als Vorwurf, aber Sie werden es auch nicht verstehen. Würden statt werden, meine ich.«

»Wir könnten es versuchen«, bot Clifford an.

Franz schüttelte den Kopf. »Sie haben das unglaubliche Glück, hoffentlich nie zu wissen, wie sich das anfühlt.«

Clifford nickte stumm.

»In jedem Fall habe ich hier meine Laufbahn wieder angefangen«, fuhr Franz fort. »Wieder Regieassistenz, dann ein Film bei einem kleineren Studio. Englisch habe ich davor gelernt, mit Wörterbüchern und Romanen, darum kann ich es besser schreiben als sprechen. Dann kam ich an dieses Set hier, weil der Produzent meine deutsche Komödie kannte und mich unbedingt wollte für diesen Film, als er herausfand, dass ich in England war.« Ein Funkeln trat in seine Augen. »Eine große Produktion mit Menschen wie Greta Wodzińska oder Clyde Redford. Es hätte fantastisch sein können.«

»Und das wurde es nicht, nicht wahr?«

»Meinen Sie professionell oder persönlich?«

»Erst so, dann so.«

Franz seufzte und atmete dabei silbrigen Rauch aus. »Nun … als Regisseur kann ich keinen Einfluss nehmen auf die Besetzung, das übernehmen die Studios. In diesem Fall ist die Besetzung nur leider – entschuldigen Sie bitte – furchtbar. Miss Wodzińska und Miss Barley, beispielsweise. Es war erwartbar, dass halbe Rollen nicht funktionieren, die zwei können miteinander nicht arbeiten und nicht mit mir, obwohl ich es versuche. Leider machen viele die Regie verantwortlich für die Rollen.«

Ich drückte meine eigene Zigarette, die ich beim Schreiben zwischen die Lippen geklemmt und immer wieder daran gezogen hatte, jetzt im Aschenbecher aus und nahm mir eine neue, während ich mit der anderen Hand meine Notizen vervollständigte.

»Außerdem wissen Sie, dass viele als Regisseur für diesen Film lieber einen mehr erfahrenen, christlichen Engländer gesehen hätten. Das lassen sie mich auch spüren. Deswegen darf aber auch nichts passieren unter meiner Aufsicht, sonst ist der Ruf des Films, des Produzenten und von mir beschädigt, weil alle sagen werden, jemand anderes hätte eben meinen Posten haben sollen. Es hätte nichts aus den Rudern laufen dürfen. Und jetzt haben wir eine Leiche! Und deswegen war ich so … so *unruhig* wegen des Hasses hier. Vielleicht konnten Sie das beobachten. Es war zu sehen, dass jemand aus Wut sabotieren würde, obwohl *nichts* passieren durfte, und jetzt bin ich der für immer, an dessen Filmset es eine Leiche gab! Die Schauspieler haben nichts zu verlieren, aber wie soll *ich* dem Studio und der Öffentlichkeit mit all den Vorurteilen, wie soll ich ihnen sagen, dass es nicht meine Schuld war?« Er sah uns ehrlich verzweifelt an.

Auf einmal ergab dieser Auftrag deutlich mehr Sinn. Ja, Adriana und Franz waren um des Films willen besorgt gewesen, aber es ging hier nicht nur um den Schutz einer Filmproduktion und um die zwischenmenschlichen Dramen des Casts. Durch das Verbrechen hing Franz' Ruf am seidenen Faden, denn wenn man irgendjemandem die Schuld zuschieben würde, dann ihm.

»Bitte lösen Sie den Fall, wenn Sie es können«, sagte Franz eindringlich.

»Versprechen können wir es nicht, aber wir geben unser Bestes und haben eine Kartei aus fast ausschließlich gelösten Fällen«, erwiderte Clifford und versuchte sich an einem aufmunternden Blick. »Und was war die persönliche Perspektive, die nicht fantastisch ist?«

»Ach, das hat nichts mit dem Film zu tun. Es ist nur, dass ich in England nicht nur Vorurteile wegen meiner Religion erlebe, sondern auch wegen meines Herkunftslands. Es ist die Zwiegespaltenheit zwischen Stolz auf die Identität und akzeptieren, dass man deswegen von manchen schlechter behandelt wird.« Er zuckte resigniert mit den Schultern, sah uns aber weiterhin an, ohne dass sein Blick unsicher geworden wäre. »Aber das beeinflusst mich in meiner Entscheidung nicht, dass ich nie mir selbst nicht treu sein werde. Ich erzähle das auch nicht, um mich zu beschweren oder weil ich nicht umgehen könnte mit allen diesen Situationen. Das ist zu Ihrem Verständnis von meiner Rolle in der Produktion. Ich möchte, dass Sie den Fall lösen und die Ordnung am Film wieder herstellen. Für den Rest brauche ich keine Hilfe.«

»Es gibt da bedauerlicherweise etwas, womit wir alle drei in dieser Ermittlung umgehen müssen«, erwiderte Clifford. »Sehen Sie das bitte nicht als Anschuldigung, aber aus detektivischer Sicht haben Sie ein exzellentes Mordmotiv.«

Das beste und vielleicht einzige Motiv sogar, das uns bisher begegnet war, dachte ich.

Franz verharrte, die Hand mit der Zigarette auf halbem Weg zu den Lippen. »Wie bitte?«

»Wir haben gestern am späten Nachmittag ein Gespräch überhört, in dem Mr. Wallace kritisierte, dass Sie dieses Drehbuch verfilmen. Er machte Sie für das in seinen Augen unannehmbare Casting verantwortlich, erniedrigte Sie aufgrund Ihrer Person und drohte mit Gewalt. Ich weiß nicht, was ich zu dieser Szene überhaupt sagen kann, außer dass es mir herzlich leidtut, dass Sie so etwas erleben mussten.«

Franz hob eine Augenbraue. »Das ist eine freundliche Geste, aber leider ist sie mit wenig Bedeutung. Entschuldigungen können nicht die Zustände verändern. Sie sind nett, aber es ist viel wichtiger, den Mund zu öffnen, wenn Ungerechtes passiert.« Ein leichter Vorwurf lag in seinem Ton.

»Außerdem wäre so ein Ereignis nie für mich ein Grund, einem anderen Menschen etwas anzutun, denn ich trete so nicht vor andere Menschen, egal, was sie zu mir getan haben.«

Clifford wollte zu einer Antwort setzen, aber ich war schneller. »Ich übernehme kurz, ja?« Wenn Clifford Franz noch weitere zehn Mal versicherte, dass das hier eine Routinebefragung und auf gar keinen Fall gegen ihn gerichtet war, würde es nicht mehr ehrlich wirken. Ich verstand daher die Abwehrreaktion, mit der Franz auf die letzte Frage geantwortet hatte.

»Es ist so«, begann ich. »Mr. Wallace und Mr. Redford wurden Opfer einer Vergiftung, die nur Mr. Redford überlebte. Es ist am Filmset bekannt, dass beide Ihnen gegenüber feindselige Aussagen unterschiedlicher Schwere gemacht haben und gern einen anderen Regisseur gesehen hätten. Außerdem wissen wir und vielleicht auch andere von Mr. Wallaces expliziter Drohung. *Wir* halten das nicht für ein Mordmotiv, da Sie durch diese Tat viel mehr verlieren, als Sie je gewinnen könnten. Allerdings hätte jemand erahnen können, dass Sie im Zentrum des Verdachts für diesen Fall stehen würden, und hat das ausgenutzt. Gibt es jemand, dem Sie zutrauen würden, Ihnen ein Verbrechen in die Schuhe schieben zu wollen?«

Franz zögerte. »Das möchte ich niemandem unterstellen.«

»Wir würden den Verdacht vertraulich und sachlich behandeln«, versicherte Clifford.

»Trotzdem, ich möchte niemandem das vorwerfen.«

»Danke«, antwortete mein Partner und lächelte. »Dann

waren das alle unsere Fragen. Vielen Dank für Ihre Mitarbeit.«

»Es ist erschreckend, mit wie viel Hass manche Menschen im Alltag zu tun haben und ich es nicht nur nicht erlebe, sondern nicht einmal etwas davon höre«, murmelte Clifford, als wir wieder allein waren.

Ich nahm mir eine neue Zigarette. »Als Ermittler sieht man sich damit konfrontiert, dass abseits der eigenen Wahrnehmung vieles passiert, auf das man mit der Nase gestoßen werden muss, um es zu bemerken.«

»Es sei denn, man ist ein Ermittler, der es selbst erlebt«, antwortete Clifford. »Jedenfalls halte ich Franz tatsächlich auf keinen Fall für einen Tatverdächtigen. Meistens stellen sich Täter zwar so dar, als würde die Tat ihnen schaden, um von ihrem Motiv abzulenken – aber Franz hat hierdurch so viel zu verlieren, dass ich mir nichts in der Welt vorstellen kann, wofür er einen Mord riskieren würde. Abgesehen davon, dass es eher nicht seine Art wäre. Ich habe ihn noch zu niemandem gemein sein sehen.«

»Stille Wasser sind tief. Aber ich teile deine Meinung.«

»Es zeigt uns nur, dass wir diesen Fall wirklich lösen müssen, so schnell es geht. Nichts darf an die Öffentlichkeit gelangen, ehe wir nicht alles richtiggestellt haben, falls das überhaupt nötig ist. Also. Auf zum nächsten« Gespräch.«

»Wieso müsst ihr mich befragen, wenn ich das wissen darf?«, erkundigte sich Adriana vorwurfsvoll. »Ich bin Detekteiassistentin, oder zumindest war ich es offiziell während eures letzten Mordfalls. Eigentlich sollte ich mit euch auf der anderen Seite dieses Tischs sitzen.«

»Wenn wir nicht so tun, als würden wir dich befragen, sehen wir parteiisch aus«, entgegnete Clifford. »Außerdem kannst du uns wertvolle Informationen geben.«

»Ich sehe nicht, inwiefern.« Adriana zog ihre Strickjacke fester um die Schultern. »Ihr könnt ja die Briefe lesen, die ich Laurentius geschrieben habe. Ich habe mit allem gerechnet, aber nicht mit *Mord*. Vor allem nicht *Bert*. Ich kann mir überhaupt nicht erklären, warum jemand das tun würde!«

»Eine unserer Theorien ist, dass es weiterhin nur um eine Sabotage des Films geht, nur eben auf die grausamste mögliche Art«, erklärte Clifford.

»Ihr habt sie doch nicht mehr alle!« Adriana schüttelte so heftig den Kopf, dass ihre Ohrringe klirrten. »Wenn man den Dreh unterbrechen oder ruinieren will, ermordet man doch nicht Bert mit Eiswürfeln, sondern man zündet das Kostümzelt an oder füttert die Presse mit einem Skandal.«

Ich war zwiegespalten, ob ich ihre detektivischen Ambitionen charmant finden oder ihr lieber einen Vortrag darüber halten sollte, dass *ich* der Experte war und nicht sie. Nach einem raschen Gedanken an ihr Getue mit Clyde entschied ich mich für Zweiteres. »Aus einer gewissen Perspektive heraus kann man einen Film durchaus sabotieren, indem man beim Dreh eine Gewalttat verübt.« Ich zog an meiner Zigarette.

»Ich hatte verstanden, was ihr meint, danke sehr. Aber ich finde es völlig unlogisch. Niemand tötet als reines Mittel zum Zweck.«

»Eine andere Möglichkeit wäre eine persönliche Fehde mit Bert«, erwiderte Clifford. »Wir halten das auch für deutlich wahrscheinlicher als einen ausgearteten Sabotageakt. Allerdings bräuchten wir für dieses Tatmotiv Informationen von innen, sozusagen. Kannst du dir vorstellen, warum jemand Bert ans Leder gewollt hätte?«

»Na ja, er hat uns so ziemlich alle irgendwann, wenn nicht sogar mehrmals, beschuldigt, dass wir sein Drehbuch ruinieren.« Adriana zuckte mit den Schultern. »Allen voran natürlich die Leute im Studio, die dafür gesorgt haben, dass Berts eigentlicher Entwurf, eine Art Familiendrama oder so etwas, einerseits als Musical und andererseits viel moderner umgeschrieben wurde. Dass Rosalie sich gegen ihren Pfarrervater durchsetzt, zum Beispiel, das gab es anscheinend im Original nicht. Ich bin froh drum, aber wenn man Bert gefragt hat, war das ganz schrecklich. Dann wurde der Film schlecht besetzt – ich habe als Opern- und Theatermensch die weibliche Hauptrolle bekommen und Franz die Regie. Bert war auch nicht begeistert von Clyde, weil der mit seinem letzten Film in Hollywood ziemlich angeeckt ist – die haben da so eine Art Kodex, was in Filmen passieren und gezeigt werden darf, und Clydes letzter Film war da ein bisschen sehr freizügig. Dass Bert Jackie und Gracie nicht so toll fand, brauche ich euch nicht zu erklären, und Edward hielt er für ein Weichei. Eigentlich hat er vor allem gemotzt, Bert meine ich jetzt, und deswegen sind wir ihm aus dem Weg gegangen. Vor allem war er ja nur am Set, um mit seiner Eliza zu turteln, da konnte man ihn ganz gut ignorieren. Ganz ehrlich, ich weiß nicht, ob meine Verlobte es mir wert wäre, wochenlang die Unterkunft in irgendeinem Kaff zu bezahlen, aber Bert und Eliza hängen nun mal aneinander. Also ja, es gab Gründe, Bert nicht zu mögen, aber keine Ahnung, ob da *Mordmotive* dabei sind. Weil Bert ja eigentlich keine Macht mehr hatte, seine Aufgabe war ja schon erledigt, und nach seinen Tipps zur Umsetzung des Drehbuchs hat niemand je gefragt. Insofern sehe ich da eher etwas Hochpersönliches ans Licht kommen, so etwas wie Erpressung oder ein Liebesdrama.«

»Ich für meinen Teil auch, aber leider wäre so etwas bisher nur eine Hypothese, für die es überhaupt keine Beweise gibt.« Clifford lächelte und seufzte. »Für diese nächste Frage wirst du mich sehr schief anschauen, aber es ist relevant für den Fall. In welchem Verhältnis stehst du zu Clyde?«

Adriana warf einen langen Blick zu mir, der mit einem *Das-ist-doch-nicht-dein-Ernst*-Gesichtsausdruck unterstrichen wurde. »Wer hat *diese* Frage initiiert?«

»Es geht hier darum, dass Clyde unter Umständen kein Kollateralschaden, sondern ein geplantes Ziel des Angriffs war«, entgegnete ich pikiert. »Daher muss eventuellen Rivalitäten um ihn und dich Beachtung geschenkt werden.«

»Niemand rivalisiert hier, denn wir sind lediglich befreundet.« Adriana schnippte ein unsichtbares Stäubchen von ihrem Rock. »Insofern rivalisiert er nicht einmal mit *dir*, auch wenn du dir von ihm abschauen könntest, wie man mich nicht vollkommen kalt behandelt.«

Ich war kurz davor, ihr zu erklären, dass ich auf sehr diplomatische Art und aus sehr guten Gründen eine Liaison mit ihr abgelehnt hatte, doch Clifford fuhr dazwischen. »Darum geht es hier nicht! Streiten könnt ihr anderswo oder am besten überhaupt nicht. Adriana, wir müssen wissen, ob jemand etwas gegen Clyde haben könnte.«

Adriana seufzte. »Außer seiner Frau, von der er sich gerade scheiden lässt, meinst du? Franz wahrscheinlich, aber der würde das nie nach außen tragen. *Bert* mochte Clyde nicht, wie ich euch eben erklärt habe, aber ich denke, niemand würde riskieren, sich bei einem Mordversuch selbst zu töten. – Nein, wartet! Edward!« Sie setzte sich kerzengerade auf. »Ihr kennt ja seinen Werdegang, nicht? Dass sein Leben vom Schauspiel abhängt und das hier endlich sein großer Durchbruch werden sollte? Na ja, die Rolle ging an Clyde wegen der britisch-amerikanischen Besetzung der Hauptrollen, und dadurch hat Edwards Karriere einen fetten Rückschlag bekommen. Er beneidet Clyde ziemlich heftig, vor allem, weil er tausendmal härter arbeiten musste. Verständlich.«

»Das bedeutet aber, Edward hat ein Motiv, Clyde aus dem Weg haben zu wollen, *und* er stand auf Kriegsfuß mit Bert«, wiederholte Clifford.

»Aber er würde niemandem etwas antun! Glaube ich.«

Clifford trank einen Schluck Wasser aus einem Glas auf dem Schreibtisch. »Mhm. Und sonst steht niemand in einem schwierigen Verhältnis zu Clyde, sagst du?«

»Clyde hätte gar keinen Grund, sich mit irgendjemandem anlegen zu wollen. Er soll den Film in den USA beliebt machen, dafür muss der Film gut sein, und *dafür* muss die Chemie beim Dreh stimmen. Selbst *wenn* da ein Streit wäre, würde er versuchen, ihn zu beseitigen.«

»Das klingt logisch. Ist dir am Abend oder beim Abendessen etwas Besonderes aufgefallen?«

»Einer der Kameramänner hat am Tresen laut gerülpst, und wir hatten beim Essen keinen einzigen Salzstreuer auf dem Tisch, nur Pfeffer.«

Clifford lachte. »So tierisch salzig, wie die Suppe war, brauchte den auch niemand. Ich glaube, damit hätten wir alles. Danke dir und wir sagen Bescheid, wenn wir dich brauchen.«

Adriana salutierte und lächelte. »In Ordnung. Und bitte informiert mich regelmäßig, was ihr euch so ausdenkt. Dann kann ich die erste intelligente Theorie des Falls äußern, das wäre doch mal was.«

»Diese Anmerkung wird dir überhaupt nicht gefallen, aber es wäre wirklich schön, wenn ihr euch wieder vertragen könntet«, bemerkte Clifford.

Ich konnte mir ein Stöhnen nicht verkneifen. »Momentan sind doch wirklich andere Probleme wichtiger. Wir haben herausgefunden, dass Edward ein Motiv gegen Clyde, Bert *und* den Film hat.«

»Das stimmt.« Clifford neigte den Kopf. »Die Unterhaltung mit ihm wird hochgradig interessant werden. Aber zuerst würde ich gern Jackie befragen.«

Jackie nahm freundlich lächelnd uns gegenüber Platz, zupfte sich die Hosenträger gerade und akzeptierte eine Zigarette. Es gefiel mir, dass ich bei allen Gesprächen die Gelegenheit hatte, mitzurauchen, obwohl ich jetzt schon spürte, dass ich bei der nächsten körperlichen Anstrengung die Konsequenzen dessen zu spüren bekommen würde. Hoffentlich wurde außer Sitzen, Schreiben und Denken in diesem Fall nichts mehr von mir erwartet.

»Danke, dass Sie gekommen sind«, eröffnete Clifford das Gespräch. »Könnten Sie mir bitte noch einmal auf die Sprünge helfen, wie ich Sie während der Befragung ansprechen darf?«

»Nennen Sie mich einfach Jackie Fox. Es ist ein Künstlername, genau wie andere hier am Set einen Künstlernamen nutzen.« Jackie rauchte. »Falls Sie sich fragen, wie ich das auf der Straße handhabe: Ich lasse meine Gegenüber aussuchen, ob sie Miss oder Mr. sagen oder mich lieber schockiert angaffen wollen. Mir ist es gleich.«

Clifford schien erst zu einer Gegenfrage ansetzen zu wollen und sich dann auf den eigentlichen Fall zurückzubesinnen, denn er öffnete den Mund und schloss ihn gleich wieder, nur um dann eine andere Frage zu stellen. »Uns wurde berichtet, dass Sie in Ihrer Stummfilmkarriere schon Männer- und Frauenrollen gespielt haben. Wie hat das funktioniert, wenn ich fragen darf?«

Jackie malte gedankenverloren mit dem Finger Kreise auf die Armlehne des Sessels. »Sie sprechen ein interessantes Problem an. Ich liebe es, in verschiedene Rollen zu schlüpfen, und so habe ich eben in meiner Schauspielkarriere mal als Jack, mal als Jacqueline vorgesprochen. So habe ich von Auftrag zu Auftrag eine andere Rolle angenommen, und meistens fand überhaupt niemand heraus, wer ich im Alltag bin oder dass ich auch andere Auftritte hatte. Aber dieses System konnte ich dann im Tonfilm nicht mehr halten, denn ein solcher Film braucht Dialog. Im Alltag kann ich als Mann oder als Frau durchgehen, wie immer ich das wünsche, aber auf der Leinwand gibt es viel spezifischere Erwartungen an die Sprechweise und Stimmlage der Darsteller. Niemand nahm mir mehr männliche Rollen ab, egal, was ich versuchte. Das, wohlgemerkt, obwohl ich beim Singen drei Oktaven abdecken kann – es genügte nicht.«

Clifford nickte. »Auch bei diesem Film nicht.«

»In der Tat. Ich hatte mich als Jack Fox zum Vorsprechen für Edwards Rolle beworben, aber man hätte mich beinahe wegen Betrugs aus dem Raum geworfen. Zum Glück erkannte mich der anwesende Produzent wieder, weil ich im letzten Jahr als Jacqueline an einem anderen Musical beteiligt gewesen war. Er war bereit, mir eine zweite Chance zu geben, allerdings nur mit einer Frauenrolle. Er glaubte, dass ich mich des Ruhms wegen an einer Männerrolle versucht hätte, und ich ließ ihn in dem Glauben, sonst wäre ich vermutlich überhaupt kein Teil des Films geworden.« Jackie klang bitter. »Gegen Annie habe ich nichts, sie ist eine tolle Figur. Aber ich würde gern zu der Freiheit zurückkehren, die ich in der Stummfilmzeit noch hatte.«

»Das ist nachvollziehbar.«

»Wissen Sie, ich komme hervorragend mit mir aus, nur die Studios und das Publikum leider nicht.« Jackie schlug die Beine übereinander. »Vor ein paar Jahren war die Welt aber auch noch offener. Es kommt mir vor, als sei die Zeit, in der man wild allerlei ausprobieren konnte, leider schon vorbeigegangen.«

Ich überlegte, ob ich das so schlimm fand, aber vermutlich war es für den Fall nicht relevant. In jedem Fall erinnerte mich Jackies Pose an die eines jeden Filmstars auf dem Titelblatt einer Illustrierten: wachsamer Blick und eine Zigarette zwischen den Fingern, deren Rauch sich kringelnd nach oben wand. Man hätte einen Auslöser drücken können.

»Und wie kommen Ihre Co-Schauspieler … damit aus?« Clifford machte eine Geste in Richtung von Jackies kurzen Haaren und Klamotten.

»Im Stummfilm hervorragend, weil ich auch außerhalb des Drehs in meiner Rolle geblieben bin. Jetzt tendenziell schlecht.«

Ein kurzes Schweigen trat ein, in dem nur das Kratzen meines Füllfederhalters auf der Notizbuchseite zu hören war.

»Kommen wir zu den Ereignissen des gestrigen Abends«,

fuhr Clifford mit der Befragung fort. »Sie waren mit uns im Schankraum beim Aperitif, bis Miss Bernard auftauchte. Dann begleiteten Sie sie nach draußen. Darf ich fragen, weshalb und wohin?«

Jackie schnippte etwas Asche von der Zigarette. »Gracie war sturzbetrunken. Ich nehme an, Ihnen fiel das ebenfalls auf. Ich wollte sie davon abhalten, sich lächerlich zu machen oder Dinge zu tun, die ihr später unangenehm sein würden. Deshalb entschloss ich mich, sie zum Ausnüchtern mit nach draußen zu nehmen. Ich bezweifle, dass ich Ihnen nähere Auskünfte darüber geben muss, oder dass Gracie denen zustimmen würde.«

»Es geht darum, ob Sie etwas getan oder gesehen haben, das für den Mord von Bedeutung sein könnte.«

»Ich denke nicht. Ich habe Gracie die Haare gehalten. Genügt Ihnen diese Beschreibung?«

»Ich werde Ihnen vertrauen müssen«, antwortete Clifford. »Stehen Sie und Miss Bernard denn in einer engen Beziehung zueinander?«

»Nicht wirklich, aber das war in dieser Situation auch nicht erforderlich.«

»Haben Sie im Laufe des Abends mit Mr. Wallace gesprochen?«

»Nein, kein einziges Mal.«

»Haben Sie beim Essen auf ihn geachtet? Fiel Ihnen irgendetwas auf?«

»Nein. Ich saß zwei Plätze von ihm entfernt, weswegen ich auch nichts mitbekommen hätte, wenn ich es versucht hätte. Er nahm ja auch nicht am allgemeinen Tischgespräch teil, glaube ich. Nur Eliza sprach am Anfang mit ihm.«

Clifford nickte. »Was war Ihre Beziehung zu Mr. Wallace?«

»Wir gingen einander aus dem Weg. Ich bin mir sicher, Sie können sich denken, warum.«

»Also mochten Sie einander nicht?«

»Nicht besonders, aber es kam nicht zum Tragen, weil wir einander aus dem Weg gingen.«

»Und in welchem Verhältnis standen Sie zu Mr. Redford?«

Jackie drückte die Zigarette im Aschenbecher aus. »Aha. Sie denken, er sollte auch ein Opfer sein. Nun, er ist kein schlechter Schauspielkollege, aber abseits der Kamera sind wir keine Freunde.«

»Ärgert es Sie, dass er Edward O'Malley die Rolle weggenommen hat, weil Sie so den Alfred nicht spielen konnten und Sie außerdem gut mit Edward auszukommen scheinen?«

»Die Alfred-Rolle war mir schon verwehrt worden, bevor Clyde Redford überhaupt ins Spiel kam, und Edward habe ich erst hier am Set kennengelernt. Also nein.«

»Aber mit Franz Kerner sind Sie halbwegs befreundet?«

Jackie schmunzelte. »Nein, ich habe nicht vor, aus Hass gegen ihn einen Mord an diesem Filmset zu begehen. Er ist ein guter Kerl.«

Clifford streckte die Hand aus. »Vielen Dank. Sie waren uns eine Hilfe.«

Jackie ergriff sie. »Sehr gern.«

»Man kann Jackie vieles vorwerfen«, bemerkte Clifford, »aber nicht fehlende Charakterstärke.«

»Und was sagst du sonst?«, fragte ich. »Eher unschuldig oder eher schuldig?«

»Sonderlich verdächtig hat Jackie sich nicht benommen, aber leider befragen wir gerade größtenteils professionelle Schauspieler, die gegebenenfalls fantastisch eine unschuldige Person mimen können. Ich denke aber nicht, dass Jackie irgendeinen Menschen so sehr hasst, dass Mord oder vorsätzliche Verletzung das Resultat wäre. Obwohl die Antworten auf meine letzten Fragen recht ausweichend waren.«

»Daran schließe ich mich an.«

»*Aber* Jackie hätte ein Motiv, den Film oder das Studio nicht zu mögen.«

»Wäre das ein Mordmotiv?«, entgegnete ich zweifelnd.

»Ein Sabotagemotiv vielleicht. Und diese Tat muss ein sehr gut durchdachtes Verbrechen gewesen sein. Das würde passen, denn Jackie handelt sehr gezielt und überlegt.«

»Einigen wir uns auf *mittelverdächtig.*«

»Wenn *du* das so siehst, gern.«

Was immer wir aus den bisherigen Gesprächen mitgenommen hatten, das Fazit für das nächste versprach interessant zu werden, kaum dass Edward den Raum betreten hatte. Er schloss die Tür und schritt die wenigen Meter zum Sessel, als beträte er einen Hörsaal, um einem renommierten Publikum ein hochkomplexes Thema von äußerster Wichtigkeit zu präsentieren. Seine Schultern waren straff und sein Blick stählern, als er sich vor uns niederließ. In erstaunlichem Kontrast zu diesem merkwürdig selbstsicheren Gebaren standen die dunklen Ringe unter seinen Augen, seine wirr in alle Richtungen abstehenden Locken und die Tatsache, dass er zwei verschiedene Schuhe trug.

»Was auch immer Sie behaupten, gegen mich in der Hand zu haben, ich habe *nichts* getan!«, verkündete er.

»Ihnen auch einen guten Tag, Mr. O'Malley«, erwiderte Clifford freundlich. »Wir wollen Ihnen auch gar nichts vorwerfen, sondern lediglich die Hintergründe des tragischen Todesfalls von gestern Abend überprüfen.«

»Und wenn ich jede Antwort verweigere?«, entgegnete Edward herausfordernd.

»Dann verweigern Sie jede Antwort und wir können nichts dagegen tun. Aber wir können doch trotzdem ein paar Fragen versuchen, nicht? Stimmt es zum Beispiel, dass Bert Wallace mit Ihnen nicht gut auskam, weil er Sie für, sagen wir, nicht strapazierfähig und zäh genug für eine Rolle aus seinem Drehbuch hielt?«

»Ist es denn falsch, jemanden nicht zu mögen, dessen Geschwätz den eigenen Ruf schädigt? Ein Mann muss eben für sich eintreten.« Ich fand es merkwürdig, wie schneidend Edward das sagte, als rezitiere er einen dramatischen Monolog aus *Hamlet*. Als Bert ihn beleidigt hatte, hatte er deutlich weniger selbstbewusst gewirkt, sondern war vor der Konfrontation geflohen.

»Das wollte ich auch nicht wie eine Anschuldigung klingen lassen. Sie sind nicht der Einzige, der Mr. Wallace nicht gut leiden konnte.«

»Vergiftet habe ich ihn trotzdem nicht.«

»Das glaube ich auch nicht.« Clifford gelang es, selbst für mich überzeugend zu wirken, obwohl ich wusste, dass Edward derzeit aufgrund seiner Motive unser Verdächtiger Nummer Eins war. »Sie haben Ihre Rolle bekommen, weil Clyde Redford die Hauptrolle übernahm, richtig?«

Edwards Mundwinkel zuckten. »Auf faktischer Ebene stimmt das, aber ich denke nicht, dass mehr Details nötig sind.«

Ich musste unweigerlich daran zurückdenken, wie ich ihn vor nicht einmal vierundzwanzig Stunden auf dem Friedhof über dieses Szenario weinen gehört hatte. Warum spielte er uns etwas vor?

»Es heißt, das wäre Ihnen sehr nahe gegangen«, versuchte Clifford es vorsichtig.

Edwards Hände, die auf den Armlehnen des Sessels lagen, verkrampften sich sichtbar. »Sehe ich so aus?« Seine Stimme zitterte jedoch nicht die Spur.

»Wie Sie aussehen, muss nicht widerspiegeln, wie Sie sich fühlen.«

»Was wollen Sie damit sagen?«

»Nur, dass Sie ehrlich sein dürfen.«

»Ich bin ehrlich, was Sie als Detektiv doch wohl erkennen sollten.« Edwards Blick flackerte. »Wie viele dumme Fragen soll ich denn noch beantworten?«

»Zum Beispiel die, wie Sie zu Mr. Kerner stehen.«

»Seine Art treibt uns alle in den Wahnsinn. Die Frage müssen Sie doch wohl nicht jedem Einzelnen stellen.«

»Uns interessieren persönliche Antworten.«

»Die bekommen Sie von mir nicht.«

Es war mir schleierhaft, wie es Clifford immer noch gelang, nett und entspannt auszusehen. Zum Glück führte er die Befragung, denn mir selbst wäre längst der Kragen geplatzt.

»Dann ist es wohl vergebliche Mühe, Sie zu fragen, wie Ihnen die Arbeit an diesem Film gefällt.«

»Ganz genau«, entgegnete Edward kühl.

»Wunderbar. Haben Sie gestern Abend oder Nachmittag mit Mr. Wallace gesprochen?«

»Nein.«

»Auch nicht während des Aperitifs oder des Essens?«

»Ich sagte *Nein*.«

»Würden Sie mir verraten, weshalb Sie, unmittelbar nachdem Mr. Wallace vom Stuhl gefallen war, den Raum verließen und nicht mehr gesehen wurden?«

»Ich war müde.« Er sah wirklich müde aus.

»Und Sie verschwanden wortlos, obwohl gerade offensichtlich ein medizinischer Notfall eingetreten war?«

»Sind Sie Detektive oder die Höflichkeitspolizei? Wenn ich geblieben wäre, hätte Mr. Wallace ja wohl auch nicht überlebt. Das ist doch jetzt auch egal.«

»Mein Partner und ich versuchen lediglich, einen Mordfall aufzuklären. Ihr Beitrag kann sehr wichtig sein, wenn Sie unsere Fragen ehrlich und tiefgehend beantworten.«

»Das ist sehr nobel, aber Sie sind keine Polizisten und ich habe das Recht auf Privatsphäre.«

Clifford seufzte. »Selbstverständlich haben Sie das. Vielen Dank für Ihre Mithilfe, Mr. O'Malley.«

Edward lachte heiser und erhob sich. »Es war mir eine *Freude*.«

»Hm«, machte Clifford, nachdem die Tür hinter Edward ins Schloss gefallen war. »Wenn wir ihn nach diesem Auftritt *weniger* verdächtig hätten finden sollen, hat er sein Ziel ganz gewaltig verfehlt.«

»Das kann man wohl sagen!« Ich war mehr als irritiert von Edwards Darbietung. Was erhoffte man sich als Verdächtiger von so etwas?

»Es verwirrt mich nur, weil es so gar nicht zu dem Eindruck passt, den ich bisher von Edward hatte«, sprach Clifford meine Gedanken laut aus. »Von dem, was du mir erzählt hast, hätte ich einen schüchterneren, sensibleren Menschen erwartet. Nicht General Ohne-meinen-Anwalt-sag-ich-nichts.«

»Ich denke auch, dass er eigentlich schüchterner und sensibler *ist*, als er sich gerade gezeigt hat«, erwiderte ich. »Aus meinem mehr als begrenzten Verständnis der Psychoanalyse würde ich sagen, dass Edward gerade die Schauspieldarbietung seines Lebens abgeliefert hat. Wir wissen, was ihm die Hauptrolle bedeutet hätte. Er hat nichts im Leben außer dieser Karriere. Außerdem kann ich mir vorstellen, dass er Bert richtig hasste, wenn der ihn kleingemacht hat. Und beides wollte er unbedingt vor uns geheimhalten. Vergeblich, natürlich.«

Clifford nickte langsam und lehnte sich in seinem Stuhl zurück. »Ja. Ja, das klingt logisch. Für wie wahrscheinlich hältst du es, dass er der Schuldige ist? Ich sage achtzig Prozent oder mehr.«

»Fünfzig Prozent.«

»Was? Er war doch viel verdächtiger als sonst jemand, mit dem oder über den wir bisher gesprochen haben!«

»Wir haben aber noch sehr wenig echte Verdächtige gefragt, da Dr. McEre keiner ist und wir Franz und Adriana ausgeschlossen haben«, entgegnete ich. »Ich halte es für gleich wahrscheinlich, dass er der Täter ist, wie dass er aufgrund seiner Unschuld panisch und verzweifelt handelt.«

Clifford setzte sich wieder gerade hin. »In jedem Fall ist er eine verdächtige Person von höchstem Interesse. Mal sehen, was wir als Nächstes zu hören bekommen.«

Herman Hughes verhielt sich um einiges kooperativer als Edward. Er grüßte uns höflich, setzte sich und lehnte freundlich die Zigarette ab, die ich ihm anbot.

»Inwiefern kann ich Ihnen bei Ihren Ermittlungen dienlich sein?«, erkundigte er sich.

»Zunächst interessiert uns Ihre Beziehung zu dem Toten, Mr. Wallace«, erwiderte Clifford.

Herman strich sich über seinen Schnurrbart. »Wir hatten weder einen Grund, uns nicht zu mögen, noch einander außerordentlich gern zu haben. Ich denke, das fasst es am besten zusammen.«

»Und in welchem Verhältnis stehen Sie zu Mr. Redford?«

»Wollen Sie damit etwa sagen, Redford sollte ebenfalls vergiftet werden?«, rief Herman erschrocken. »Das ist ja mehr als nur unerhört! – Natürlich nicht von Ihnen. Ich meine den Schurken.«

»Zumindest können wir nicht ausschließen, dass Mr. Redford auch ein geplantes Opfer war. Deshalb würden wir gern wissen, wie er mit den anderen Menschen hier am Set auskommt.«

»Nun ja … Redford ist ein guter Kollege, auch wenn wir erst einige wenige Szenen zusammen hatten, abseits der Gesangsaufnahmen. Nur von seinem letzten Film halte ich überhaupt nichts. Ein hochbrisantes Gerichtsverfahren läuft da gerade, wissen Sie, weil Redford damit aufs Frechste gegen den Production Code verstoßen hat. Unanständig und gewalttätig war dieser Streifen, das Studio hätte wissen müssen, dass man ihn nicht an den Zensoren vorbeibekommt. Vermutlich wollten sie ihn nach England verfrachten, damit er in Hollywood vorerst aus dem Weg ist. Es stellt sich zwar die Frage, ob wir *hier* etwas mit *so einem* anfangen können. Aber ich will niemanden verleumden.«

»Natürlich nicht«, erwiderte Clifford und schaffte es bewundernswerterweise, nicht unglaublich sarkastisch zu klingen. »Und wie stehen Sie zu Mr. Kerner?«

Ich schrieb eifrig mit. Wenn Hermans Erzählung stimmte, versprach Clydes Befragung, interessant zu werden.

»Er ist unerfahren«, erwiderte Herman sofort. »Ich mache Filme, seit Filme gemacht werden, wissen Sie, und ich erlaube mir das Urteil, dass Mr. Kerner weder die Regieerfahrung noch die Sprachkenntnisse noch die nötigen Fähigkeiten besitzt, um eine solche Produktion zu leiten. Es ist mir schleierhaft, wie er seinen Posten erhalten hat, aber man weiß ja nie, was bei so etwas dahintersteckt.«

»Sie finden also, dass er nicht der Regisseur sein sollte?«

»Wenn ich ehrlich bin, nicht wirklich, nein. Aber ich respektiere selbstverständlich die Entscheidung des Produzenten und arbeite mit dem, was mir gegeben ist. Ich kann persönliche und professionelle Sphären voneinander trennen.«

Das war eine gewagte Aussage angesichts der Tatsache, dass Herman überhaupt nicht in der Lage schien, seine Arbeit nicht von seinen privaten Vorurteilen beeinflussen zu lassen. Ich blätterte im Notizbuch um und schrieb auf der nächsten Seite weiter.

»Sind Sie denn selbst mit Ihrer Rolle zufrieden?«, wollte Clifford wissen.

»Es ist so, dass man einen Ruf umso mehr fürchtet, je länger man ihn sich aufgebaut hat.«

»Sie denken, dieser Film könnte ein falsches Licht auf Sie werfen?«, versuchte sich Clifford an einer Interpretation dieser kryptischen Aussage.

»In etwa, ja.«

»Weil Mr. Kerner und Miss Shilling zu unerfahren sind? Weil Mr. Redford einen unmoralischen Film gedreht hat? Weil Miss Bernard und Mr. O'Malley nicht Ihrer Vorstellung von Menschen entsprechen, die Filme drehen sollten?«

Herman rutschte verlegen im Sessel hin und her. »So harsch würde ich das niemals formulieren.«

»Ich verstehe.« Clifford stützte die Ellenbogen auf der Tischplatte auf und legte die Fingerspitzen aneinander. »Wie Sie sicherlich bereits gehört haben, wurde in die Eiswürfel in den Gläsern von Mr. Wallace und Mr. Redford ein Beruhigungsmittel in einer tödlichen Dosis eingefroren. Nun musste sich dafür jemand am Kühlschrank in der Hotelküche zu schaffen machen. Mr. Hughes … was haben Sie vorletzte Nacht am Kühlschrank in der Hotelküche getan?«

Hermans Augen weiteten sich erst im Schreck und verengten sich dann im Zorn. »Spionieren Sie mir etwa nach?«, fragte er drohend.

»Nein, das tun wir nicht«, entgegnete Clifford gelassen. »Aber uns interessiert dennoch, was dort vorgefallen ist.«

Herman schwieg. Als er wieder zum Sprechen ansetzte, sah er Clifford und mich nicht an und schien seine Worte mit Bedacht zu wählen. »Können Sie Geheimnisse für sich behalten?«

»Solange Sie kein schweres Verbrechen gestehen, ist das unser Beruf, Mr. Hughes.«

»Werden Sie also niemandem erzählen, was ich Ihnen jetzt erzähle?«

»Sollte unser Schweigen eine Straftat darstellen, sind wir selbstverständlich dem britischen Gesetz verpflichtet. Sonst können Sie uns voll und ganz vertrauen.«

Herman verschränkte die Hände im Schoß. »Es kann eine Herausforderung sein, für die Leinwand zu leben«, begann er. »Oder auch für jede andere Bühne. Man lebt im Auge der Öffentlichkeit und das Publikum hat … gewisse

Wünsche. Besonders, was das Äußere betrifft. Wer dem Publikum gefallen will, muss sein wie das, was es sehen möchte – ob es nun die Wirklichkeit ist oder nicht.« Er fuhr sich mit der Zunge über die Lippen. »Und ich habe versucht, den Zuschauern alles zu geben, was sie wollten. Umso mehr, je weiter meine Karriere fortschritt. Ich schauspielere, seit ich zwanzig Jahre alt bin, und schon seit fast zwei Jahrzehnten beim Film.«

Er schwieg kurz. Clifford legte aufmerksam den Kopf schief.

»Es wurde schlimmer mit dem Tonfilm. Plötzlich war der Filmmarkt übervölkert mit neuen Ideen, anderen Talenten. Ich musste ganz anders schauspielern als zuvor und ganz anderen Erwartungen gerecht werden. Niemand wollte mich alten Hasen mehr sehen – Sie können hier ja selbst miterleben, wer heutzutage alles beim Film ist. Ich hatte das Gefühl, ich müsste mich jünger und perfekter geben, um noch länger im Rampenlicht stehen zu können, und deshalb –« Herman sah hoch. Er öffnete langsam den Mund, als müsse er die Worte mit Gewalt hervorholen. »Ich hörte langsam auf zu essen.«

Ich hatte eine Geschichte über Drogenmissbrauch erwartet und war mehr als überrascht. Von jemandem wie Herman Hughes hätte ich eher erwartet, dass er solcherlei Gefühle mit sechs Whiskeys nach Drehschluss behandelte, aber vielleicht war alles, was wir hier von ihm sahen, nichts als eine Rolle.

Herman sprach weiter. »Halten Sie mich nicht für einen schwachen Mann. Ich war stark genug, jede Strapaze zu ertragen, mit der ich tatsächlich oder vielleicht auch nur in meiner Wahrnehmung meine Filmrollen behielt, als immer mehr Männer meinesgleichen aus dem Geschäft gedrängt wurden. Tatsächlich war es Dr. Leonard, der mir gezeigt hat, wie ich mit mir selbst im Reinen sein und dennoch meinen Platz in der Filmindustrie halten kann. Deswegen ist diese Phase, von der ich Ihnen soeben berichtet habe, längst Teil der Vergangenheit.«

Hinter der Fassade waren doch alle Menschen gleich zerbrochen, dachte ich. Oder Herman spielte uns gerade ziemlich gekonnt etwas vor. Bei Schauspielern konnte man das leider nie wissen. Auf dem Papier notierte ich: *War einer von Dr. Ls Klienten.*

»Nun wollten Sie aber wissen, was das Ganze mit meinem Besuch in der Küche zu tun hat. Nun – ich empfinde seit meiner schlechten Angewohnheit von damals manchmal noch das Bedürfnis, recht viel zu essen. Und das geschieht dann eben heimlich.« Er sah uns entschuldigend an.

»Danke, dass Sie uns etwas so Persönliches anvertrauen«, antwortete Clifford und legte die Hände in den Schoß. »Wir werden es vertraulich behandeln. Das heißt, Sie haben sich vor zwei Nächten in der Küche nur etwas zu essen geholt?«

»Das stimmt.«

Zumindest hatte er tatsächlich ein Tablett voller Lebensmittel mitgeführt. Allerdings bedeutete das nicht, dass er nicht auch die Eiswürfel vergiftet haben konnte. Hermans Geschichte *konnte* nur eine Ausrede sein.

»Haben Sie gestern Abend mit Mr. Wallace gesprochen?«, fragte Clifford weiter.

»Einmal kurz beim Aperitif. Ich fragte ihn, was er gerade trinke, und holte mir dann das Gleiche. Es war ein Wein.«

»Fiel Ihnen irgendetwas an seinem Verhalten auf?«

»Nichts Unübliches. Er war sehr mit Miss Barley beschäftigt, was verständlich ist. Er hat das Mädchen sehr gern gehabt, ihr jahrelang den Hof gemacht, bis er sie hatte. Diesen Film hat er ja für sie geschrieben, noch ehe die beiden sich kennengelernt und verlobt haben.«

»Können Sie sich vorstellen, warum ihn jemand umbringen wollte?«

»Ich denke, am ehesten wohl aus persönlichen Gründen. Beliebt war er nicht.«

»Denken Sie dabei an eine bestimmte Person?«

»Nein.« Sein Blick war ausdruckslos.

»Dann wären das alle Fragen, die wir an Sie hätten«, schloss Clifford und lächelte. »Vielen Dank für Ihre Unterstützung.«

Herman schüttelte uns beiden die Hände. »Ich danke Ihnen für Ihr Vertrauen.«

»Das nenne ich überraschend«, meinte Clifford, als wir wieder allein waren. »Herman hätte uns das nicht erzählen müssen, er hätte auch einfach behaupten können, dass er einen Mitternachtssnack brauchte und er Mr. Wright nicht wecken wollte, oder wer auch immer dafür zuständig gewesen wäre.«

»Du hast recht, eine Ausrede hätte vielleicht ebenso ihre

Wirkung getan«, erwiderte ich. »Und das macht es leider möglich, dass das Ganze eine Lüge war. Wie wir wissen, ist die beste Lüge immer eine, die genügend Details enthält und emotional genug ist, dass man sie unmöglich für ausgedacht hält. Außerdem war Herman im restlichen Gespräch ausgesprochen reserviert – warum sollte er da auf einmal alles auspacken?«

Clifford sah mich mit gerunzelter Stirn an. »Es wäre ziemlich tiefgreifend, jemanden zu beschuldigen, über seine seelische Verfassung in der Vergangenheit zu lügen. Außerdem denke ich nicht, dass ein Kerl wie Herman Hughes sich eine solche Lüge ausdenken würde.«

Aber warum würde ein Mensch ohne Not seine tiefsten Gefühle offenbaren? Nun ja, eine Mordermittlung war vielleicht eine gewisse Not.

»Egal, ob die Geschichte stimmt oder nicht, er hätte die Möglichkeit gehabt, die Flüssigkeit in den Eiswürfelformen auszutauschen«, fuhr ich fort. »Theoretisch hätte jeder nachts oder auch tagsüber in die Küche schleichen können, aber von ihm wissen wir als Einzigen, dass er definitiv dort war.«

»Dafür haben wir von ihm kein wirkliches Mordmotiv gegenüber Clyde oder Bert zu hören bekommen. Nur die Umsetzung des Films hat ihn gestört.« Clifford stockte. »Oh verflixt, wir haben ganz vergessen, nach dem kryptischen Gespräch mit Greta beim Dreh gestern zu fragen.«

Das war auch mir völlig entfallen. »Dann müssen wir eben Greta fragen, wenn es so weit ist.«

Clifford nickte. »Ist dir das Detail über Clydes Gerichtsverhandlung aufgefallen? Adriana hatte vorhin auch erwähnt, dass sein letzter Film Probleme gemacht hat, und bei meiner Recherche bin ich auch schon darüber gestolpert. Leider haben wir hier nicht wirklich Zugang zu einem Ort, an dem wir genauer nachforschen könnten. Wir müssten zurück zum nächsten Ort fahren, dem mit dem Bahnhof, und ich weiß nicht einmal, ob *diese* Ortschaft dann ein Zeitungsarchiv hat.«

»Wir können Clyde selbst fragen, sobald er befragt werden kann.«

»Das stimmt.« Clifford nahm noch einen Schluck Wasser. »Meine Güte, es ist wirklich lange her, seit wir einen Fall mit so vielen Befragungen nacheinander hatten. Ich hab ganz vergessen, wie einem da die Zunge austrocknet.«

»Brauchst du noch mehr zu trinken?«

»Nein. Wir können Greta hereinrufen.«

Alle bisherigen Verdächtigen, von Edward einmal abgesehen, hatten den Raum betreten, gegrüßt und sich gesetzt. Greta tat auf faktischer Ebene dasselbe, aber ihre Art konnte man dabei nur als Auftritt bezeichnen. Nach dem Schließen der Tür schritt sie zu uns herüber und blieb auf halbem Weg stehen, um uns sowie die etwas altbackene Einrichtung des Zimmers mit einem prüfenden Blick zu streifen. Dann neigte sie den Kopf in unsere Richtung, trat näher und nahm Platz. Sie war in keiner Weise so glamourös angezogen und geschminkt wie am Vorabend, aber ihre Präsenz hätte immer dieselbe Wirkung gehabt, selbst wenn sie das Zimmer in Gummistiefeln und Ölzeug betreten hätte.

»Guten Tag. Sie wollen mich ausfragen wegen Berts Tod gestern, sehe ich das richtig?« Sie legte den Kopf leicht schief.

Clifford neben mir sah aus, als wäre er ohnmächtig vom Stuhl gefallen, wenn es nicht schon Elaine in seinem Leben gäbe. »Das stimmt.« Er lachte etwas nervös. »Danke, dass Sie gekommen sind, Miss Woods. Darf ich Ihnen sagen, dass ich ein großer Bewunderer von *Spionage in SoHo* bin?«

Greta lächelte, und es wirkte ehrlich, zumindest auf mich. »Das freut mich.« Sie holte ein silbernes Etui hervor, nahm eine ihrer dünnen französischen Zigaretten heraus und entfachte sie mit einem Streichholz, das Clifford ihr rasch hinhielt. »Schießen Sie los, die Herren Detektive.«

»Mit Vergnügen. Sollen wir Sie mit Ihrem Künstlernamen ansprechen, oder möchten Sie lieber Greta Wodzińska genannt werden?« Clifford gelang die Aussprache mühelos. Zum Glück führte er das Gespräch, ich selbst hätte gar nicht die Wahl gehabt, *Woods* nicht zu verwenden.

»Greta ist auch ein Künstlername, wenn Sie es genau wissen wollen.« Greta nahm einen tiefen Zug und legte dann die Hand auf der Armlehne des Sessels ab. Ihre Fingernägel waren rot lackiert in einem Stil, der sich *Mond-Maniküre* nannte und den Adriana mir einmal lang und breit erklärt hatte, als ich eigentlich Besseres zu tun gehabt hatte. »Ich habe den Namen als Mädchen gewählt, um damit besser international auftreten zu können, weil er eine geläufigere Form meines Vornamens ist. Ich hatte immer schon große

Träume. Nicht ohne Grund. Małgorzata Wodzińska, das ist mein echter Name. Vermutlich würde ich heute als Margaret oder Maggie Woods Filme drehen, hätte ich nicht als Greta während meiner Jugend schon einiges an Erfolg gehabt.«

»Darf ich fragen, wie es ist, eine Filmlegende zu sein und gleichzeitig nicht Ihren echten Namen tragen oder vor der Kamera sprechen zu dürfen?«

Greta lachte freudlos. »Und wenn ich es Ihnen sagen würde, Sie wüssten doch eh nicht, wie sich das anfühlt. Wie wollen Sie außerdem herausfinden, was ich denke und empfinde? Ich bin Schauspielerin. Meine Kollegen und ich leben zwischen Heimlichtuerei, Rollenspiel und Lügen für die Presse. Wir sind Profis, Mr. Walker. Aus unsereins bekommen Sie nur das heraus, was wir herauslassen.«

»Mochten Sie Mr. Wallace?«

»Haben Sie mich schon jemanden mögen sehen?«, fragte Greta zurück und nahm einen weiteren Zug. »Und was, denken, Sie, halte ich von jemandem, der sich nur so lang über Greta Woods in seiner Drehbuchumsetzung freut, bis er herausfindet, dass ihretwegen sein Schätzchen Eliza nur eine halbe Rolle haben wird? Weil die Produzenten nicht darauf vertrauen, dass Greta Woods ihren Akzent gut genug verstecken kann?«

Mangels einer guten Antwort hüstelte Clifford verlegen. »Das ist verständlich. Und, ahm, wie standen Sie zu Mr. Clyde Redford?«

»Außer Herman ist er der einzige gute Schauspieler hier. Nun ja, Jackie hat wenigstens ein bisschen vom Stummfilm gesehen und ein Stück Erfahrung mitgebracht, aber der Rest ist ziemlich nutzlos.«

»Sie lehnen die Produktion als Ganzes aber nicht ab, oder?«

Greta rauchte. »Dieser Film ist erbärmlich«, sagte sie kopfschüttelnd, »und es ist erniedrigend, als alter Star so etwas zu spielen. *Alter Star*, hören Sie? Ich bin Jahrgang 1903! Ich müsste auch nicht weitermachen, ich habe genug verdient im Gegensatz zu Herman, aber ich schauspielere lieber in schlechten Filmen als in keinen. Und so sehr ich mich über die Gestalten hier am Set beklage – ich bin eine Legende, wie Sie schon gesagt haben. Nichts kann an mir kratzen, ich werde immer großartig sein, egal wie viele Trottel mich umgeben. Es sei denn, es gäbe einen Skandal über meine Person, aber so etwas habe ich nicht in petto.«

Bescheiden war Greta definitiv nicht, aber es hätte auch nicht zu ihr gepasst. Ich schrieb mit, als sie auf Cliffords folgende Fragen hin erklärte, am letzten Abend nicht mit Bert gesprochen oder auf ihn geachtet zu haben.

»Das wären alle Fragen von unserer Seite«, schloss Clifford. »Bis auf eines: Wir konnten gestern nicht umhin, ein Gespräch zwischen Ihnen und Mr. Hughes mit anzuhören, das vor dem Dreh der Szene im Dorf stattfand. Warum hat Mr. Hughes gestern gedroht, Sie *zum Schweigen zu bringen*, um seine genaue Wortwahl zu zitieren?«

»Weil ich weiß, dass er etlichen Mädchen in Filmen und Theaterstücken, in denen er mitspielte, über die Casting-Couch ihre Rollen verschafft hat«, erwiderte Greta, ohne zu blinzeln.

»Sie meinen –«, Clifford stockte. »Sie meinen, er hat jungen Frauen im Gegenzug für sexuelle Dienste zu Schauspielrollen verholfen?«

»Dass die Frauen das tun müssen, weiß jeder«, antwortete

Greta ungerührt. »Es gehört fast dazu, wenn man mit sechzehn, achtzehn, zwanzig seine ersten Rollen sucht und die Intendanten oder Produzenten noch ein *überzeugenderes* Argument benötigen. Jede Schauspielerin, die es zu etwas gebracht hat, hat sich zu Anfang herablassen müssen.« Ihr Lid zuckte kaum merklich. »Aber natürlich möchte der gute Herman nicht, dass alle Welt weiß, wie früher viele seiner Nebendarstellerinnen seine Nebendarstellerinnen wurden. Vor allem, weil sie nicht alle immer ganz freiwillig diesem Bewerbungsverfahren zugestimmt haben.«

Clifford sah ungefähr so geschockt aus, wie ich mich fühlte. »Und wie haben Sie das herausgefunden?«

»In diesem Fall zählt doch wohl die Information selbst mehr als die Quelle. Ich habe mit einigen dieser Schauspielerinnen später gearbeitet. Nur die Namen werde ich nicht verraten, niemals.«

»Denken Sie, Herman würde Ihnen etwas antun, wenn Sie die Geschichte publik machen? Zum Beispiel, weil Sie uns beiden davon erzählt haben?«

Greta lächelte. »Nein, niemals. So ist er nicht gestrickt. Aber erzählen Sie besser nicht herum, was ich Ihnen anvertraut habe.« Sie erhob sich, nahm einen letzten Zug und drückte dann die Zigarette im Aschenbecher aus. »Noch einen guten Tag, meine Herren.«

Ohne unsere Erwiderung abzuwarten, spazierte sie aus dem Raum.

»Sie ist wirklich legendär«, seufzte Clifford und sah Greta nach, auch nachdem die Tür schon wieder zugefallen war. »Ich muss dringend Elaine schreiben und sie fragen, ob sie *Spionage in SoHo* auch kennt. Eigentlich liebt sie spannende Filme. Ich müsste sie ins Kino ausführen, wenn sie nicht immer noch in Bristol wohnen würde.« Er wandte sich zu mir. »Hatte ich dir schon erzählt, dass sie sich für eine Stelle in unserer Nähe beworben hat? Wenn sie tatsächlich angenommen wird, sind wir nicht mehr so weit auseinander und können uns sehen, wenn sie dienstfrei hat!« Er strahlte mich an.

Nein, er hatte mir noch nicht davon erzählt, aber ich fand den Gedanken schrecklich. »Oh. Interessant. Na so was.« Hoffentlich gab es bald ein Gesetz, das ununterbrochene Vierundzwanzig-Stunden-Schichten für Telefonistinnen erlaubte, dann würde Clifford Elaine ein bisschen aus dem Kopf bekommen.

»Wir sollten uns allerdings auf den *Fall* konzentrieren«, lenkte ich das Gespräch wieder in die eigentlich wichtige Richtung. »Wir können zusammenfassen: Greta hasst Bert, benimmt sich aber, als würde sie sich niemals auf das Niveau eines Verbrechens herablassen. Interessant fand ich ihren Gedanken, dass sie selbst aus dem Skandal eines Mords am Filmset relativ unbeschadet herausgehen könnte, wenn sie nicht persönlich involviert ist. Anders als die sonstige Besetzung hat sie Rang, Namen und Geld und kann auf das zurückgreifen. Damit hat sie weniger zu verlieren, aber auch weniger zu gewinnen, denn im Gegensatz zu vielen anderen kämpft sie um kaum etwas.

Es macht sie zu einer wahrscheinlicheren und gleichzeitig unwahrscheinlicheren Täterin.«

»Mich wurmt, dass sie dieses Geheimnis über Herman zu kennen behauptet und er weiß, dass *sie* davon weiß«, überlegte Clifford laut. »Wenn Sie uns denn alles erzählt hat. Meinst du, diese Geschichte ist relevant für den Fall?«

»Ja«, antwortete ich sofort. »Und zwar vermute ich dahinter Erpressung.«

»Was?!«

»Es passt zu dem Streit zwischen Greta und Herman, den wir belauscht haben. Es passt dazu, dass die beiden sich zwar nicht mögen, aber trotzdem im Gegensatz zu vielen anderen hier nicht offen verfeindet sind.«

»Du meinst also, er bezahlt sie, damit sie schweigt?«

»Nein, ich denke, er bewahrt im Gegenzug ein Geheimnis von *ihr*«, erwiderte ich. »Greta hat in dem Gespräch mit ihm von einem ›Fehler‹ ihrerseits gesprochen. Vielleicht geht es um dieses eine Jahr während der Wende zum Tonfilm, als Greta von der Bildfläche verschwand und danach plötzlich wieder auftauchte. Die Phase, über die damals in der Presse so wild spekuliert wurde.«

»Du meinst die Hypothese mit dem Drogenentzug oder dem Gefängnisaufenthalt?«, fragte Clifford ungläubig.

»Das sind Gerüchte, und ich sage nicht, dass das stimmt. Ich kann mir nur vorstellen, dass Greta in dieser Zeit oder anderswo ein Geheimnis hat, mit dem Herman sie im Gegenzug erpressen kann.«

Clifford schien immer noch nicht überzeugt. »Meinst du wirklich, sie würde uns dann brühwarm diese Geschichte über Herman erzählen? Sobald er herausfindet, dass sie geplappert hat, hat sie keine Macht mehr über ihn und er kann aller Welt erzählen, was *er* über *sie* weiß.«

Ich wollte sofort zu einer Erwiderung ansetzen, stockte dann aber, weil mir die Antwort fehlte. »Ahm … das weiß ich auch nicht. Die Erpressung ist ja auch nur eine Theorie.«

»Die noch einige Anhaltspunkte mehr braucht, meiner Meinung nach.«

»Das ist verständlich.« Viel lieber hätte ich Clifford an Ort und Stelle mit meiner legendären Deduktionsgabe beeindruckt, aber leider hatte er recht: Es gab nicht genug Indizien für eine legendäre Deduktion.

»Also dann, wollen wir die nächste Person befragen?«

Eliza weinte nicht. Als sie uns gegenüber Platz nahm, wirkte ihr Gesicht wächsern wie eine Maske.

Von allen Verdächtigen – nein, von allen Personen am Filmset – hatte sie Bert am besten gekannt. Wenn jemand über ihn Bescheid wusste, dann sie.

»Wir möchten Ihnen unsere aufrichtige Anteilnahme aussprechen«, begann Clifford und legte wie zuvor bei Hermans Befragung die Fingerspitzen aneinander.

Eliza nickte. »Ich danke Ihnen. Es kann Bert nicht … es kann ihn nicht …«, sie schluckte, »aber es hilft, nach diesem schrecklichen Essen nicht nur gemeine Worte über Bert zu hören.«

»Lassen Sie uns aber zuerst über den Film sprechen,

bevor wir uns mit dem beschäftigen, was gestern Abend geschehen ist. Sie sind nicht glücklich über Ihre Rolle, verstehe ich das richtig?«

»Ist es denn überhaupt eine Rolle, wenn man nur Text spricht?«, fragte Eliza und sah uns schwermütig an. »Es ist so ineffizient und kompliziert, das so zu machen. Ich weiß nicht, warum Greta Woods nicht aussortiert wurde. Wozu braucht man die noch?« Sie seufzte. »Bert wollte die Hauptrolle für mich. Er hatte das Drehbuch extra für mich geschrieben, er … er war immer so gut zu mir. Aber die Wahl der Schauspielerinnen konnte er am Ende nicht beeinflussen.«

»Hatte Bert einen Groll gegen jemanden?«

Eliza zögerte. Ihre dunklen Augen huschten nervös umher. »Ich … ich will nicht, dass Sie schlecht von ihm denken.« Der schwarze Seidenstoff ihres Kleids schimmerte im Lampenlicht, als sie unruhig ihr Gewicht von Seite zu Seite verlagerte. »Aber … er konnte sehr wütend werden. Er sprach einmal davon, dass er jemanden im Visier habe. Jemanden am Film, den er hasse.«

Das Bild des Stricks in der Schublade von Berts Kommode blitzte vor meinem inneren Auge auf. Was, wenn jemand Bert getötet hatte, um sich vor ihm zu *schützen?*

»Aber Sie wissen nicht, wer das war?«, hakte Clifford sofort nach.

»Nein.«

»Haben Sie eine Vermutung?«

Ich sah von meinen Notizen auf und bemerkte, wie Elizas Blick flackerte, als sie antwortete. »Nein.«

»Könnte dieser Mensch –«

»Ich möchte nicht, dass Sie so darüber sprechen!« Jetzt zitterte ihre Stimme. »Wirklich, bitte. Bert war zu niemandem gemein.«

Glaubte sie das etwa wirklich?

»Ich schließe daraus, dass Sie beide gut miteinander auskamen, stimmt das?« Clifford schenkte hier sein behutsames *Sie-können-mir*-immer-*vertrauen*-Lächeln.

Eliza schluckte. »Ja«, sagte sie leise.

»Wir hatten den Verdacht, dass eigentlich Clyde Redford das Ziel dieses Angriffs war«, fuhr mein Partner fort. »Wie standen Sie zu Clyde?«

»Meinen Sie etwa, ich würde versuchen, ihn zu ermorden? Und dabei riskieren, dass Bert etwas zustößt?« Eliza klang verletzt. »Da sind Sie aber an der falschen Adresse.«

»Können Sie sich vorstellen, warum jemand Clyde oder Bert schaden wollen würde? Oder wer das wäre?«

Eliza zögerte erneut. »Mr. Kerner«, sagte sie dann. »Oder Edward.«

Wusste Eliza etwa, dass Bert Franz bedroht hatte? Edward verdächtigten Clifford und ich selbst auch, aber mich interessierte der Grund für Elizas Vermutung.

»Warum denken Sie das?«, fragte Clifford.

Eliza zuckte mit den Schultern. »Es passt einfach. Finden Sie nicht auch?«

Das war vage. Ich sah zu Clifford herüber, um herauszufinden, ob er weiter nachbohren oder einen anderen Ansatz wählen würde.

»Waren Sie lange mit Bert liiert?«

Ein anderer Ansatz also.

Eliza schien durch den Themenwechsel aufzuschrecken.

»Seit kurz nach Beginn der Aufnahmen im Tonstudio in London. Er hat mich hierher begleitet. Eigentlich gab es hier keine Aufgabe für ihn, aber er kam, als ich ihn darum bat. Deswegen war er auch mit dem Cast und der Maske im Goldenen Löwen, konnte mit uns essen …« Sie stockte.

»Wann hat er um Ihre Hand angehalten?«

»Bald schon. Er konnte es kaum erwarten.« Eliza biss sich auf die Lippe und blinzelte heftig. »In London noch, als er mich einmal zum Essen ausgeführt hat.«

Clifford nickte mitfühlend. »Wussten Sie, ob Mr. Wallace irgendetwas bedrückte? Ob er Streit hatte, ob er krank war?«

Eliza sah ihn aus riesigen Augen an. »Ich … ich kann an gar nichts denken, an nichts dieser Art. Ich weiß nur, was ich für ihn war. Das ist das Einzige …« Tränen schossen ihr in die Augen. »Das Einzige, dass …«

»Schon gut, Miss Barley«, erwiderte Clifford sanft. »Das wäre alles von unserer Seite. Sie dürfen gern gehen.«

»Danke, dass Sie sich kümmern.« Eliza wischte sich eine Träne von der Wange. »Bert muss Gerechtigkeit widerfahren.«

»Dafür, wie hysterisch sie gestern Abend war, ist sie jetzt erstaunlich ruhig«, bemerkte Clifford.

»Das ist bestimmt der Schock. Oder sie will sich nicht verletzlich zeigen.«

»Theorie!« Mein Partner hob einen Finger. »Eliza hasst Bert heimlich wie alle anderen, obwohl sie *aussahen* wie Geliebte, und jetzt hat sie ihn umgebracht und schauspielert die traurige Verlobte.«

»Und wo sind die Anhaltspunkte *dafür*?«, entgegnete ich. »Wenn Eliza Bert umgebracht hätte, dann hätte sie uns doch viel mehr unter die Nase gerieben, wie untröstlich sie ist, und wäre nicht so fahrig gewesen.«

»Vielleicht macht sie das nicht, weil *sie* denkt, dass *wir* so denken. Ich fand es auch interessant, dass sie zwei Namen als mögliche Feinde von Clyde und Bert geäußert hat.«

»Das fand ich auch merkwürdig.« Ich hätte dringend ein Klavier gebraucht, um ein bisschen Chopin zu spielen und dabei nachzudenken. »Aber abgesehen von deinen Spekulationen finde ich es am interessantesten, dass Bert offenbar erzählt hat, er habe jemanden *im Visier*.« Ich legte meinen Stift weg und schüttelte die Hand aus, die vom Schreiben allmählich wehtat. »Wir haben gehört, wie Bert Franz gedroht hat, haben das aber nur durch Zufall mitbekommen. Bert könnte sich anderen gegenüber ähnlich oder noch schlimmer verhalten haben, und der Mord wurde von jemandem verübt, der sich nach einem solchen Zwischenfall vor Bert schützen wollte. Das könnte auch die ungewöhnliche Vergiftungsmethode erklären: Wenn man vor seinem Opfer Angst hat, schlägt man es nicht nieder, erschießt, erwürgt oder ersticht es nicht, weil man sich gegebenenfalls vor einer Konfrontation fürchtet. Vielleicht haben uns deshalb bisher alle erzählt, dass sie ach so gut mit Bert auskamen oder überhaupt nichts mit ihm zu tun hatten.«

»Guter Gedanke«, bekräftigte Clifford. »Du hattest von dem Strick erzählt, Bert hatte etwas gegen viele am Set … *Er* könnte den Plan gehabt haben, den Film zu sabotieren oder jemandem etwas anzutun. Und der Mord geschah, um das zu verhindern.«

»Das lässt Franz und Edward wirklich schlecht dastehen.« Ich nahm meinen Stift wieder zur Hand. »Franz, weil Bert ihn unseres Wissens am meisten anfeindete, und Edward, weil seine Existenz mehr als die der anderen an diesem Film hängt und er sich und die Produktion vielleicht schützen wollte.«

»Trotzdem bin ich geneigt zu sagen, die Verlobte war's«, entgegnete Clifford. »Es sind so oft Beziehungsdramen der Grund für ein Verbrechen.«

»Dann sollten wir aber eigentlich noch Marietta befragen, Adrianas Maskenbildnerin«, bemerkte ich. »Immerhin hat sie Eliza an Bert verloren. Sie war zwar letzte Nacht nicht bei uns zum Essen, weil sie mit dem Rest der Crew im Dorf isst, aber die Eiswürfel hätte sie trotzdem vergiften können. Immerhin sind die Maskenbildnerinnen auch im Goldenen Löwen untergebracht.«

»Dann lassen wir sie holen. Und bis dahin können wir unsere Notizen in Ordnung bringen.«

Es dauerte nicht lang, bis Marietta Cook zu uns hereinkam. Sie wirkte verunsichert, was durchaus verständlich war, weil sie im Gegensatz zu den Schauspielenden nicht mitbekommen hatte, was geschehen war und wer wir waren. Sie setzte sich ohne eine der schauspielerischen Einlagen, von denen wir heute schon so viele zu Gesicht bekommen hatten. Trotzdem konnte sie als Maskenbildnerin eine metaphorische Maske für dieses Gespräch aufgesetzt haben.

»Warum genau bin ich hier?«, erkundigte sie sich nervös. »Es hieß, der Dreh wurde unterbrochen, weil jemand Clyde Redford vergiften wollte.«

»Das stimmt auch«, erwiderte Clifford. »Es hat sich nur ergeben, dass bei diesem Giftangriff jemand zu Tode kam: Bert Wallace, der Drehbuchautor dieses Films.«

Mariettas Augen weiteten sich. »Ist er *ermordet* worden?«, fragte sie entsetzt.

»Es kann schwerlich ein Unfall gewesen sein, deswegen wurde der Dreh pausiert, damit Licht in die Angelegenheit gebracht werden kann.« Clifford wies erst auf sich und dann auf mich. »Ich bin Mr. Walker, und das ist mein Partner Mr. Newcombe, den Sie schon kennen. Wir sind Privatdetektive und beauftragt, diesen Fall zu lösen.«

»Detektive?« Mariettas Augen wurden noch größer, was eigentlich kaum möglich war. »Aber Sie waren doch schon vorher da. Schon vor dem … dem Mord.«

»Wir waren ursprünglich damit betraut worden, die Tat zu verhindern, doch der Mörder schlug zu, ehe wir ein rechtes Bild der Lage hatten«, entgegnete Clifford. »Wir wollten mit Ihnen sprechen, weil Sie eine persönliche Verbindung zu Mr. Wallace hatten, da Miss Barley zu seinen Gunsten ihre Affäre mit Ihnen, Miss Cook, beendet hat. Ist das wahr?«

Marietta erstarrte. Sie öffnete den Mund, schloss ihn wieder und antwortete dann: »Wir haben nichts Verbotenes getan. Miss Barley und ich haben nicht –«

Clifford brachte sie mit einer beschwichtigenden Geste zum Schweigen. »Miss Cook, die genaue Art Ihrer Beziehung mit Miss Barley interessiert uns nicht. Selbst wenn Sie sich in diesem Zuge strafbar gemacht haben sollten, liegt diese Information außerhalb unseres Falls und damit außerhalb dessen, was Sie uns berichten müssen. Uns interessiert, ob Mr. Wallace Ihren Platz in Miss Barleys Leben eingenommen hat.«

Marietta zögerte. Ich hätte ihr gern versichert, dass wir wirklich nur einen Mord aufklären wollten und kein Interesse hatten, ihr Liebesleben zu verurteilen, aber an ihrer Stelle hätte ich ein solches Versprechen nicht geglaubt.

Schließlich rang Marietta sich zu einem hastigen Nicken durch.

»Danke«, antwortete Clifford. »Waren Sie deshalb wütend auf Mr. Wallace?«

»Wütend im Sinne von ermorden-wollen-wütend?« Marietta sah immer mehr aus wie ein verschrecktes Tier.

»Ich möchte es nur wissen. Wir sind nicht die Polizei, Sie können die Antwort auch verweigern.«

»Es mochte ihn doch keiner, außer Eliza«, erwiderte sie unsicher. »Aber das müssten Sie als Detektive doch wissen. Andere hassten ihn mehr.«

Also hatte sie ihn auch gehasst, auch wenn sie es nicht zugeben wollte. War es hinderlich oder förderlich für einen Fall, wenn fast niemand das Opfer mochte?

»Also mochte auch die Crew Mr. Wallace nicht?«, hakte Clifford nach.

»So weit würde ich nicht gehen.«

»Sagten Sie nicht, niemand hätte ihn gemocht?«

»Ich meinte hauptsächlich den Cast«, korrigierte sich Marietta und schob eine gelöste Locke hinter ihr Ohr. »Die Regie, Maske, Kamera, Requisite und dergleichen haben wenig auf persönlicher Ebene mit dem Cast zu tun. Abgesehen von Mr. Kerner natürlich.«

»Bekommen Sie denn etwas von den Zwistigkeiten zwischen den Schauspielern mit?«, wollte Clifford wissen.

»Wenn jemand so etwas mitbekommt, dann wir Maskenbildnerinnen, weil die meisten echten Emotionen am Film in der Maske gezeigt werden«, antwortete Marietta. »Ich bin hauptsächlich für Miss Shilling zuständig. Miss Woods und Miss Bernardi sind sehr neidisch, dass sie die Hauptrolle bekommen hat. Und Mr. Wallace hätte es lieber gesehen, wenn eine erfahrene Filmschauspielerin die Hauptdarstellerin geworden wäre. Eliza zum Beispiel. Er wollte alles für Eliza. Eliza wird gerne wie der Star behandelt, für den sie sich hält.« Beim letzten Satz klang sie bitter.

»Haben Sie gestern Abend mit Mr. Wallace gesprochen?«

»Nein. Die Schauspieler sind immer unter sich, das wissen Sie, nicht?«

Clifford bejahte. »Haben Sie ihn zu irgendeinem Zeitpunkt beobachtet? Fiel Ihnen etwas an seinem Verhalten auf?«

»Nein. Wir waren ja nur ein paar Minuten im gleichen Raum, und ich habe mich mit meinen Kolleginnen unterhalten.«

»Gibt es ein Ereignis, einen Streit, eine Beobachtung, eine Idee, von der Sie uns noch gerne erzählen würden?«

Marietta schüttelte schnell den Kopf. »Nein. Vielleicht fällt mir noch etwas ein, wenn ich nachdenke. Aber jetzt nicht.«

Clifford lächelte. »Dann bedanke ich mich ganz herzlich für Ihre Mithilfe.«

»Rein theoretisch hat also auch Adriana ein Motiv, Bert nicht zu mögen, weil er statt ihr Eliza als Hauptdarstellerin wollte«, meinte Clifford halb ernst und drehte seinen Stuhl zu mir. »Außerdem scheint außer Eliza und vielleicht Herman wirklich niemand Bert gemocht zu haben. Wahrscheinlich kooperieren unsere Verdächtigen deshalb so wenig, wenn es um die Aufklärung von Berts Tod geht, weil ihnen wenig daran liegt, dass Bert Gerechtigkeit widerfährt. Gut, von Marietta hatte ich es nicht erwartet, immerhin wurde sie für Bert verlassen und hat daher schon wesentlich länger Ressentiments gegen ihn als die anderen hier beim Film. Was hältst du von Mariettas Aussagen?«

»Es war nur verständlich, dass sie ungern Informationen über sich und Eliza preisgeben wollte«, antwortete ich. »Schließlich wusste sie nicht, ob wir sie anschließend für moralisch verkommen und daraufhin für ein Mörderin halten würden. Aber ich könnte mir vorstellen, dass diese Beziehungskonstellation nicht ganz irrelevant für Berts Tod ist. Außerdem wäre es wahrscheinlich lohnend, die anderen Maskenbildnerinnen zu befragen.«

»Im Krimi hätte jetzt eine der Maskenbildnerinnen unwissentlich etwas Wichtiges mitgehört und der Mörder würde sie zum zweiten Opfer machen.« Clifford lachte.

»Bitte was?«, rief ich entsetzt.

Doch in diesem Moment wurde unser Gespräch unterbrochen.

»Ich möchte eine Aussage abgeben«, erklärte Gracie, nachdem sie das Zimmer ohne jede Vorwarnung betreten hatte. Sie blieb in der offenen Tür stehen und sah uns erwartungsvoll an.

»In Ordnung«, antwortete Clifford etwas überrumpelt. »Bitte nehmen Sie Platz.«

Gracie schüttelte den Kopf. »Nicht Sie. Nur er.«

»Normalerweise arbeiten wir zu zweit«, erwiderte ich irritiert.

»Das mag sein, aber ich möchte mit Ihnen allein sprechen, Mr. Newcombe.«

Zögerlich erhob sich Clifford. »Wie Sie wünschen. Ich kann Sie beide allein lassen, wenn Sie sich dadurch wohler fühlen, aber Mr. Newcombe wird mir zwecks unseres Auftrags den Inhalt des Gesprächs weitergeben müssen.«

»Mr. Newcombe wird wissen, was er hiervon weitergeben möchte.« Gracie kam näher und setzte sich.

Ich warf Clifford einen fragenden Blick zu. Er forderte mich mit den Augen auf, ihm das Notizbuch und den Stift zu geben. Er würde also lauschen. Ohne zu wissen, ob ich wirklich wollte, dass er das tat, gab ich ihm Buch und Stift und er ließ uns allein.

Ich setzte mich in Cliffords Stuhl, damit ich Gracie direkter gegenübersaß, und betrachtete sie. Ihre platinblonden Haare waren perfekt geföhnt und frisiert, ihr dunkelblaues Kleid tadellos, ihre Lippen leuchtend rot nachgezogen, doch der Blick in ihre Augen war wie ein Blick in einen tiefen, dunklen Brunnen.

»Warum wollten Sie nur mit mir sprechen?«, begann ich.

»Ich möchte nicht behandelt werden wie eine Verrückte«, antwortete sie nüchtern. »Ich möchte auch nicht befragt werden, als hätte ich nicht mehr alle Tassen im Schrank. Nur, weil mein Kopf ein wenig anders funktioniert als der der meisten Leute, werde ich meistens angeschaut, als sei ich kein vollwertiger Mensch. Ich habe das Gefühl, dass ich mit Ihnen so sprechen kann, wie ich bin. Denn ich denke, dass Sie den Zustand kennen, in dem man gegen das schwarze Zeug im Kopf kämpft und manchmal verliert.«

Ich schwieg. Was sollte ich auf so etwas antworten, vor allem, wenn Clifford mithörte?

»Möchten Sie rauchen?« Gracie hielt mir ihr Zigarettenetui hin und wir zündeten uns jeweils eine Zigarette an.

»Warum kamen Sie schon jetzt und warteten nicht, bis wir Sie rufen ließen?«, fragte ich.

Gracie atmete silbernen Rauch aus. »Wir müssen uns nichts vormachen. Ich weiß, dass dieser Fall, wenn nicht von Ihnen, dann vom Filmteam und der Presse dazu verdreht werden wird, dass ich Bert in einem Zustand geistiger Umnachtung mit meinem eigenen Medikament vergiftet habe, weil es ihm nicht gefiel, dass ich bei seinem Film mitspielte. Das hier ist der letzte Dolchstoß für meine Karriere. Ich möchte die Gelegenheit haben, *meine* Version der Dinge darzulegen und zu einem gewissen Grad darüber zu entscheiden, in welchem Rahmen das geschieht.«

»Dann tun Sie das.«

»Ich wurde als Kind entdeckt«, begann Gracie. »Mein Vater war beim Theater und lernte dort einen Agenten kennen. Er suchte im Theaterensemble nach Talenten für seine Produktion, doch mein Vater konnte ihn überzeugen, stattdessen mich zum Star zu machen. Ich war damals dreizehn.« Sie zog an ihrer Zigarette. »Ich ging mit ihm, wollte groß rauskommen, ließ mich locken von seinen Versprechungen. Allerdings verstand ich schnell, dass er nicht mich berühmt machen wollte, sondern die Rolle, die ich auf und abseits der Bühne für ihn spielen sollte: Grazia Bernardi. Man erfand mir eine glamouröse Lebensgeschichte mit italienischen Wurzeln, färbte mir die Haare blond – und das, was Sie in den Zeitschriften über mich lesen können, war geboren. Alles, was ich öffentlich zu sein vorgebe, ist eine Lüge.«

Das stimmte allerdings. Dass Gracies Name und Haarfarbe nicht echt waren, hatte ich gewusst, aber die Enthüllung über ihr Alter bei ihrer Entdeckung bedeutete, dass sie jetzt nicht viel älter als dreiundzwanzig sein konnte und damit ein gutes Stück jünger war als Greta oder Adriana. Ich sah sie auffordernd an, damit sie weitersprechen konnte.

»Ich bin eine Inszenierung«, erklärte Gracie. »Und das

funktionierte sehr gut, weil ich in zwei Phasen existiere. Wenn ich drehe, bin ich wagemutig, impulsiv. Man kann alles mit mir machen. Ich bin skandalös, mache Schlagzeilen mit meinen Affären, Rollen, Partys, Kleidern, opfere mich für das Auge der Öffentlichkeit, drehe den ganzen Tag und feiere die ganze Nacht mit einem unauslöschlichen Feuer, ohne das es Grazia Bernardi nie gegeben hätte. Aber zwischen den Filmen …« Sie seufzte und nahm einen weiteren Zug. »Ich kann nur daliegen, ich kann mich nicht rühren, ich kann mich nicht mehr auf irgendetwas einlassen, was ich eigentlich liebe. Es ist so schmerzhaft. Jedes Mal denke ich, *das wars, ich schauspielere nie wieder*, und dann kommt doch wieder ein neuer Film und ich werde wieder euphorisch und kann gar nicht daran glauben, dass es je wieder anders sein könnte.«

Ich dachte daran, wie Gracie Franz gedrängt hatte, sie *jetzt* spielen zu lassen, Drehplan hin oder her. An die Parfümflakons voll Gin, die Tabletten, das Beruhigungsmittel. Wie sie weinend und verzweifelt Clarence angedroht hatte, sich das Leben zu nehmen, wenn er sie nicht befreite. Wie sie gestern betrunken zum Abendessen aufgetaucht war und jetzt vor mir saß, scheinbar völlig unter Kontrolle. Aber vermutlich war diese Kontrolle nur eine Fassade aus Make-up, Ruhm und Zigarettenrauch.

Die Frage, die mir jetzt auf der Zunge lag, war zwar persönlich, aber für die Ermittlungen unerlässlich. »Wie gelingt es Ihnen, trotz all dem Filmrollen zu bekommen?«

»Sie verstehen mich nicht.« Gracie schüttelte den Kopf. »Normalerweise bin ich beim Dreh nicht so, wie Sie mich jetzt erleben. Es ist eine Katastrophe, dass mich meine Euphorie ausgerechnet jetzt verlassen hat, dass Dr. Leonard hier sein muss, damit ich überhaupt spielen kann. Für gewöhnlich lassen mich die unschönen Seiten meiner Selbst bei der Arbeit in Ruhe.«

Das leuchtete mir ein. Für gewöhnlich ließen mich auch die dunklen Wolken in *meinem* Kopf bei der Arbeit in Ruhe, aber ausgerechnet bei diesem Fall ließen sie mich nicht los und erlaubten nicht, dass ich mich völlig den Ermittlungen hingab. Gracie hatte recht – ich war ihr ähnlicher, als uns beiden lieb war.

»Und damit Sie ruhig und gemessen drehen können, ohne dass Ihnen etwas dazwischenfunkt, verfügen Sie über das Medikament, das vermutlich Mr. Wallace tötete?«, erkundigte ich mich.

Gracie nickte. »Der gute Junge sollte mir helfen, mich ein bisschen auszubalancieren, mich mehr unter Kontrolle zu haben. Ich kann es mir nicht leisten, während eines Drehs meine Euphorie zu verlieren, es wäre katastrophal. Ich kann Ihnen aber versichern, dass ich Mr. Wallace nichts angetan habe. Ich bin keine Gefahr für andere, nur für mich selbst und für meinen Ruf. Und außerdem hatte ich ja kaum genug von dem Zeug für mich selbst, da hätte ich es nicht in Eiswürfel geschüttet.«

»Sie meinen das Medikament?«, hakte ich nach. »Es war doch ein ganzes Fläschchen.«

Gracie sah auf einmal ertappt aus. »Ja. Ja, das war es. Aber es war kaum noch etwas übrig.«

»Meinen Sie, jemand hat etwas genommen?« Natürlich konnte das nur eine Ausrede sein, aber falls sich beweisen ließe, dass jemand etwas aus Gracies Bestand entwendet hätte, wäre das ein echter Durchbruch.

»Ja«, versicherte sie schnell. »Das stimmt. Jemand könnte etwas gestohlen haben.«

Jetzt war ich skeptisch. »Haben Sie einen Verdacht, wer das getan haben könnte?« Ich zog an meiner Zigarette.

»Nein. Aber ich kann mir vorstellen, warum.« Sie schluckte. »Die Klatschmagazine haben Wind davon bekommen, wie sehr ich gegen mich selbst kämpfe. Immerhin war ich noch nie sehr subtil. Einige derer, die mit mir zusammengearbeitet haben, erzählen von dramatischen Erfahrungen, die sie mit mir gemacht haben, oder nur angeblich gemacht haben, als wäre ich eine gefährliche Irre. Deshalb habe ich diesmal wieder keine Hauptrolle bekommen, vielleicht ist das mein letzter Film überhaupt. Aber deswegen wird jeder glauben, ich sei es gewesen.«

Vermutlich würde die Öffentlichkeit dennoch eher Franz als Gracie für den Mörder halten, aber ihr Gedankengang leuchtete mir dennoch ein. »Haben Sie spezifische Feinde?«

»Wir haben alle Neider und Rivalen, und es gefiele wohl manchen, mich als Konkurrentin eliminiert zu sehen. Aber nein, nicht in dem Sinne. Sie brauchen mich übrigens nicht über gestern Abend zu befragen, ich erinnere mich nämlich an gar nichts und wäre ohne ein kleines Häufchen Aspirin gar nicht in der Lage, hier mit Ihnen zu sprechen.« Sie zog die Lippen schmal.

»War das alles, was Sie mir erzählen wollten?«

»Ja.« Gracie zog ein letztes Mal an ihrer Zigarette und drückte sie dann im Aschenbecher aus.

»Danke für Ihre Offenheit, Miss Bernard.«

»Danke für Ihr Zuhören.«

Kurz nach Gracies Verschwinden schlüpfte Clifford wieder in den Raum. »Ich habe alles gehört«, flüsterte er, zog die Tür zu und kam zu mir. »Warum wollte sie nur mit dir sprechen? Was meinte sie damit, dass du sie vielleicht besser verstehst?«

»Ich weiß auch nicht genau«, erwiderte ich und zog an meiner Zigarette, ohne auszusprechen, was ich wirklich dachte. Dass Gracie in mir jemanden sah, der unter seinen Gefühlen litt, der eine Rolle spielte. Dass sie vielleicht recht damit hatte.

»Ich fand es interessant, dass sie behauptet hat, kaum noch etwas von dem Beruhigungsmittel zu haben, und dann sofort auf meine Theorie des Diebstahls angesprungen ist«, bemerkte ich, um mich selbst von meinen Gedanken abzulenken.

»Das fiel mir auch auf. Und Gracie tut mir leid. Aber sie hat recht, der Fall deutet sehr auf sie. Obwohl sie Bert natürlich trotzdem getötet haben könnte und jetzt nur Mitleid erregen will. Vielleicht übertreibt sie ihren Geisteszustand, um im Zweifelsfall wegen Unzurechnungsfähigkeit nicht gehängt, sondern nur eingesperrt zu werden.«

»Das ist ein ziemlich drastischer Gedanke.«

»Mag sein. Aber jetzt haben wir nur noch einen Schauspieler zu befragen, und zwar Clyde. Das mutmaßliche zweite Ziel.«

Wir besuchten Clyde in seinem hübschen, wenn auch sehr unaufgeräumten Zimmer, wo er im Morgenmantel auf dem Bett logierte. Zu unserem Erstaunen leistete ihm Adriana auf einem Stuhl daneben Gesellschaft. Als sie meinen Blick bemerkte, wurden ihre Augen schmal. Ich sah demonstrativ zur Seite.

»Guten Tag, Mr. Redford«, begrüßte ihn Clifford, nachdem er die Tür geschlossen hatte. »Danke, dass Sie uns empfangen. Wir würden Ihnen gern einige Fragen stellen. Wie geht es Ihnen?«

Clyde lächelte schief, was vermutlich etliche tausend Frauen sehr charmant gefunden hätten. »Ich bin noch ein wenig benebelt, aber ansonsten haben meine übernatürlichen Kräfte alles abgewehrt.« Er lachte. Adriana und Clifford lachten mit. Ich verkniff mir einen Kommentar.

Clifford zog sich einen Hocker heran und nahm Platz. Ich kam mir dämlich vor, als Einziger noch zu stehen, aber es gab keine weiteren Sitzgelegenheiten. Ausgerechnet in Clydes Gegenwart machte ich mich immer lächerlich. Nun ja, er würde Adriana sowieso ein besserer Liebhaber sein, als es mir je möglich gewesen wäre. Resigniert legte ich mein Notizbuch auf die Kommode neben der Tür. Im Stehen mitzuschreiben würde ein etwas seltsames Experiment darstellen.

»Stört es Sie, wenn Miss Shilling bei uns bleibt?«, fragte Clifford. »Eigentlich sollten die Gesprächsumstände für alle möglichst ähnlich sein.«

»Niemand von euch wirft mich hier raus!«, bestimmte Adriana und schlug die Beine übereinander, als könnte sie sich so noch enger mit dem Stuhl verbinden.

»Alles klar«, begann Clifford. »Mr. Redford, diese Frage soll nicht als Schock für Sie gedacht sein, aber haben Sie schon in Betracht gezogen, dass man Ihnen gestern Abend absichtlich etwas antun wollte?«

Clyde nickte. »Ja, daran hatte ich gedacht. Es waren die Eiswürfel, nicht? Da könnte auch ich gemeint gewesen sein. Das wäre ein noch größeres Pech für den armen alten Bert, was?«

»So könnte man das ausdrücken.« Ich konnte Cliffords Gesicht nicht sehen, weil er vor mir saß, aber wahrscheinlich war er trotz aller professionellen Ambitionen amüsiert. »Sie haben keine Feinde?«

»Doch, meine Exfrau und die Kirche in Amerika.« Clyde lachte. »Aber nicht in *so* einem Sinne natürlich.«

»Kamen Sie gut mit Mr. Wallace aus?«

»Er war nicht sehr begeistert, dass ausgerechnet ich die Hauptrolle bekommen sollte, aber eine britisch-amerikanische Besetzung des Paars ist nun einmal üblich.« Clyde zuckte mit den Schultern. »Und dann ist da noch die Sache mit dem Gericht.«

»Könnten Sie uns das erklären?«, hakte Clifford sofort nach.

Clyde seufzte. »Mein letzter Film, in dem ich gespielt und den ich auch co-produziert habe, war eine Gangsterkomödie. Er sollte provokant sein, aber leider haben wir dabei in mehreren Punkten den Production Code verletzt. Wir glaubten, damit durchkommen zu können, weil wir uns ein bisschen an den Zensoren vorbeimogeln konnten, aber der Film lief nur zwei Tage in den Kinos, ehe wir verklagt wurden. Vor allem die Kirche und Vertreter von Jugendorganisationen sind nicht sonderlich begeistert, haha. Die Prozesse von staatlicher und privater Seite werden uns ein Vermögen kosten, und dabei konnte der Film nicht einmal wirklich etwas einspielen. Da bin ich schon für manche zum Feindbild geworden. Der Film hier sollte mal besser erfolgreich werden.«

»Der Mord könnte Ihrem Ruf natürlich weiter schaden«, überlegte Clifford laut.

»Es geht nicht einmal unbedingt um meinen Ruf.« Clyde rieb sich die Schläfen. »Adriana, tut mir leid, das hatte ich dir nicht erzählt, aber die Herren hier interessiert das bestimmt. Ich bin vollkommen pleite. Das war ich schon, bevor der Film floppte, weil die Scheidung einen Haufen Geld kostet. Und jetzt sind wir verklagt für Zehntausende von Dollar, und das Studio schießt lieber mich ab, als den Laden dichtzumachen. Dieser Film hier ist meine einzige Chance, mein Haus, mein Auto, mein Alles zu behalten. Ich hab dem Fritzen schon gesagt, dass heute Nachmittag sofort weitergedreht werden muss. Es *muss* einfach.« Bei diesem letzten Satz sah er gar nicht mehr lässig aus, sondern eher wie kurz vor der Verzweiflung.

»Mir gegenüber hast du das Ganze ziemlich glamourös klingen lassen«, bemerkte Adriana spitz.

»Wir werden uns bemühen, diesen Fall schnellstmöglich aufzuklären«, versicherte Clifford. »Haben Sie gestern Abend mit Mr. Wallace gesprochen? Fiel Ihnen etwas an seinem Verhalten auf?«

Clyde schüttelte den Kopf. »Nein. Leider nicht.«

»Sie kommen nicht sehr gut mit Mr. Kerner aus, ist das richtig?«

Er wirkte überrascht. »Also ich habe nichts gegen Juden. Wir haben in Hollywood ein paar, und die meisten sind ganz anständig. Aber der Film hier ist eine große Aufgabe, da hätte man jemanden mit ein bisschen mehr Erfahrung einstellen können.«

Adriana hob eine Augenbraue. »Clyde, ich bitte dich.«

»Ich sag doch gar nichts gegen ihn!« Clyde streckte die Hand nach ihr aus, doch sie nahm die Geste nicht an.

»Danke, Mr. Redford.« Clifford stand auf. »Gute Besserung weiterhin. Ihre Mithilfe ist für uns von großer Bedeutung.«

Adriana folgte uns zurück in den Salon.

»Ich bin auch Teil der Ermittlungen!«, verkündete sie. »Heute Nachmittag muss ich zwar weiterdrehen, aber ein paar Überlegungen von euch kann ich schon noch zu hören bekommen.«

Dann kommentiere doch mal das, was dein wundervoller Clyde gerade enthüllt hat.

»Meint ihr, Clydes Gerichtsverhandlung könnte wichtig

für den Fall sein?«, fragte Clifford und setzte sich auf ein Sofa.

»*Alles* könnte wichtig für den Fall sein«, tadelte ich ihn. »Außerdem scheint es, als hätte Clyde viel zu verlieren. Wenn das Verhältnis zwischen Kosten und Nutzen so steht, würde niemand einen Mord begehen. Vor allem hat er sich selbst in Gefahr gebracht. Nur, wenn Bert ihm jede Menge Geld vererbt hat, scheint mir Clyde als Täter wahrscheinlich.«

»Was sind unsere nächsten Schritte?«, fragte Adriana. »Und wehe, jemand sagt, *unsere* schließt mich nicht mit ein. Ich habe euch diesen Auftrag immerhin verschafft.«

»Wir teilen uns auf«, verkündete Clifford. »Nach dem Mittag wird der Dreh wieder aufgenommen. Ich werde versuchen, mir von der Crew noch weitere Informationen zu erschleichen, zum Beispiel von den Maskenbildnerinnen. Du«, er wandte sich an mich, »beschattest die Verdächtigen und findest heraus, wie sie sich jetzt nach den Befragungen verhalten. Und du solltest Berts Zimmer noch einmal durchsuchen.«

»Das klingt klug.« Ich übergab ihm Stift und Notizbuch.

»Und was ist meine Aufgabe?«, erkundigte sich Adriana.

»*Du* darfst ebenfalls die Schauspieler beschatten, aber eben während deiner Arbeit.«

»Fantastisch. Weil sie ja alle so gut auf mich zu sprechen sind.« Adriana sah trotzdem sehr glücklich aus angesichts des Auftrags.

»Ich verabschiede mich.« Ich nickte zum Gruß und verließ dann den Salon. Aus meinem Zimmer holte ich Mantel und Hut, um anschließend nach draußen zu gehen, denn die wichtigsten Gespräche fanden bestimmt nicht im Haus statt.

Als ich den Goldenen Löwen umrundete, um eventuell auf jemanden zu stoßen, wurde ich vom Gegenteil überzeugt. Aus dem Billardzimmer drangen Stimmen durch ein halb geöffnetes Fenster. Vorsichtig trat ich näher und linste an einem Vorhang vorbei nach drinnen. Franz lehnte rauchend am Kaminsims, vor ihm stand Greta, ebenfalls eine Zigarette zwischen den Fingern. Keiner von beiden sah in meine Richtung.

»So viele Tragödien am Filmset«, sagte Greta gerade. »Ein Todesfall. Persönliche Schicksale. Unglückliche Liebschaften. Diese Produktion ist verflucht, und es ist lediglich die Frage, wer den Zorn des Schicksals auf sich gezogen hat.«

Franz sah sie verwundert an. »Was wollen Sie mir damit sagen?«

»Dass ich alle hier durchschaue, Sie eingeschlossen.« Greta lehnte sich gegen den Billardtisch. »Ihr Schicksal oder ihre unglückliche Liebschaft, zum Beispiel. Sie sind zu professionell und haben zu viel Angst vor Konflikten, um einen Keil zwischen Clyde Redford und Adriana Shilling zu treiben.«

»Ich sehe nicht, woher Sie das wissen wollen.«

»Aus Ihren Blicken, Franz.« Greta zog an ihrer Zigarette und richtete ihren Blick auf das Aquarell einer Jagdszene an der Wand. »Aber Sie opfern alles Ihrer Regie, nicht wahr? Anstand, keine Träumereien, bloß nicht unangenehm auffallen, übertriebener Optimismus. Und natürlich sind Sie so vernünftig, die beiden Hauptdarsteller einander zu überlassen. Dabei weiß Clyde, dass er für Adriana nur ein Spiel ist, und Adriana scheint mir wie eine, die ihr Herz an die falschen Männer verliert. Tragisch, tragisch.«

Franz schwieg kurz, ohne zu rauchen, dann nahm er den Faden auf. »Das Mädchen aus der Maske, Miss Cook. Miss Barley ging ihr fort und liebte Mr. Wallace.«

»Das ist keine Liebe gewesen.« Meinte Greta die ersteren oder die letzteren beiden? »Aber wenn Sie mich fragen, schauspielern Jackie und Edward den Großteil ihrer Darbietung auch nicht. Man fragt sich zwar, wie sich das nennt, was da knistert, aber es knistert allemal.«

»Und was ist mit Ihnen?«, fragte Franz anstelle einer Antwort.

»Das geht Sie überhaupt nichts an.«

»Als Sie dieses Gespräch begonnen haben, dachte ich, Sie vertrauen mir.«

»Manchmal sind sie wirklich naiv.« Greta lachte leise, aber es klang freudlos. »»Vertrauen *Sie* mir denn, wenn ich sage, dass in der Liebe der Schlüssel zum Tod liegt?«

In diesem Moment drückte die Zugluft das Fenster zu. Rasch zog ich meinen Kopf weg. Hoffentlich hatte sich niemand nach dem Geräusch umgedreht. Gerade überlegte ich, ob ich jetzt besser wieder hineingehen oder mich lieber weiter draußen umsehen sollte, als ich eine Gestalt in einem dunklen Mantel entdeckte, die gerade von mir weg über die Hügel in Richtung der Kirche lief.

Clarence Leonard.

Wohin ging er? Ich setzte mich in Bewegung und eilte ihm so schnell nach, wie meine miserable Kondition es erlaubte. Mehrfach wollte ich nach ihm rufen, doch mein Atem reichte schlicht nicht aus, sodass ich ihm im großen

Bogen um das Dorf Buckington herumfolgte und ihn erst an der Friedhofsmauer einholte.

»Warten Sie!«, japste ich.

Er wirbelte herum. Der Blick aus seinen dunkelbraunen Augen ließ meine Knie unangenehm weich werden, oder vielleicht gab nur mein Kreislauf den Geist auf, weil ich mich gerade über die Maßen sportlich betätigt hatte.

»Seit wann laufen Sie mir denn nach?« Er klang eher amüsiert als vorwurfsvoll.

»Mich interessierte … wohin Sie … unterwegs waren«, keuchte ich und hielt mich mühevoll davon ab, mir die Hände in die Seiten zu stützen. Clarence sollte nicht denken, dass ich über die Ausdauer eines Mopses verfügte, auch wenn es der Wahrheit entsprach.

»Ich wollte im Dorf zu Mittag essen.«

»Aber das hier ist der Friedhof.«

»Richtig kombiniert, Sherlock. Ich wollte mir ein wenig die Beine vertreten und habe einen Umweg gemacht.« Clarence legte den Kopf schief. »Legen Sie Wert auf einen Spaziergang? – Oh, das ist doch kein Grund, so rot zu werden.«

»Ich bin lediglich schnell gelaufen«, antwortete ich mit zittriger Stimme, was definitiv nicht der Anstrengung geschuldet war. Plötzlich bekam ich es mit der Angst zu tun. Was, wenn Clarence meine Gedanken erriet? Was, wenn er in den Mordermittlungen den Spieß umdrehte und *mich* ans Messer lieferte? Nein. Er konnte mir nicht in den Kopf sehen. Ich hatte nichts getan.

»Sie können gern noch etwas mitlaufen. Hinten an der Mauer wachsen ein paar frühe Blumen.« Clarence wandte sich um und begann langsam, die äußere Mauer entlangzugehen, weg vom Dorf. Aus einem Impuls heraus folgte ich ihm. Vielleicht konnte ich ihm noch etwas entlocken, was wichtig für den Fall sein sollte, redete ich mir ein, auch wenn eine Stimme in meinem Kopf schrie: *Lauf, solange du noch kannst!*

»Wie gehen die Ermittlungen voran?«, fragte Clarence.

»Das ist vertraulich«, erwiderte ich. Jetzt wäre die Gelegenheit für eine Frage gekommen, sie ergab sich im Gespräch, ich musste nur –

»Darf ich Sie etwas Vertrauliches fragen?« Clarence kam zum Stehen. Das Dorf war außer Sicht, wir befanden uns auf der Rückseite der Kirche hinter der mannshohen Mauer. Vor uns breiteten sich die Hügel aus, feucht und grün unter grauem Himmel.

»Fragen dürfen Sie, aber es kann sein, dass ich nicht antworten kann.« Mein Mund fühlte sich staubtrocken an. Ging es hier um die Ermittlungen? Oder würde mich Clarence etwas zu meinen Gefühlen fragen, die er als Psychiater erraten konnte?

Clarence schien zu zögern. Ich bewegte mich unwillkürlich von ihm weg und hatte auf einmal die Friedhofsmauer im Rücken. Aber das war in Ordnung, ich brauchte ja keinen Fluchtweg, oder etwa doch?

»Ich habe den Eindruck, dass wir einen gewissen *Gefallen* aneinander gefunden haben«, begann er dann und richtete seinen Blick auf mich. »Gehe ich in dieser Annahme richtig?«

»Wie meinen Sie das?« Ich konnte das Blut in meinen Ohren rauschen hören. Er *konnte* es nicht so meinen. Das war unmöglich. Das war undenkbar!

Clarence streckte vorsichtig die Hand aus und berührte mich am Arm. Mein Herz setzte einen Schlag aus. »Ich denke, wir wissen beide, was ich meine.«

Ich spürte, wie sich alle Härchen in meinem Nacken aufstellten. Das durfte nicht sein. Ich musste irgendetwas sagen. Clarence stand jetzt kaum eine Armlänge von mir entfernt, die Hand immer noch auf meinem Arm, ein bezaubernd schiefes Lächeln auf dem Gesicht. Ich zwang meinen Mund, sich zu öffnen.

»Clarence …«, hob ich an.

Er küsste mich. Mit der Hand ließ er meinen Arm los und fasste meine Wangen in beide Hände, als seine Lippen sanft meine berührten. Es fühlte sich an, als würde ich fallen, doch die Mauer hielt mich. Ich war den Geschmack von Adrianas Lippenstift und den Geruch ihres Parfüms gewöhnt. Clarence roch nach Rasierwasser und grünem Tee, und seine Hände waren kühl auf meinen Wangen. Ich wollte versinken, meine Arme nach ihm ausstrecken …

Ich stieß ihn fort, wand mich aus seinem Griff. »Nein!« Mein Herz hämmerte so heftig, dass ich es zu hören glaubte, aber das war keine Zuneigung, es war Angst. »Was glauben Sie denn, was Sie da tun?« Meine Stimme war eine Spur zu schrill, zu laut.

»Oh!« Clarence hielt sich erschrocken die Hand vor den Mund. »Ich –«

»Was fällt Ihnen ein?«, rief ich entsetzt. Stolpernd versuchte ich, mich zu entfernen, seitlich an der Mauer entlang, weg von Clarence, weg von ihm. »Das ist – Niemals! *Nie wieder*!« Meine Stimme überschlug sich. Das konnte nicht wahr sein. Ich musste weg, weg, weg von hier.

»Es tut mir leid, bitte, ich –«

Clarences weit aufgerissene Augen lockten mich, aber ich riss mich von dem Anblick los, machte kehrt und versuchte, so schnell wie möglich Abstand zwischen ihn und mich zu bringen. Nein. Oh *nein*.

»Entschuldigung!«, rief er mir nach.

Ich drehte mich nicht um.

Mit zitternden Fingern zündete ich mir eine Zigarette an, betrachtete die vom Nikotin gelbliche Haut an meinen Fingerkuppen und versuchte, in der Stille meines Hotelzimmers das soeben Geschehene zu verarbeiten.

Ich hatte mich küssen lassen. Gegen die Distanz verstoßen. Meinen Gefühlen nachgegeben, als sie schon übermächtig an die Oberfläche drängten und ich sie mit aller Macht niederzwingen musste, um überhaupt ermitteln zu können. Ich *brauchte* meine geistigen Kapazitäten. Wie um alles in der Welt hatte ich das zulassen können?

Ich war im Dienst, ich ermittelte, und das hier verstieß im höchsten Maße gegen meinen detektivischen Ehrenkodex. Clarence war ein Mordverdächtiger, und ich durfte mich während eines Falls nicht emotional manipulieren lassen. Während unserer letzten Mordermittlungen hatte ich Clifford für sein Verhältnis zu Elaine gescholten, und jetzt hatte ich dasselbe getan.

Nein, nicht dasselbe! Clarence und ich waren nicht verliebt. Und selbst wenn irgendein Flämmchen in mir lodern sollte – was selbst Adriana gegenüber nicht der Fall gewesen war, oder etwa doch? – *durfte* es nicht sein. Ich würde so etwas niemals erlauben. Es schüttelte mich beinahe bei dem Gedanken daran. Nicht nur hatte ich jemanden an mich herangelassen, *und* es war während eines Falls geschehen, sondern Clarence war auch noch ein Mann – ein unangenehm gutaussehender Mann, aber trotzdem ein *Mann*. Vor meinem inneren Auge sah ich schon meine Detektivkarriere in Scherben, Adrianas Wut, das Ende meiner Freundschaft mit Clifford, ein Leben als Ausgestoßener – und das war noch die bestmögliche Variante der Zukunft. Was, wenn uns jemand gesehen hatte oder Clarence reden würde? Dieser kleine Fehltritt konnte mich alles kosten.

Ich zog hektisch an meiner Zigarette, ohne dass der Tabak meine Nerven beruhigt hätte. Jetzt gab es nur noch eins, was ich tun konnte. Ich musste so schnell wie möglich den Fall lösen, damit Clifford und ich von hier verschwinden konnten und niemand diesen fatalen Fehler gegen mich verwenden konnte, ehe der Mörder hinter Schloss und Riegel saß. Ich musste Berts Zimmer durchsuchen. Die anderen aßen gerade zu Mittag, also würde ich auf dem Flur auch niemandem begegnen. Ich erhob mich von dem Stuhl, auf dem ich gesessen hatte, und machte mich auf den Weg.

Der Raum hatte sich kaum verändert, seit ich ihn vor zwei Tagen betreten hatte. Der einzige Unterschied bestand in dem großen Etwas auf dem Bett, das von Laken verhüllt war und noch wenig, aber deutlich einen strengen Geruch verströmte. Berts Leiche. Doch für den Toten interessierte ich mich nicht. Meine Aufmerksamkeit galt dem Rest des Zimmers.

Es fiel mir erst diesmal auf, wie unpersönlich es wirkte. Nicht einmal Kleider lagen herum, sondern waren als mittelmäßig ordentlicher Haufen in Berts auf dem Boden aufgeklappten Lederkoffer geworfen. Die Schreibmaschine auf dem kleinen Tisch stand noch genauso da wie vor zwei Tagen, kein Wort war auf das eingespannte Blatt getippt worden.

Ich wandte mich der Kommode zu, deren oberste beide Schubladen nach erneuter Überprüfung immer noch leer waren. Nun die unterste. Ich zog sie auf. Handschuhe und Strick lagen noch immer da, jedoch näher beieinander, und der linke Handschuh lag halb gefaltet auf dem rechten. Jemand hatte sie bewegt.

Er sprach einmal davon, dass er jemanden im Visier habe. Jemanden am Film, den er hasse.

Ich schob die Schubladen zu. Alles konnte ein Zufall sein.

Die Nachttischschublade war leer. Ich schob die Leiche sachte zur Seite und untersuchte das Bett, doch ich fand nichts unter dem Kissen, der Decke oder der Matratze, so gut ich eben darunterspähen konnte. Auf dem Waschtisch fanden sich nur ein Rasiermesser, Zahnpulver und eine Zahnbürste. Berts Zimmer bot keinerlei Anhaltspunkte über irgendetwas, wenn man von dem Strick einmal absah.

Es blieb nur der Koffer. Ich klappte ihn kurz zu – keine Aufkleber, leicht abgenutzt – und wieder auf. Ganz oben lagen gebrauchte Hemden, Strümpfe und auch zwei getragene Unterhosen. Vorsichtig nahm ich Schicht für Schicht mit spitzen Fingern aus dem Koffer und legte alles auf den

Boden. Wäsche. Eine Hose. Ein Päckchen Zigaretten. Ein Schal. Sogar ein Hut, den ich Bert nie hatte tragen sehen, kam zum Vorschein. Es war, als hätte Bert um jeden Preis alles im Koffer aufbewahren müssen, egal wie sperrig die Gegenstände waren. Ganz unten, unter einem gefalteten, ungetragenen Pullover, offenbarten sich mir dann die ersten interessanten Funde: Zwei Umschläge und ein verschnürter Stapel getippter Seiten.

Der erste Umschlag war an *Bert Wallace* und eine Adresse in London gerichtet, frankiert, gestempelt und dann aufgeschlitzt worden. Der Brief darin war kurz und lautete:

06. Feb.

Mein lieber Bert!
Ich verstehe, wie schwer es dir fällt, mir zu vertrauen, seit du von Miss Cook erfahren hast. Ich verspreche dir, das war nichts als ein dummes Missverständnis. Ich liebe dich über alles und will diese schreckliche Marietta nie wiedersehen. Mein Herz gehört dir, wirklich und wahrhaftig.
Sehen wir uns zum Beginn der Aufnahmen? Ich habe eine Überraschung für dich. Und hier ist sie: Am ersten Abend wartet im Bellini ein Tisch für zwei auf uns! Hach, vor dir kann ich nichts geheimhalten.
Ich freue mich entsetzlich, dich zu sehen.
In aller Liebe
Deine Eliza

Ach du liebe Zeit. Wie konnte jemand etwas so Sülziges schreiben und es auch noch ernst meinen? Immerhin verriet mir der Inhalt des Briefs, dass Bert von Marietta wusste und vor der Verlobung an Elizas Loyalität gezweifelt hatte. Es musste eine böse Überraschung für die beiden gewesen sein, dass Marietta ebenfalls für dieses Set angeheuert worden war. Mein Blick wanderte zu der Kommodenschublade mit dem Strick. Was, wenn Bert Marietta als seine Konkurrenz hatte eliminieren wollen und sie ihn deshalb ermordet hatte? Aber woher hätte Marietta wissen sollen, dass Bert Wasser mit Eis trank?

Der zweite Umschlag war unbeschriftet und nie zugeklebt worden, weshalb ich ihn einfach öffnen konnte. Er enthielt Dutzende ausgeschnittene Fotografien und Zeitungsartikel, die allesamt Eliza zeigten oder mit ihr zu tun hatten. Eliza im Filmkostüm, ein Schnappschuss vom Strand, Bilder aus einer Illustrierten, Zeitungsspalten, eine herausgerissene Werbung für Körpercreme, die eine lachende Eliza zeigte, und manchmal Artikel, in denen ihr Name fett unterstrichen war. Dazwischen lagen Kinokarten, vermutlich für Elizas Filme, fünf verschiedene Produktionen an der Zahl, doch für jede gab es mehrere Billets. Bert musste Eliza sehr gemocht haben, um all das aufzuheben. Es fühlte sich merkwürdig an, in diesem Umschlag zu wühlen, als wäre er eine Art Schrein zur Anbetung der Eliza Barley.

Ich legte die Umschläge zurück und wandte mich dem verschnürten Papierstapel zu. Das oberste Blatt trug die Beschriftung »Ein Mädchen auf Abwegen – Drehbuch von Albert Wallace« in dicken Schreibmaschinenlettern und darunter ein Datum, das fünfzehn Monate zurücklag. Vorsichtig knotete ich die Bindfäden auf und hob das Deckblatt an, um durch die Seiten zu blättern. Namen sprangen mir ins Auge. Rosalie. David. Alfred, Annie, Reverend Fortescue … Das hier musste Berts ursprüngliche Version des Drehbuchs sein, noch mit anderem Titel, ehe das Studio den Text gekauft und umgeschrieben hatte.

Ich räumte den Koffer wieder ein, doch die Umschläge und das Drehbuch behielt ich. Vielleicht würde die Lektüre des Textes uns endlich helfen, Bert Wallace und den Grund für seinen Tod zu verstehen.

Das Drehbuch leistete noch viel mehr als nur das.

Ich war ein schneller Leser, und zu meiner Überraschung bestand die Rohfassung eines Drehbuchs größtenteils aus Szenenbeschreibungen und Dialogen, sodass ich gerade fertig gelesen hatte, als Clifford in mein Zimmer schlüpfte.

»Hallo! Hast du etwas herausfinden können? Gerade wird nur eine Szene gedreht und Adriana hört sich ein bisschen um, deswegen konnte ich herkommen.«

Ich wies ihm den Hocker vor dem Waschtisch zu, da ich selbst auf dem einzigen Stuhl im Raum saß. Dann beschrieb ich das belauschte Gespräch zwischen Franz und Greta.

»Dubios.« Clifford stellte ein Glas Pickles, das er in weiser Voraussicht mitgebracht hatte, auf den Waschtisch und holte sich eins der Gürkchen heraus. »Aber noch kann ich nichts damit anfangen. Und weiter?«

»Dann habe ich Berts Zimmer durchsucht und außer der Originalfassung des Drehbuchs noch das hier gefunden.« Ich reichte ihm die beiden Umschläge.

Clifford besah sich die Fotos aus dem zweiten Umschlag lange.

»Ich will ja nichts sagen«, begann er, »aber eine solche Sammlung anzufertigen, *bevor* man mit einer Frau ausgeht oder sich mit ihr verlobt, scheint mir persönlich nicht sehr romantisch.« Er sah mich mit gerunzelter Stirn an. »Es ist ein bisschen … merkwürdig. Es wirkt mir wie Besessenheit.«

»Danke, dass du das sagst, denn nach dieser Lektüre hatte ich den Gedanken auch.« Ich strich über den Papierstapel auf meinem Schoß, das ursprüngliche Drehbuch. »In *dieser* Version verzaubert Rosalie mit ihrer Attraktivität die Welt. David erblickt sie am Theater und ist sofort verliebt. Anschließend läuft er ihr nach, passt sie beim Essen ab, kommt zu ihr nach Hause und taucht eines Tages sogar im Pfarrhaus auf, wo Rosalie gerade ihren Vater besucht. Der Vater schimpft sie aus, dass sie sich auf der Bühne allen Männern gleichzeitig feilgeboten hat und dabei nie Davids wahre Liebe würdigen konnte. Er verheiratet die beiden und alle sind glücklich. Das sollte ein moralisches Drama und keine Komödie sein, aber das Verhalten des Liebhabers ist spätestens dann fragwürdig, als er nachts in ihr Zimmer einbricht.«

Clifford sah mich entgeistert an. »Und Bert wollte, dass *seine Angebetete* die Hauptrolle spielt?«

Ich nickte. »Auf der letzten Seite widmet er ihr das Drehbuch. Das war vor über einem Jahr. Vielleicht wusste sie da noch gar nicht, wer er *ist*.«

Mein Partner verzog das Gesicht. »Das ist wirklich besorgniserregend. Wenn Eliza in ihren Briefen und bei diesem Dreh nicht ehrlich verliebt wirken würde, hätte ich sie im Verdacht, dass sie sich von ihm befreien wollte.«

»Sollen wir sie noch einmal befragen und darauf ansprechen?«

»Sie ist Teil der Szene, die gerade gedreht wird, also können wir das noch nicht sofort. Aber jetzt zu meinen Erkenntnissen. Die anderen Maskenbildnerinnen konnten mir keine Geheimnisse oder Streitigkeiten verraten, von denen wir nicht schon wissen. Dafür habe ich mir die Küche noch einmal angesehen und den Koch befragt. Eiswürfel gibt es nur abends. Sie müssen etwas über einen Tag lang in den Formen gekühlt werden, damit sie auch wirklich Eis sind. Heute morgen wurden natürlich alle verbliebenen Eiswürfel aus den Formen herausgeholt, die Formen gereinigt und neues Wasser eingefüllt. Die Flüssigkeit aus den alten Eiswürfeln existiert aber noch zu Analysezwecken, sie wird in einem Schraubglas aufbewahrt. – Grundsätzlich kann man jederzeit die Eiswürfel aus der Form schütten oder sie herausbrechen und dann eine andere Flüssigkeit in die Form füllen. Nachts ist die Küche völlig leer. Es werden allerdings fast alle Eiswürfel jeden Abend gebraucht, denn es gibt nicht so viele Formen. Daher vermutet der Koch, dass die Flüssigkeit in der Nacht vor dem tödlichen Abendessen ausgewechselt wurde – als Herman in der Küche war.«

»Leider können wir keine Alibis für eine ganze Nacht überprüfen«, erwiderte ich. »Lass uns lieber Bilanz ziehen, wer momentan die wahrscheinlichsten Täter sind, damit wir uns auf diese Personen konzentrieren und den Fall zeitig lösen können.«

»Alles klar.« Clifford knabberte sein Gürkchen fertig und holte dann unser Fallnotizbuch hervor, in dem er eine neue Seite öffnete. Ich rückte meinen Stuhl zu ihm an den Waschtisch.

»Ich sammle kurz unsere bisherigen Gedanken und du ergänzt, wenn etwas nicht stimmt oder fehlt.« Clifford setzte den Stift an und schrieb:

4 Szenarien für die Tat sind möglich:

A. Verbrechen gegen Bert.
Ein Motiv haben Edward, Greta, Jackie, Gracie (und Adriana), da er sie nicht in seinem Film wollte, auch wenn er das als Drehbuchautor ohnehin nicht beeinflussen kann. Ebenso Franz, der von Bert direkt bedroht wurde. Ausgeschlossen, da ihm die Tat zu sehr schadet.
Evtl. Marietta aus Neid auf Bert und Eliza? (nicht bestätigt)
Evtl. Eliza als Befreiung von dem besessen verliebten Bert. Von ihrer Seite keine Indizien.

B. Verbrechen gegen Clyde. Berts Tod ein Versehen.
Ein Motiv hat nur Edward: Neid um eine große Hauptrolle, von der er erst kurz vor Drehbeginn erfahren hat, dass sie an Clyde ging. Vllt. auch Jackie, da durch Clyde als David Edward die Rolle des Alfred bekam und für Jackie damit definitiv keine Hoffnung mehr auf die Alfred-Rolle bestand – Jackie behauptet allerdings, diese

»Stimmt so?«, fragte Clifford.

»Korrekt«, bestätigte ich. »Damit ist Edward unser Hauptverdächtiger, weil er als Einziger für alle Möglichkeiten ein Motiv hätte. Jackie folgt mit ebenfalls vier, aber deutlich schwächeren beziehungsweise nicht bewiesenen Motiven. Dahinter Gracie und Greta mit zweien, Eliza mit vielleicht zweien. Franz und Adriana schließen wir aus. Bezüglich der übrigen vier, also Dr. Leonard, Clyde, Herman und Marietta, können wir uns nicht sicher sein.«

Clifford nickte. »Denn theoretisch hätte jeder nachts die Eiswürfel austauschen können, unabhängig vom Motiv. Außer Dr. Leonard und Marietta wussten auch alle, dass Bert und Clyde Eiswürfel mochten.«

»Genau.«

»Damit haben wir fünf primäre und drei sekundäre

Verdächtige, weil wir Franz und Adriana ausschließen.«
Clifford klappte das Buch zu. »Wir müssen unseren Kreis
weiter einengen.«

Wir teilten uns wieder auf. Clifford ging erneut zum Dreh,
um Adriana zu begleiten, und ich sollte mich abseits des
Drehs umsehen, weil das in Cliffords Augen bisher so vorzüglich funktioniert hatte. Wenn er nur wüsste.

Ich blieb in meinem Zimmer zurück, ratlos. Was sollte
ich jetzt tun? Durchs Haus und ums Haus herumschleichen
und versuchen, jemanden zu treffen oder zu belauschen,
ohne dabei Clarence in die Arme zu laufen?

*Oder du bleibst hier sitzen. Du könntest dich im Dunkeln
aufs Bett legen und niemand wird dich vermissen, wenn du
nie mehr wiederkommst. Nach einer Zigarette oder zwei ist
die Einsamkeit weg und du vergisst den ganzen Fall, denk
doch mal an früher, du hast doch noch nie etwas getaugt …*
Ich kniff mich ins Handgelenk und spürte, wie mich der
Schmerz in die Realität zurückholte. *Nein. Nein. Nein.* Ich
durfte nicht riskieren, für längere Zeit allein zu sein, sonst
trieb ich in meiner Gedankenspirale immer weiter nach
unten an den Punkt, an dem ich frühestens heute Nacht
sein durfte, wenn ich nicht mehr ermitteln musste. Am
besten ging ich einer aktiven Spur nach. Und ich sollte ein
für alle Mal das Problem aus dem Weg schaffen, dass mich
schon den ganzen Fall über verfolgte.

Eine Minute später klopfte ich an Clarences Zimmertür.

Er öffnete sofort und wirkte überrascht, mich zu sehen. »Oh. Hallo.« Mehr sagte er nicht.

Ich schluckte. »Ich muss Sie noch einmal befragen«, antwortete ich fest und versuchte, nicht auf Clarences geschwungene Lippen zu starren, die mir vor zwei Stunden deutlich näher gewesen waren als jetzt.

Er nickte und gab wortlos die Tür frei. Ich trat ein und verschloss sie hinter mir.

»Leider bin ich schrecklich unordentlich«, erklärte Clarence und trat einen Pullover aus dem Weg, der auf dem Fußboden lag. Das Zimmer sah aus, als wären darin mindestens drei Koffer explodiert, und normalerweise hätte mich sein Chaos angewidert, aber Clarence ließ mir aus irgendeinem Grund Unordnung wie das Maß aller Dinge erscheinen.

Er hob eine Kanne von einem vollgestopften Waschtisch auf. »Darf ich grünen Tee anbieten? Ich glaube nur, er ist kalt.«

»Gern«, sagte ich, weil ich vor allem etwas in der Hand halten wollte, während ich das Gespräch führte, und sah mich im Zimmer um. »Gibt es einen Stuhl oder –«

»Ein Sofa wie bei Freud? Nein, nur mein Bett und einen Hocker, den ich für gewöhnlich anbiete, den ich aber«, er drehte sich um seine eigene Achse, »gerade nicht sehe. Nehmen Sie Platz.«

»Wir können auch stehen.«

»Legen Sie bei Ihren Befragungen etwa keinen Wert auf eine Vertrauensatmosphäre? Bitte schön.« Clarence reichte mir eine Teetasse und setzte sich am Fuß des Betts auf die

Tagesdecke. »Sie können sich hier neben mich setzen, das ist kein Problem.«

Zum Glück war das Bett breit genug, dass sich trotzdem noch Abstand zwischen uns befand. Es war unangenehm, wie steif wir miteinander sprachen. Aber besser jetzt alles aus dem Weg schaffen, um anschließend vernünftig weiterermitteln zu können.

»Sie sind wegen des Mordes hier, richtig?« Clarence sah mich erwartungsvoll an.

»Genau.« Ich sah auf meine Tasse herunter, in der der Grüntee kleine Wellen warf, offensichtlich zitterten meine Hände. »Und angesichts dieser Tatsache muss ich Sie um eines bitten: Respektieren Sie bitte, dass ich dienstlich hier bin und dass wir uns in einem Verhältnis zwischen einem Ermittler und einem Verdächtigen befinden, das *nicht* unangemessen beeinflusst werden darf.« Ich sah wieder hoch und versuchte, meinen Blick in Clarence hineinzubohren, so sehr ich dazu in irgendeiner Form in der Lage war.

»In Ordnung«, antwortete Clarence. »Darf ich mich an dieser Stelle dafür entschuldigen, nicht um Ihr Einverständnis gebeten zu haben?«

»Wir sprechen bitte nie wieder darüber«, sagte ich eisern.

»Es tut mir wirklich leid, obwohl das in solchen Fällen nur eine Formalität ist. Ich dachte, in uns ginge dasselbe vor und –«

»Darum geht es nicht«, unterbrach ich ihn. Es war völlig gleich, was in mir vorging. Ich war nicht hier, um davon zu erzählen, dass ich auch vor Clarence schon gewusst hatte, dass mir diese Gefühle möglich waren. Diese Empfindungen gehörten wie alles andere, meine Zuneigung zu Adriana, meine Ängste, meine Erinnerungen, tief vergraben in einen dunklen Kerker meines Unterbewusstseins, zu dem nicht einmal ich selbst den Schlüssel haben wollte. Das war nicht die Konversation, die ich zu führen gekommen war – nicht, dass ich eine solche Konversation jemals führen würde.

»Sie müssen mir nicht verzeihen«, erwiderte Clarence. »Es gibt auch nichts, mit dem ich mich rechtfertigen könnte, aber ich hoffe, Sie denken nicht schlecht von mir.«

»Ich bin nicht hier, um über solcherlei Firlefanz zu sprechen.« Jetzt spürte ich, dass meine Hände tatsächlich zitterten. »Es gilt, einen Mörder zu fassen, und ich bitte Sie, mir die Informationen zu liefern, die für meine Arbeit von Nutzen sind, *nichts weiter*.«

»Das tue ich gern. Vorausgesetzt, diese Rede hier ist nicht nur eine Entschuldigung dafür, das eigene Glück zu sabotieren, indem man aus Angst vor seinen Emotionen nicht einmal das zulässt, was einem guttut.« Clarence fuhr sich durch die Haare.

Ich spürte, wie sich Schweiß in meinem Nacken sammelte. Clarence hatte sich als Seelendetektiv bezeichnet, aber Hellseher traf es besser. Was gab ihm das Recht, mich auf eine solche Art zu entblößen, als käme er gerade seelenruhig aus dem dunklen Kerker meines Unterbewusstseins und hätte von dort Marmelade mitgebracht? *Mein eigenes Glück zu sabotieren.* Pah. Nichts hiervon war Glück, Clarence war eher mein Verderben, und auch Adriana hätte mich nie glücklich machen können, deswegen war es nur richtig, sie abgewiesen und so in die Arme von Clyde Redford getrieben zu haben.

»Sie haben *keine Ahnung,* wovon Sie sprechen«, entgegnete ich eine Spur zu scharf.

»Ich habe *sehr* viel Ahnung davon, wie verlockend Sabotage sein kann.«

Das ließ mich aufhorchen. »Inwiefern?«

Clarence stand auf, ging zum Nachttisch und nahm ein zugekorktes Fläschchen in die Hand, mit dem er sich dann wieder neben mich setzte. Hinter dem Lichtschutzglas des Gefäßes erkannte ich weiße Pillen.

»Sie gehörten einem Freund von mir«, erklärte Clarence, während er mir erst das Fläschchen zeigte und es dann fest in seiner Faust umschloss. »Er war einer der Jungs, die ich im Krieg kennengelernt habe. Er verliebte sich in einen unserer Flugzeugmechaniker. Aber die beiden wurden enttarnt und er sollte mit diesen Medikamenten hier kuriert werden, um der Strafe zu entgehen.« Er öffnete die Faust wieder. »Mein Freund wählte den Tod.«

»Das tut mir leid.« Worauf wollte er hinaus?

»Danke. Und jetzt bin ich hier und trage seit etlichen Jahren seine Medikamente mit mir herum, bin Psychiater geworden und komme doch nicht von dem Schicksal meines Freundes los. Vielleicht habe ich sie deshalb bei mir, um mich daran zu erinnern, dass mein Leben vielleicht eines Tages auf dieselbe Art endet. Und in der Zwischenzeit spiele ich mit dem Risiko, als wollte ich das Schicksal provozieren. Ich sabotiere mein Glück und es ist durchaus reizvoll.« Clarence legte den Kopf schief. »Ich kann es gut nachvollziehen, wenn man so viel Trauer in sich trägt, dass man sich selbst die Freude nehmen möchte.«

Rasch nippte ich an meinem Tee, um ihm nicht in die

Augen sehen zu müssen. Ich musste das Thema wechseln, ehe Clarence meine Gefühle unwiderruflich entkorkte und ich nie wieder die Kontrolle erlangen würde. *Distanz!*

»Da wir schon über Medikamente sprechen«, lenkte ich das Gespräch zum Fall zurück. »Warum lassen Sie zu, dass Miss Bernard potenziell tödliche Mengen eines Beruhigungsmittels besitzt?«

»Ich hatte keine Ahnung, dass sie es öfter einnahm als nur gelegentlich«, antwortete er und stellte das Pillenfläschchen zurück auf den Nachttisch. »Es soll ihr beim Einschlafen helfen, wenn ihre Energie und Emotionen gerade mit ihr durchgehen. Aber sie verbrauchte ihre Menge viel zu schnell. Erst kurz nach Drehbeginn bin ich dahintergekommen. Sie muss begonnen haben, es regelmäßig einzunehmen, um ruhiger zu werden. Vielleicht sogar mehrmals täglich.«

So ruhig hatte Gracie auf mich aber gar nicht gewirkt. Merkwürdig.

»Wir drehen seit anderthalb Wochen, und sie hat fast drei Fläschchen geleert«, fuhr Clarence resigniert fort. »Ich wollte ihr nichts mehr geben. Das war einer der Gründe, weshalb sie wütend auf mich war.«

»Vielleicht fehlt ihr nur deswegen so viel, weil jemand etwas von ihr genommen und als Eiswürfel eingefroren hat«, schlug ich vor.

»Auch dann hätte sie genug für zwei genommen. Und ich habe den Verdacht, dass sie noch über andere Substanzen verfügt, von denen ich nichts weiß.« Clarence sah mich ernst an. »Das sind übrigens vertrauliche Informationen. Ich erzähle Ihnen davon, weil ich hoffe, dass so ein Mörder gefasst werden kann, aber behalten Sie es bitte für sich.«

»Das werde ich.« Genauso würde ich keine Informationen an Clarence weitergeben, wie etwa den Gin in Gracies Parfümflakons. »Nur eines: Wie weit würde Miss Bernard gehen, um ihr Geheimnis zu bewahren?«

»Ihre Krankheit ist kein Geheimnis«, erwiderte Clarence irritiert.

»Ich meine den Medikamentenmissbrauch.« *Und die Anzeichen eines Drogenkonsums.*

»Sie ist sehr ehrlich. Ich denke nicht, dass sie etwas dementieren würde, das ans Licht kommt. Und sie ist auf keinen Fall für diese Tat verantwortlich. Sie würde vielleicht in einem spontanen Wutanfall Dinge tun, die sie später bereut, wie jeder andere Mensch auch. Aber einen perfiden Plan wie den Eiswürfelmord würde sie nicht aushecken.«

»Danke für diese Informationen. Und für den Tee.« Ich trank noch einen kleinen Schluck. Leider war das Gebräu eiskalt und schmeckte scheußlich. Schnell stand ich auf und stellte die halb volle Tasse auf den einzigen freien Fleck des Waschtischs.

»Warten Sie!« Clarence hob die Hand. »Haben wir uns hiermit wieder versöhnt?«

Ich hielt inne. Er sah mich erwartungsvoll an. Sein Blick verursachte mir Gänsehaut.

»Das hier ist eine laufende Mordermittlung«, erwiderte ich. »Hier kann es keine Versöhnungen geben, solange der Täter noch nicht gefasst ist. Außerdem werde ich niemals dem entgegenkommen, was Ihrem Ideal einer Versöhnung entspricht. Bitte überschreiten Sie die Distanz nie wieder.«

»Also sind wir gewissermaßen verfeindet?« Sein Tonfall war angstvoll.

»Ich bedenke meine Mitmenschen nicht mit Emotionen, seien sie nun positiver oder negativer Art.«

Mit diesen Worten öffnete ich die Tür, trat auf den Flur hinaus und ließ Clarence allein zurück.

»Zu viele Verdächtige, zu viele Motive, zu viele Möglichkeiten.« Clifford seufzte. »Und zu wenig Pickles. Aber danke, dass du noch einmal mit Dr. Leonard gesprochen hast. Hier beim Dreh geht irgendwie alles weiter wie gehabt, außer, dass alle demonstrativ nett zueinander sind – es gibt *nichts* über den Mord herauszufinden.«

Wir standen auf dem Friedhof nahe des Eingangs hinter einer großen, dicken Eibe, wo wir uns ungestört unterhalten konnten. Die Sonne sank schon und außerdem zog ein dichter, feuchtkalter Nebel auf, weshalb der Dreh zurzeit im Inneren der Kirche stattfand. Ich hatte Clifford gerade eine veränderte und stark gekürzte Version meines Gesprächs mit Clarence erzählt und betete, dass er nie nachfragen würde, warum ein scheinbar so kurzes Gespräch so lange gedauert hatte.

»Der Fall muss so schnell wie möglich gelöst werden, damit Berts Leiche abgeholt werden kann und es eine Geschichte für die Presse gibt, die niemanden in ein falsches Licht rückt«, sagte ich. Der Polizei würden wir selbstverständlich alles mitteilen, was wir herausfanden, aber bei einem Fall mit so vielen bekannten Persönlichkeiten mussten wir besonders vorsichtig damit sein, was die Zivilbevölkerung von unseren Erkenntnissen erfuhr. »Ich überlege fast, ob wir unsere Hauptverdächtigen noch einmal befragen und ihnen unsere Theorien einfach auf den Kopf zusagen sollten.«

»Das ist ein wirklich schlechtes ermittlerisches Vorgehen«, entgegnete Clifford sofort und fuhr sich durch die roten Locken. »Bei Edward könnten wir noch hoffen, dass er unter dem Druck einfach zusammenklappt, aber alle anderen verschließen sich dann wie die Austern und erzählen uns überhaupt nichts mehr. Eher durchsuchen wir alle Zimmer, ob wir Hinweise auf eine Feindschaft mit Bert oder Gift für die Eiswürfel finden, aber da wir nicht die Polizei sind, können wir das nur heimlich. Bei Bert ist es halbwegs in Ordnung, weil ein Toter uns nicht mehr verklagen kann, aber eigentlich würde ich mir wünschen, wir hätten eine Methode zur Hand, die weder einen Gesetzesbruch noch ein Risiko für unsere weitere Arbeit darstellt.«

Gerade wollte ich antworten, da hörten wir eilige Schritte auf dem Kiesweg, die in unsere Richtung kamen. Es waren zwei Personen, und sie kamen genau auf der anderen Seite der dicken Eibe zum Stehen.

»Auf *die* Erklärung bin ich *sehr* gespannt!«, hörte ich Adriana sagen. »Hier draußen hört uns keiner, es gibt nur dich und mich, also sei gefälligst ehrlich.

»Du musst es verstehen!« Das war Clyde. Ging es ihm schon so gut, dass er wieder Teil des Drehs war? »Ich habe eine Scheidung und einen Prozess am Hals. Außerdem hat jemand versucht, mich zu ermorden! Da sage ich manch-

278

mal Dinge, die ich nicht so meine. Aber ich meine immer ernst, was ich zu dir sage, Süße.«

»Ich habe dir nie erlaubt, mich so zu nennen!«

Ich kannte diesen Tonfall nur zu gut. Clyde sollte lieber schleunigst zurückrudern, sonst würde er Opfer eines zweiten Mordversuchs werden, diesmal von Adrianas Hand.

»Für mich klingt das eher, als hättest du eine lange Liste von Momenten in deiner Vergangenheit, in denen du dich wie eine rücksichtslose Ratte verhalten hast, was du an diesem Filmset nahtlos fortführst!«, fuhr sie ihn an. »Aber *ich* soll dich ganz toll finden, damit du in der Presse dein Image polieren kannst, weil du so eine niedliche Romanze mit deiner Co-Darstellerin hast!«

»Leise! Sollen das alle Reporter in den Büschen hören?«

»Du gibst es also zu!«, zischte Adriana. »Ich bin *Süße* und *Baby* vor der Kamera und am Set, damit alle sehen, wie charmant du doch bist, aber du bist nichts als ein Arschloch, dessen Ego größer ist als sein –«

»Adriana! Wir sind doch ausgegangen zusammen in London. Meinst du etwa, das wäre alles nur Schau gewesen?«

»Nicht nur. Ein Teil davon könnte auch ein Mittel zum Zweck gewesen sein, um schon vor deiner Scheidung ein bisschen Spaß zu haben. Du ekelst mich an, Clyde. Es ist schockierend, dass eine Mordermittlung nötig ist, damit mir das klar wird.«

»Hör mir mal gut zu, Baby.« Jetzt war Clydes Tonfall auf einmal drohend. »Ich habe mich deiner *erbarmt*. Ohne mich hätten sie dich an diesem Set *zerfleischt*. Du wärst diejenige mit dem Gift im Essen gewesen, wenn ich dir nicht ein bisschen Ansehen mitgegeben hätte! Und du warst in

London völlig gierig nach jemandem wie mir, seitdem dich diese Pfeife vor mir abserviert hat, wer immer das war. Du *brauchst* mich.«

»Du kannst mich mal.« Adriana spuckte die Worte regelrecht aus. »Und die Pfeife vor dir hat mich wenigstens nie angelogen, was seine Intentionen anbetraf!«

Das saß. Es war schmerzlich, dass meine Ehrlichkeit in Adrianas Augen meine einzige verbleibende Stärke war, aber sie hatte recht – ich hatte ihr auf den Kopf zugesagt, dass von mir keine Romanzen zu erwarten waren.

»Ich brauche dich für gar nichts! Ich brauche niemanden für irgendetwas!« Adrianas Schritte entfernten sich auf dem Kies. »Lass mich in Ruhe – für immer!«

Einen Augenblick lang hörte man nur ihre Schritte, dann entfernte sich auch Clyde in Richtung der Kirche.

»Auweia«, flüsterte Clifford. »Was für ein Drama.«

Ich nickte nur. Es war ein Leichtes gewesen, dieses Gespräch mitzuhören. Was, wenn jemand genau dann innen hinter der Friedhofsmauer gewesen war, als Clarence mich außerhalb geküsst hatte, und *unser* Gespräch mitbekommen hatte? Was, wenn jemand nur darauf wartete, die Bombe platzen zu lassen?

Clifford spähte hinter der Eibe hervor, um zu überprüfen, ob die Luft rein war. Der Nebel war mittlerweile dick genug, dass die Grabsteine und der Umriss der Kirche verschwommen wirkten. Die Feuchtigkeit kroch mir unter den Mantel und ich spürte, dass meine Zehen und meine Nasenspitze immer kälter wurden. Hoffentlich holte ich mir keine Erkältung, wenn ich hier noch länger herumstand.

In diesem Moment tauchte Edward in der Kirchentür auf, den Hut tief in die Stirn gezogen, den Kragen seines Mantels weit hochgeschlagen und die Hände in den Taschen vergraben. Er sah sich hektisch um, dann lief er eilig los, den Pfad hinunter und direkt an uns vorbei, doch ohne uns zu bemerken. Vor den Friedhofstoren verschwand er in einem etwas abseits errichteten weißen Zelt, dessen Form mit der nebligen Luft zu verschmelzen schien. Clifford deutete mit dem Kopf in die Richtung. Wir folgten Edward und platzierten uns etwas hinter dem Zelt, in die Richtung der Hügel, doch nah genug, um durch die Zeltwand zu lauschen.

Erst dachte ich, dort würde jemand weinen. Dann erkannte ich jedoch, dass die Person japsend um Atem rang, keuchte, wimmerte. Schon wollte ich nachsehen gehen, ob unsere Hilfe benötigt wurde, als ich Gracies Stimme hörte.

»Langsam, langsam. He! Hör mir zu. Einatmen, ausatmen.« Ihr Tonfall war beschwichtigend.

»Ich krieg keine Luft!«, stieß Edward mit piepsiger Stimme hervor. »Ich – ich – ich ersticke!«

»Tust du nicht! Die ersten zehn Minuten sind die schlimmsten. Ich hab dich. Ich bin da. Versuch, im Rhythmus zu atmen, ein und aus. Du schaffst das!«

Edward quiekte etwas Unverständliches und schien weiter zu hyperventilieren. Ich sah Clifford besorgt an. Er zuckte ratlos mit den Schultern.

»Gib es mir!«, keuchte Edward. »Ich – brauche es – ich – ich sterbe!«

Gracie seufzte schwer. »Du bringst uns beide in unnötige Schwierigkeiten, und du denkst gerade nicht rational.«

Edward schluchzte auf und schnappte nach Luft wie ein Fisch auf dem Trockenen.

»Also gut! Aber auch nur, weil du in zwanzig Minuten drehfertig sein sollst. Sonst *nie wieder.*« Ein *Plopp* ertönte, als hätte Gracie gerade eine Flasche entkorkt. »Hier. Aber nimm *wenig*, hörst du? Sonst stehe ich da, als hätte ich dich umgebracht, und Bert gleich mit.«

Edward stöhnte. »Danke«, brachte er hervor.

»Gerne. Aber pass bloß auf.« Gracie senkte die Stimme. »Auf dich und wegen der Verdächtigungen. Das Zeug hier kostet uns noch Kopf und Kragen. Ich habe keinerlei Erklärung dafür, wo das meiste davon hin ist, wenn ich dich nicht ans Messer liefern will, und kann nur hoffen, dass sie mich nicht für die Mörderin halten!«

»Ich kann das nicht, Gracie, ich kann das nicht mehr.« Edwards Atmung wurde wieder schneller, seine Stimme klang dünn und schrill, als würde er gerade vor einem Verfolger davonlaufen.

»Ich weiß, dass du gerade nichts davon hören willst, aber wenn du offener mit Dr. Leonard reden würdest, könnte er dir vielleicht helfen. Und sei es nur, dass du dein eigenes Zeug verschrieben bekommst.«

Also hatte sie Edward gerade etwas abgegeben. Weil sie auf den Mord angespielt hatte, war es vermutlich etwas von dem Beruhigungsmittel gewesen.

»Aber dann wüssten alle …«, wimmerte Edward.

»Wir diskutieren das hier später. Nimm die Decke hier und beruhig dich. Zur Not erzähle ich denen da draußen eine Lüge, warum du zu spät beim Dreh bist.«

»Mein Text …« Edward japste.

»Den brauchst du nicht noch einmal wiederholen! Du *kannst* es, Edward. Auch diesmal wieder.« Gracies Ton ließ keinen Widerspruch zu. »Ich gehe meine Szene kurz noch einmal durch und gewähre dir so lange Asyl.«

Es wurde still. Edwards Atmen war noch zu hören, doch es waren jetzt leisere, langsamere Atemzüge. Clifford nahm mich beim Ärmel und zog mich sachte fort, weiter in die Hügel und in den Nebel hinein. Je dunkler es wurde, desto mehr verschmolz der Horizont mit dem Himmel.

»Offenbar benutzt Gracie die vermutliche Mordwaffe nicht allein«, sagte er leise. »Denkst du, Edward ist wegen irgendwelcher Schuldgefühle in Panik geraten? Er war ja völlig aufgelöst.«

Ich schüttelte den Kopf, an das belauschte Gespräch zwischen ihm und Jackie zurückdenkend. »Das hier hat einen anderen Grund. Ich denke da an die Schauspielsituation.«

»Inwiefern?«

»Wir wissen, wie viel für Edward an diesem Film und an Filmen allgemein hängt«, erklärte ich leise. »Dass er diesen Beruf immer ernster zu nehmen schien als alle anderen. Bisher haben wir es deshalb für wahrscheinlich gehalten, dass er Clyde um seine Rolle beneidet, sich von Bert kleingemacht fühlte und den Film sabotieren wollte – das stärkste Motiv von allen. Aber das, was wir gerade mit angehört haben und was ich gestern auf dem Friedhof belauschen konnte, wirkt eher so, als litte er unter seiner Verantwortung. Fanatisch Texte lernen, Unruhe, Unpünktlichkeit, ein völlig chaotisches Zimmer und jetzt das hier. Zumal Gracie angedeutet hat, dass er ebenfalls von Dr. Leonard betreut wird und sie ihm gerade etwas abgegeben hat, das vermutlich von dem Beruhigungsmittel war.«

»Du denkst, es belastet Edward so sehr, dass für ihn alles am Film hängt, dass er nicht mehr damit umgehen kann?«

»Genau. Das ist entweder ein Mordmotiv oder ein Ausschlussgrund. Ich persönlich denke nicht, dass in Edwards Kopf gerade Platz für etwas wie das Eiswürfelkomplott wäre.«

»Das ist aber nur eine persönliche Perspektive.«

»Selbstverständlich. Wir sollten jetzt das tun, was wir schon vorhin tun wollten, und zurück zum Dreh gehen.«

In der Kirche waren die Kameras nahe des Eingangs aufgestellt worden. Scheinwerfer leuchteten den gesamten Innenraum aus. Von Franz erfuhren wir, dass sich in dieser Szene Alfred und David mit Annie trafen, die ihnen Rosalies Zustimmung zum Fluchtplan mitteilen würde. Er stellte uns auch den Pastor der Kirche vor, der überall herumwuselte und achtgab, dass niemand auf eine Grabplatte im Boden trat oder ein heiliges Gemälde an der Wand berührte.

Kurz nach uns trafen Clyde und Jackie ein. Clyde trug die Haare zurückgegelt, blendend weiße Schuhe und eine Hose mit modisch weitem Bein. Er schenkte Clifford und mir ein strahlendes Lächeln, was nichts daran änderte, dass er mir mit jeder Minute weniger sympathisch wurde. Jackie hatte für die Rolle eine vollständige Verwandlung durchgemacht und sah wieder so aus wie beim Dreh am Tag meiner Ankunft: kunstvoll frisierte blonde Haare, Make-up, scharlachrote Lippen, ein bedrucktes Kleid mit Polstern an den richtigen Stellen und eine fast schon unmenschlich enge Strumpfhose.

»Ist es in Ordnung, dass es in dieser Szene einige ›Funken‹ zwischen zwei Figuren geben soll?«, wandte sich einer der Regieassistenten an den Pastor.

»Es ist ja nur gespielt«, erwiderte der Pfarrer unbeschwert. »Und solange sich nichts ereignet, was ich nicht jeden Sonntag unter den jungen Leuten sehe, fahren Sie ruhig fort.«

Dann tauchte Edward auf, bleich im Scheinwerferlicht und scheinbar etwas durch den Wind, doch sonst verriet nichts, was wir soeben belauscht hatten. Eine Maskenbildnerin puderte den Schauspielern die Wangen und dann wurde auch schon gedreht: eine einzelne Szene, wieder und wieder. Für Clifford und mich gab es nicht wirklich viel zu sehen. Es fiel lediglich auf, dass Edward und Clyde sich nicht mehr zofften, sobald die Kameras nicht mehr liefen, aber das war wohl der Mordermittlung geschuldet.

Ich schaute auch bei der Stellprobe vor dem Pfarrhaus vorbei, die von einem Regieassistenten mit Gracie, Greta und Eliza durchgeführt wurde. Währenddessen schlich Clifford in das Zelt, das Edward und Gracie vorher okkupiert hatten, und brachte mir von dort ein Fundstück mit: ein zugekorktes Fläschchen von Gracies Medikament, in dem nur noch ein Bodensatz enthalten war.

»Also *hat* Edward etwas abbekommen und vermutlich nicht zum ersten Mal«, wisperte er mir zu, als er sich wieder auf dem Friedhof zu mir gesellt hatte.

Der Nebel wurde immer dichter, die Sonne sank zusehends und draußen fiel die Temperatur immer weiter. Da sich so weder die Beleuchtung noch die Kamerawinkel überprüfen ließen, wurde die Stellprobe im Freien beendet. Diejenigen, die draußen beschäftigt gewesen waren, versammelten sich in der Kirche, solange Franz noch die Szene drinnen fertig drehte. Eine Aufnahme wurde ruiniert, weil die Seitentür der Kirche laut quietschte, doch die Aufnahme danach schien zu sitzen.

»Schnitt!« Franz drehte sich um und ließ seinen Blick über die kleine Menge schweifen, die sich gebildet hatte. »Nanu. Ist es so kalt und neblig vor der Tür draußen?« Er sah auf die Uhr. »Nein, spät geworden ist es.«

»Was folgt jetzt?«, fragte der Regieassistent, der draußen die Stellprobe geleitet hatte.

Franz hob sein Klemmbrett von einer Kirchenbank auf und seufzte tief, als er das oberste Papier darauf überflog. »Das hier ist kein Drehplan mehr, sondern ein Dreh*vorschlag* eher. Ich glaube nicht, dass wir heute noch etwas davon umsetzen können. Wir können abbauen, danach gibt es Abendessen.«

Mit erstaunlicher Geschwindigkeit wurde das Filmgerät nach draußen geschafft. Alle verließen die Kirche und die Schauspieler verschwanden zum Umziehen in die Zelte. Mittlerweile konnte man außerhalb der Friedhofsmauern weder den Goldenen Löwen noch das Dorf erkennen, weil es schlicht zu dunkel und zu neblig war. Zum Glück verfügten die Beleuchter über tragbare Lampen, mit denen die Crew nach Buckington und wir in den Goldenen Löwen zurückkehren konnten. Clifford und ich gingen abseits der anderen – Franz, Clyde, , Jackie, Edward, Gracie und Greta. Eliza musste schon direkt nach dem Ende der Stellprobe gegangen sein, jedenfalls war sie nicht mehr bei uns.

»Ganz schön kalt.« Clifford klappte seinen Kragen hoch. »Und Wetter wie im Gruselfilm. Bei *Spionage in SoHo* gibt es eine Szene mit einer Verfolgungsjagd in so einer nebligen Nacht, aber die wurde im Studio gedreht, mit Trockeneis oder so etwas.«

»Sag das nicht, du beschreist noch, dass etwas passiert.« Ich vergrub die Hände in den Taschen in der Hoffnung, so meine eiskalten Fingerspitzen aufzuwärmen. Dass es Ende März noch so kalt sein konnte. »Wir müssen uns schleunigst etwas ausdenken, um diesen Fall zu lösen.«

Clifford seufzte. »Ich sehe schon, das wird eine schlaflose Nacht.«

Wenigstens würde es eine *produktive* schlaflose Nacht sein anstatt einer, in der ich grundlos wach lag.

Vorerst konnten wir allerdings rein gar nichts für die Ermittlungen tun, denn das Abendessen war schon bereit. Es war wesentlich informeller als noch am Vorabend, niemand zog sich um, es gab keinen Aperitif und auch keine Vorspeise. Die Tischordnung war allerdings die gleiche, nur dass drei Stühle nicht besetzt waren: Berts, Clarences und überraschenderweise Elizas.

»Wo ist Miss Barley?«, erkundigte sich Franz in der Runde.

»Wir haben vor mehr als anderthalb Stunden die Stellprobe beendet«, antwortete Gracie. »Ich weiß nicht, wohin sie danach gegangen ist.« Sie trank einen Schluck Wasser.

Heute Abend waren keine Eiswürfel angeboten worden, aber wahrscheinlich hätte sie auch niemand angenommen.

»Wir haben uns noch ein paar Minuten draußen besprochen«, ergänzte Greta. »Dann gingen wir zusammen in die Kirche. Anschließend habe ich sie nicht mehr gesehen. Wir sind durch das rechte Seitenportal hereingekommen, weil vor dem Haupteingang ja gedreht wurde.«

»Als die Tür gequietscht hat, war die Tonspur der besten Einstellung im Eimer«, murmelte Edward. Er aß nicht, sondern schob seine Portion nur mit der Gabel auf dem Teller hin und her, als würde das Essen dadurch verschwinden.

»Hat sie danach *niemand* gesehen?«, hakte Franz nach.

Allgemeines Schweigen war die Antwort.

»Die zwei Herren sind doch Detektive und können sie bestimmt finden.« Herman wies mit dem Messer auf Clifford und mich.

»Wenn sie bis zum Ende des Essens nicht wieder aufgetaucht ist, werden wir eine Suche einleiten«, versprach Clifford. »Aber vielleicht verspätet sie sich lediglich.«

Eliza kam nicht.

Die Suchmannschaft, die sich nach dem Abendessen im Foyer versammelte, bestand aus Franz, Jackie, Herman, Greta, Adriana, Clifford und mir – Clyde wollte sich noch ausruhen, was wir ihm gestatteten, und Edward hatte sich schlicht geweigert, uns zu helfen. Jackie hatte es geschafft,

Taschenlampen für alle aufzutreiben, mit denen wir uns jetzt ausstaffierten. Ich wollte nicht nach draußen ins kalte Nass und sah nicht ein, warum ich nicht derjenige sein durfte, der im Goldenen Löwen nach Eliza suchte und im Dorf herumfragte.

»Wenn nach einem Mord jemand verschwindet, könnte die Person verletzt sein«, hatte ich Clifford zugezischt, als wir in Elizas Zimmer vergeblich nach ihr gesehen hatten. »Jemand hätte Eliza problemlos draußen überfallen können, während wir alle drinnen dem Dreh zugesehen haben. Du solltest mit zur Kirche und zum Friedhof, immerhin könntest du medizinische Hilfe leisten!«

»Du kennst die Schauspieler besser und ich die Crew«, hatte Clifford geantwortet. »Deswegen gehst du mit denen, die sich für die Suche melden, zum Friedhof. Dafür nehme ich Adriana mit, um hier im Haus und dann im Dorf zu suchen.«

Ebendiese Aufteilung erläuterte Clifford jetzt den Helfern.

Franz nickte. »Bei der Kirche teilen wir uns dann auf in zwei Gruppen. Vielleicht hat Miss Barley ohne Licht einfach den Weg nach Hause nicht gefunden. Wir rufen und leuchten, damit sie uns findet.«

»Es wäre mir lieber, wenn Mr. Newcombe und Mr. Walker die Pläne schmieden würden«, entgegnete Herman. »Mit Verlaub, es ist unter *Ihrer* Aufsicht noch nicht viel Gutes herausgekommen, Mr. Kerner.«

»Ich finde es eine gute Idee«, entgegnete Adriana. »Mr. Walker und ich stoßen dann zu euch, falls niemand Eliza anderswo gesehen haben sollte.« Sie streifte sich Handschuhe über und hielt dann ihre Taschenlampe hoch. »Ihr könnt Mr. Newcombe folgen.«

Draußen war der Nebel dick wie eine Wand. Man spürte die Nässe im Gesicht, sie schlüpfte zwischen Schuhen und Saum in die Hosenbeine und durch die Ärmel in den Mantel. Die Dunkelheit erschwerte es dazu noch, sich irgendwie orientieren zu können, vor allem, da der direkte Weg vom Goldenen Löwen zur Kirche ohne einen festen Pfad quer durch die Hügel verlief. Ich führte den Trupp, so gut mir das möglich war.

»Schwer genug, die Kirche überhaupt zu finden«, murmelte Greta. »Nichts als graue Schlieren, und der Boden sieht überall gleich aus. Wenigstens geht es nur geradeaus.«

Die schwere Luft fühlte sich in meinen Lungen wie nasse Wolle an. Obwohl wir langsam gingen, merkte ich, dass mir das Atmen schwerfiel, aber als unfreiwilliger Anführer der Suche wollte ich auch nicht alle drei Schritte stehen bleiben, um genug Luft zu bekommen. Mit meiner Lampe versuchte ich, auszumachen, wie weit es noch war. Der Lichtschein war wie eine Säule im Dunkeln, doch er streifte nichts als Gras.

»Miss Barley, sind Sie hier? Irgendwo?«, rief Franz. »Können Sie uns hören?«

Es blieb still.

Auch die anderen begannen jetzt nach Eliza zu rufen und leuchteten umher. Doch außer einem Auto, das auf der Straße durch Buckington fuhr, hörten wir nichts. Gerade, als ich fest davon überzeugt war, dass wir uns endgültig verlaufen hatten, schälte sich die Silhouette des Kirchturms aus dem Dunst, umringt von einigen Bäumen. Wenige Schritte später erkannten wir auch die Friedhofsmauer.

Ich blieb stehen. »Wir sind da. Ich schlage vor, eine Gruppe nimmt sich den Friedhof vor und die andere das Innere der Kirche. Sie können auch am Pfarrhaus klopfen, vielleicht ist Miss Barley ja dort. Mr. Hughes, Sie nehmen Miss Woods, die anderen kommen mit mir.«

Herman und Greta machten sich auf in Richtung der Kirche. Ich wies nach links und begann mit Jackie und Franz im Schlepptau im Uhrzeigersinn zwischen den Gräbern einmal um die Kirche herumzugehen.

»Miss Barley?«, rief Jackie. »Eliza? Wir sind's! Sind Sie hier?«

Als Antwort hörten wir nur Herman, der dasselbe rief, ehe das Kirchenportal hinter ihm und Greta zufiel.

Jackie wandte sich zu uns um. »Ist es eigentlich realistisch, dass Eliza seit Stunden über den Friedhof irrt? Sie wäre doch bestimmt ins Pfarrhaus oder in die Kirche gegangen.«

»Aber sie reagiert nicht auf unsere Rufe, was recht beunruhigend ist«, erwiderte ich. »Deshalb sollten wir trotzdem suchen.«

»Warum gibt es so viel außerhalb des Plans, für das ich mich verantworten muss?« Franz stöhnte verzweifelt.

»Das hier hat nun wirklich nichts mit Ihnen zu tun«, erwiderte Jackie und zog den Mantel fester um sich. »Los, weiter!«

Wir führten unsere Runde fort und ließen dabei die Lichter der Taschenlampen nach links und rechts schweifen. Die Kreuze und schiefen Grabsteine zu beiden Seiten tauchten auf und versanken wieder wie Felsen in einem Wolkenmeer.

»Wir sollten auch nach Spuren Ausschau halten, die darauf hindeuten könnten, dass Miss Barley hier entlanggekommen ist«, wies ich die beiden an und tastete mit meinem Lichtschein den Boden ab.

Franz rief wieder nach Eliza und Jackie stimmte mit ein. Doch wir erhielten nicht einmal ein Echo als Antwort.

»Wir hätten heute nicht drehen sollen«, murmelte Franz. »Ich hätte durchzählen sollen, bevor wir alle auf Heimkehr gingen.«

»Es ist nicht Ihre Verantwortung, wirklich nicht«, entgegnete Jackie.

»Aber man wird es dazu machen, zu meiner Verantwortung!«, rief Franz. Der Nebel schlug sich auf seinen Brillengläsern nieder und er nahm sie ab, um kurz darauf zu pusten. »Ich bin nun einmal schuld im Falle eines Zweifels. Ich muss alles immer dreimal richtig machen, sonst ist es falsch.«

»Und wenn schon!« Jetzt wurde Jackies Tonfall scharf. »Meinen Sie, ich habe es leicht hier am Set und stapfe über einen finsteren Friedhof, weil ich nichts Besseres zu tun habe? Nein, aber ich tue, was getan werden muss. So funktioniert das Leben. Wissen Sie was? Am liebsten würde ich mich einen Dreck um Berts Tod scheren, weil er mich behandelt hat, als wäre ich eine widerwärtige, unmoralische Kreatur. Aber leider muss man in dieser Welt die Zähne zusammenbeißen, die Seitenhiebe einstecken und den Auftrag ausführen!«

»Sie haben keine Ahnung, wovon Sie reden!« Franz setzte die Brille wieder auf und funkelte Jackie an.

Ich räusperte mich diskret. Die beiden schauten erschrocken zu mir, als hätten sie vergessen, dass sie mit einem Detektiv unterwegs waren.

»Wir suchen eine verschwundene Person, deren Abwesenheit mit einem Mord zusammenhängen könnte«, bemerkte ich. »Auf diese Aufgabe sollten wir uns konzentrieren, anstatt uns aneinander aufzureiben.«

Mechanisch setzten wir unsere Suche fort, leuchteten, riefen, sahen uns um, doch wir fanden nichts. In der nebligen Dunkelheit wirkte der Friedhof viel weitläufiger, als er eigentlich war. Wenn man an einer Stelle ging, von der aus weder die Umfriedung noch die Kirchenmauer in Sicht waren, wirkte es, als stünde man auf einer Insel im Nichts – wie Schauspieler, die innerhalb eines einzigen Lichtkegels agieren und nicht weiter als bis zu dessen Rand sehen können.

»Was ist da vorne? Das große Ding da.« Jackie schwenkte die Lampe in die Richtung.

»Das sieht mir aus wie zwei große Eiben«, erwiderte ich. »Solche, wie sie beim Eingang wachsen.« Wir befanden uns jetzt auf der Rückseite der Kirche. Die Eiben wuchsen nahe der Mauer, dazwischen stand ein großes Grabmal mit einem steinernen Engel darauf.

»Miss Barley, sind Sie hier?«, rief Franz wieder. »Wir suchen Sie!«

»Scheiße!«, rief Jackie plötzlich.

Der Lichtstrahl meiner Lampe erfasste einen dunklen Haufen am Fuße des Grabmals. Eine Gestalt, die mit dem Gesicht nach unten im nassen Gras lag, als wäre sie der Länge nach gestürzt, den offenen Mantel wie einen Umhang ausgebreitet. Ihr Hut war weggerollt und lag ein Stück entfernt zwischen zwei Gräbern. Sie regte sich nicht.

Ich erkannte die zierliche Statur, die dunklen Haare und den Saum des rosafarbenen Kleids sofort.

Eliza Barley.

»Oh nein!«, hörte ich Franz hinter mir flüstern. »Bitte nicht.«

Jackie hatte sich auf den Boden gekniet und rüttelte Eliza an der Schulter. »Miss Barley! Eliza! Können Sie mich hören?«

Von Eliza kam ein leises Stöhnen. Sie bewegte sich – ganz leicht nur, aber ihre Schultern hatte eindeutig ein Zittern durchlaufen und die Finger ihrer linken Hand strichen über den Boden, als suchte sie Halt. Ich ging neben ihr ebenfalls auf die Knie, Schmutz auf meiner Hose hin oder her, und drehte sie gemeinsam mit Jackie vorsichtig auf den Rücken. Eliza hatte die Augen geschlossen, den Mund leicht geöffnet. Ihre rechte Gesichtshälfte war blutig. Mehrere Rinnsale, verschmiert durch das nasse Gras, liefen von einer Wunde an ihrer Schläfe her über ihre Wange. Aber sie atmete.

»W…«, flüsterte Eliza. »Was … wo …«

»Wir sind auf dem Friedhof«, antwortete ich schnell. »Alles wird gut. Sie sind verletzt, aber es kommt Hilfe. Mr. Kerner! Können Sie den anderen Bescheid sagen?«

»In der Tat.« Franz verschwand im Nebel. Wenige Augenblicke später hörten wir die Seitentür der Kirche ins Schloss fallen – die Seitentür, die nicht quietschte.

Eliza stöhnte und öffnete die Augen einen Spaltbreit. Ihre Lider flatterten. »Wer ist da?«

»Jackie Fox und Mr. Newcombe«, antwortete ich.

»Es tut so weh …«

»Gleich kommt Hilfe und wir bringen Sie ins Pfarrhaus«, versicherte Jackie.

In meinem Kopf arrangierten sich die Fakten neu. War Eliza eine Art zweites Opfer? Hatte man sie ermorden wollen? Und warum?

Hatte Eliza zu viel über Bert gewusst?

»Wenn das hier ein Film wäre, würde ich sagen, da hat der Regisseur ziemlich gut das Publikum zu überraschen gewusst. Ich mochte Eliza nicht, aber das hier ist heftig.« Adriana hörte auf, Kreise durch den Raum zu laufen, und blieb vor mir stehen, wo sie die Hände in die Hüften stemmte und mich vorwurfsvoll ansah. »Wenn du dann mal mit Husten fertig bist, können wir unser nächstes Vorgehen besprechen.«

Wir befanden uns im Arbeitszimmer des Pfarrhauses, einem winzigen Raum, der bis unter die Decke mit Büchern vollgestopft war und nur durch eine altersschwache Petroleumlampe auf dem Schreibtisch erhellt wurde. Clifford kümmerte sich im Wohnzimmer um Eliza, bis Dr. McEre eintraf, und der Rest des Suchtrupps bekam gerade in der Küche heißen Tee serviert. Adriana und ich hatten uns zu einer Besprechung zurückgezogen und ich hatte mir eine Zigarette angezündet, die leider Urheberin eines zweiminütigen Hustenanfalls gewesen war.

Ich räusperte mich. »Clifford versorgt Eliza nicht nur, sondern befragt sie auch bei der Gelegenheit«, antwortete ich etwas heiser. »Es scheint, als wäre sie auf dem Friedhof niedergeschlagen worden, aber ob der Angreifer eine tödliche Absicht hegte, ist unklar. Sie muss ein oder zwei Stunden lang bewusstlos gewesen sein, je nachdem, wann der Angriff genau stattfand. Ich gehe davon aus, dass es vor dem Essen passiert ist, vielleicht sogar noch während des Drehs in der Kirche. Aber zuerst würde mich interessieren, was sie hinter der Kirche gesucht hat.«

In genau diesem Moment kam Clifford herein. Er schloss die Tür wieder hinter sich und setzte sich auf den Schreibtischstuhl, den er in unsere Richtung drehte. »Sieh einer an! Ihr könnt wieder friedlich Zeit zu zweit verbringen.«

Adriana verdrehte die Augen. »Das konnten wir davor auch, wir sind ja keine Kinder. Jetzt sag, wie geht es Eliza?«

»Ich habe die Wunde untersucht und desinfiziert. Jetzt ist Dr. McEre bei ihr, um einen richtigen Verband anzulegen. Eliza hat verständlicherweise ziemliche Kopfschmerzen. Die Wunde hat auch mehr geblutet, als man erwarten würde, hoffentlich hat das keine inneren Verletzungen verursacht.«

»Und was erzählt sie?«, fragte Adriana begierig.

Clifford lehnte sich zurück. »Sie sagt, als die Stellprobe beim Pfarrhaus beendet worden war und sich die anderen in die Kirche zurückgezogen hatten, sah sie im Nebel eine Gestalt um die Ecke der Kirche verschwinden. Sie besprach sich noch mit Greta für die endgültige Aufnahme der Szene, die für morgen angesetzt ist, und ging mit ihr in die Kirche. Doch dann fiel ihr auf, dass sie ihren Schal im Kostümzelt vergessen hatte. Greta hat mir das übrigens bestätigt, als ich sie gerade noch einmal gefragt habe. In der Küche gibt es auch für uns Tee. – Jedenfalls. Eliza ging nach draußen ins Kostümzelt und fand dort auf ihrem Schal das hier.« Clifford präsentierte uns ein Blatt Papier, auf das mit der Maschine getippt war:

KOMM HINTER DIE KIRRCHE. ES GEHT UM BERT.

»Der Rechtschreibfehler ist vermutlich Absicht«, überlegte ich laut. »Ist es Berts Schreibmaschine? Sein Zimmer war ja frei zugänglich.«

»Ich habe gleich über das Telefon im Schlafzimmer Mr. Wright angerufen und ihn gebeten, Berts Zimmer abzuschließen, damit wir bei nächster Gelegenheit nach Fingerabdrücken auf den Tasten fahnden können«, erwiderte Clifford. »Auf jeden Fall ist Eliza der Anweisung gefolgt, auch aufgrund der Gestalt auf dem Friedhof, die sie zuvor gesehen hatte.«

»Wie naiv kann man bitte sein?«, fragte Adriana verständnislos. »Man braucht doch nur ein einziges Buch zu lesen oder einen einzigen Spionagefilm im Kino zu sehen, um zu wissen, dass man *niemals* einer anonymen Anweisung nachkommen und sich mit dem unbekannten Absender auf einem nebligen Friedhof treffen sollte. Und warum hat sie nicht einen von euch mitgenommen? Sie hätte dazu ja nur in die Kirche gehen müssen.«

Ich zog an meiner Zigarette und dachte mir im Stillen, dass ausgerechnet Adriana nicht die Unüberlegtheit der Handlungen anderer Leute verurteilen sollte.

»Vielleicht dachte sie nicht, dass es gefährlich sein könnte?«, spekulierte Clifford. »Für uns ist vor allem wichtig, *dass* es so kam. Sie ging hinter die Kirche, aber wegen des Nebels und der heraufziehenden Dunkelheit konnte sie nicht mehr sonderlich viel erkennen. Sie rief, aber niemand antwortete. Zu dem Grab zwischen den Eiben ging sie, weil sie die Engelsstatue erst für einen Menschen hielt. Gerade als sie erkannte, dass das nichts als eine Steinfigur war, sagte jemand hinter ihr ihren Namen. Nur das eine Wort – *Eliza*.«

»Was für eine Stimme war das?«, unterbrach ich. »Eher hoch oder eher tief? Hatte sie einen Akzent?«

»Das habe ich auch gleich gefragt. Eliza meinte, eher hoch, aber dass sie keinen Akzent erkennen konnte. Das hätte mich auch gewundert – bei einem einzigen Wort kann man wenig herauslesen, und die Stimmlage hätte auch jemand verstellen können, der kein professioneller Schauspieler ist. Jedenfalls drehte sie sich um, aber noch ehe sie wirklich hinter sich sehen konnte, erhielt sie einen Schlag vor die Stirn. Danach erinnert sie sich an nichts mehr. Zum Glück ist die Wunde nicht tief.«

»Das ist ja filmreif!« Adriana wirkte begeistert. »Eine ominöse Person lockt die Verlobte des Mordopfers mit einer anonymen Botschaft hinter die Kirche und schlägt sie so heftig nieder, dass sie zwei Stunden lang bewusstlos herumliegt, ehe sie gefunden wird. Gruselig.«

»Der Zeitpunkt für den Angriff lässt sich damit relativ genau festlegen«, überlegte ich laut. »Greta könnten wir eventuell sogar nach der genauen Uhrzeit fragen. Dafür sollten sich die Alibis gut überprüfen lassen.«

»Prima.« Adriana setzte sich auf den schiefen Schreibtisch und stand sofort wieder auf, weil das Holz ein bedrohliches Knirschen von sich gab. »Damit sind Franz, Clyde, Jackie und Edward aus dem Schneider. Sie haben die ganze Zeit vor mindestens zwanzig Zeugen gedreht und hätten sich nicht einmal für eine halbe Minute wegschleichen können, ohne dass es aufgefallen wäre. Meint ihr denn, der Angreifer und der Mörder sind dieselbe Person?«

»Gute Frage«, antwortete Clifford. »Es wäre ziemlich unwahrscheinlich, dass die beiden Taten rein gar nichts miteinander zu tun haben. Vor allem suggeriert die Nachricht an Eliza eine Verbindung. Die Frage wäre: Wer hätte abgesehen von Berts Tod ein Motiv gegen Eliza? Du, Adriana, weil sie deine Rolle wollte. Greta, weil Eliza ihr die halbe Rolle wegnahm. Und jeder, der den Film sabotieren wollte – aber dazu besteht seit dem Mord eigentlich kein Grund mehr. Das wahrscheinlichste Szenario ist demnach, dass die Taten zusammenhängen und Eliza angegriffen wurde, weil sie etwas über Bert oder seinen Tod wusste.« Clifford stand auf und begann, in dem sehr begrenzten Raum auf- und abzulaufen. »Wer ist jetzt verdächtig? Für Berts Mord hatten wir Edward im Visier, aber er kann Eliza nicht angegriffen haben. Sekundär hatten wir Jackie, Greta und Gracie verdächtigt. Jackie war beim Dreh, aber Greta und Gracie hätten sich nach der Stellprobe bestimmt kurz aus der Kirche schleichen können. Ich zumindest habe nicht die ganze Zeit auf sie geachtet. Greta halte ich hier für die wahrscheinlichste Täterin, weil sie Eliza ganz unabhängig von Bert aus dem Weg haben wollte. Überhaupt kein Alibi, aber auch überhaupt keine Motive haben Herman und Dr. Leonard. Stimmt das, oder habe ich hier etwas Wichtiges übersehen?«

»Damit haben wir nur noch vier Verdächtige, und keinen davon so richtig«, fasste Adriana zusammen. »Ungünstig. Was jetzt?«

Clifford blieb stehen. »Wir müssen noch einmal vier Befragungen durchführen. Und Berts Schreibmaschine überprüfen.«

»Vorschlag.« Adriana nahm ihm das Blatt Papier ab. »Ihr befragt Herman, Gracie und Greta, weil sie eh schon hier sind. Ich gehe zum Goldenen Löwen zurück, überprüfe die Schreibmaschine und frage Dr. Leonard nach seinem Alibi.«

»Du solltest allein keine Befragung durchführen«, entgegnete ich. Eigentlich störte mich aber vor allem der Gedanke, dass Adriana allein im Finstern über die Hügel laufen wollte, wenn doch offensichtlich ein Mörder frei herumlief. *Und* sie sollte besser nicht allein mit Clarence sprechen.

»Dr. McEre kann mich auf dem Weg begleiten«, antwortete Adriana, als hätte sie meine Gedanken gelesen. »Und Dr. Leonard wird gar nicht wissen, dass er befragt wird. Ich tue einfach so, als hätte ich ihn zum Zeitpunkt des Angriffs gesucht, um mit ihm über die Angst zu sprechen, die ich vor dem Mörder habe, und müsste jetzt wissen, ob er zu dem Zeitpunkt in seinem Zimmer war, weil ich ihn nicht gefunden habe.«

»Wenn du meinst …« Clifford zuckte mit den Schultern. »Tu, was du für richtig hältst.«

Adriana salutierte. »Meine detektivische Erfahrung wird mich nicht im Stich lassen, Sir.«

»Ich soll Eliza Barley niedergeschlagen haben?« Gracie lachte. »Warum denn? Weil sie keine Unze Respekt für ihre Mitmenschen hat? Wenn ich jedem eins über den Kopf ziehen würde, der mich behandelt wie sie, würde ich die Keule gar nicht mehr aus der Hand legen.« Sie warf den Kopf zurück, sodass ihre platinblonden Haare im Lampenlicht schimmerten. Wir führten die Befragungen in der Pfarrhausküche durch, weil nur dort genügend Stühle vorhanden waren.

»Haben Sie denn ein Alibi für die Zeit nach der Stellprobe?«, konterte Clifford. Er war in seinem *Mit-mir-ist-nicht-zu-scherzen*-Modus: eiserner Blick, verschränkte Arme, die eine Augenbraue leicht hochgezogen. Nicht einmal ich hätte es gewagt, mich mit ihm anzulegen.

»Das habe ich.« Gracie breitete theatralisch die Arme aus. »Nach jeder Einstellung musste ich Edward gut zureden. Und während die Kamera lief, habe ich im Seitenschiff geraucht. *Dafür* können Sie mich kreuzigen, für den Angriff nicht.«

Ein sehr gutes Alibi war das nicht, zumal ein Durchlauf der Szene fünf bis zehn Minuten dauerte. Aber ich erinnerte mich, Gracie, wenn überhaupt, in der Nähe der Crew gesehen zu haben, mit dem Blick auf Edward, allzeit bereit.

»Warum brauchte er Sie dort?«, wollte Clifford wissen. In diesem Stadium der Ermittlungen gab es keine unhöflichen Fragen mehr.

Gracie legte ihr Kinn in ihre Hand und stützte ihren Ellenbogen auf den Küchentisch, der uns von ihr trennte. »Sagen Sie niemandem, was ich Ihnen erzähle?«

»Solange uns unser Schweigen nicht strafbar macht, ja.«

Sie nickte. »Edward … er ist ein guter Junge und er hat Talent. Aber wenn einer eine schwierige Kindheit hatte und das ganze Glück im Leben vom Erfolg abhängt, dann kann man daran ein bisschen zerbrechen. Edward hat immer solche Angst, dass alles zusammenbricht, dass er mittlerweile gar keinen Frieden mehr findet, wenn er nicht maximalen Erfolg und vollständige Kontrolle haben kann. Er hat nichts als Furcht und Zweifel im Kopf. Es hat ihn aus der Bahn geworfen, dass er die Hauptrolle an Clyde Redford verloren hat, und Berts Tod war endgültig zu viel für ihn. Er steht, gelinde gesagt, am Rande eines Nervenzusammenbruchs.« Sie seufzte. »Es geht nicht mehr ohne Beruhigungsmittel, also gebe ich ihm meins, weil bei mir auch anderes Zeug hilft. Aber er schaufelt sich sein eigenes Grab damit. Das hier könnte nicht nur mein, sondern auch sein letzter Film sein.« Sie richtete sich wieder auf und legte die Hände gefaltet in den Schoß. »Zufrieden?«

»Sind Sie in ihn verliebt, Miss Bernard?«

»Was?« Gracie lachte auf. »Oh, nein. Er hat seine Augen auch ganz woanders. Wir unterstützen einander lediglich dabei, die Dämonen in uns mit diversen Substanzen zu vernichten und Dr. Leonard anzulügen.«

»Danke für Ihre ehrlichen Worte«, erwiderte Clifford.

»Die verdanke ich meinem besten Freund hier.« Gracie raffte seitlich ihren Rock hoch, zog einen Flachmann aus ihrem Strumpfband, schraubte ihn auf und nahm einen tiefen Schluck. »Auf Edwards und meine Unschuld. Mein Kopf ist ein Pendel und seiner ein permanenter Fluchtreflex, aber wir sind keine Mörder, nur Feinde unserer selbst. Wär's das?«

Clifford nickte. »Sie dürfen gehen. Aber bitte bleiben Sie im Pfarrhaus.«

»Sie können doch nicht ernsthaft davon ausgehen, dass ich Miss Barley angreifen würde!«, rief Herman empört und sprang von dem Stuhl hoch, auf den er sich eben erst gesetzt hatte. »Dass dieser Dreh eine Katastrophe ist, wissen wir mittlerweile, aber ich hatte von Ihnen bessere Methoden erwartet, wenn Sie –«

»Setzen Sie sich doch bitte und verraten Sie uns, ob Sie ein Alibi haben, dann glauben wir Ihnen auch«, unterbrach Clifford ihn.

Herman setzte sich wieder. »Ich war nicht beim Dreh, sondern habe meine Texte für die Szene morgen früh geprobt und danach privat gelesen. Ob ich das beweisen kann, weiß ich nicht, aber vielleicht hat mich jemand in meinem Zimmer sprechen gehört. Und in meinem Roman bin ich achtzig Seiten weiter als heute Morgen.« Er schüttelte verständnislos den Kopf. »Ich und eine Frau niederschlagen!

Miss Barley war vor allem keine schlechte Schauspielerin. Sie hatte zwar nicht die Klasse, die Stummfilmschauspielerinnen innehatten, aber sie war nicht übel. Kein Wunder, dass Bert Wallace sie so verehrte, ihr das Drehbuch geschrieben hat und so weiter. Ich weiß nicht, warum man sie niederschlagen sollte, außer aus Neid.«

»Mr. Hughes, uns ist zu Ohren gekommen, dass Sie in mehreren Filmen sowie während Ihrer Zeit am Theater Ihren Co-Darstellerinnen deren Rollen über die Casting-Couch vermittelt haben.« Clifford legte den Kopf schief.

»Das entspricht nicht den Tatsachen. Meine Kolleginnen wollten sich für die Möglichkeiten, die ich ihnen verschaffen konnte, erkenntlich zeigen.«

»War Eliza Barley je eine dieser *Kolleginnen*?«

»Auf gar keinen Fall!« Herman rutschte auf seinem Stuhl nach hinten, als hätte er Angst vor uns. »Suggerieren Sie hier gerade, dass ich Frauen schlecht behandle und angreife? Ich habe nie jemandem wehgetan, ich verspreche es! Vielleicht habe ich mir früher das ein oder andere Mal etwas zu grob Respekt verschafft, aber der Ruhm macht uns alle zu Biestern. Ich weiß nicht, was Sie gehört haben, aber das ist Verleumdung!«

»Die Casting-Couch ist eine ernste Sache.«

»Natürlich nicht, aber das – ich – das war doch nicht – ich habe nie – ach, was sind das überhaupt für Anschuldigungen?« Herman runzelte verärgert die Stirn. »Wer hat Ihnen das überhaupt erzählt? Greta? Dann habe *ich* auch eine Geschichte für Sie. Die wunderbare Greta Woods hat nämlich einen Ehemann und ein Kind. Nach der Produktion ihres ersten Tonfilms damals hat sie heimlich einen der

Kameramänner geheiratet und ist während der Schwangerschaft von der Bildfläche verschwunden. Beim Film danach sind wir uns begegnet und sie hat mir diese Geschichte über mich vorgehalten. Da habe ich eben ein bisschen in ihren Sachen und in ihren Briefen geschaut und so herausgefunden, dass sie selbst etwas vor der Öffentlichkeit geheim hält.«

Gretas mysteriöses Jahr abseits der Kameras, ihre Durchsuchung von Hermans Zimmer und der Streit der beiden – all das ergab jetzt Sinn. Also doch eine Erpressung von beiden Seiten. Ich hatte es geahnt. Vermutlich hatte Greta in Hermans Zimmer entweder nach eventuellen Beweisen für dessen Vergehen gesucht oder aber nach Beweisen, die er möglicherweise für ihre geheime Heirat hatte.

»Und danach haben Sie sich gegenseitig erpresst«, stellte Clifford sicher.

»Wer sagt das?«

»Ihr Verhalten und Greta selbst.«

»Erst wollen Sie mir Mord, dann Körperverletzung, dann Übergriffe auf meine Kolleginnen und jetzt Erpressung unterstellen!« Herman stand wieder auf. »Ich bin ein ehrlicher Mann, ich bitte Sie, und habe niemandem an diesem Set etwas getan! Und Sie sollten sich bessere Theorien ausdenken.«

Mit diesen Worten stolzierte er hinaus.

»Also hat Herman es Ihnen erzählt?«

Zum ersten Mal, seit ich Greta kannte, wirkte sie nicht, als hätte sie ein Drehbuch zu ihren Gunsten, dem sie folgte, um ihre Rolle einer Diva zu erfüllen. Sie wirkte verletzlich wie ein gewöhnlicher Mensch, als sie uns jetzt aus großen braunen Augen ansah, eine gesprungene Teetasse in den Händen.

»Das hat er«, antwortete mein Partner. »Waren diese heimliche Ehe und Schwangerschaft der *Fehler*, von dem Sie in Ihrem Gespräch mit Herman sprachen?«

»Nein«, erwiderte Greta fest. »Ich liebe meinen Mann und meine Tochter. Mein Fehler war, nicht von Anfang an zu ihnen zu stehen. Die Presse liebt es, wenn man ein glamouröses, ein skandalöses oder ein geheimes Liebesleben hat. Außerdem kann sie sich wie die Geier auf das private Umfeld stürzen. Ich wollte mein Mädchen von all dem fernhalten, was das Filmgeschäft zu einem schrecklichen Ort macht, und gleichzeitig meinen Platz im Scheinwerferlicht behalten. Aber eigentlich kann es mir all das nicht wert sein, so viel von ihnen getrennt zu sein.« Greta seufzte. »Vielleicht ist es gut, wenn die Öffentlichkeit davon erfährt – oder wenn ich mein jetziges Leben aufgebe, um bei ihnen zu sein.«

»Oh, Sie wollen das Filmgeschäft verlassen?«

»Vielleicht drehe ich noch einen letzten Film, der nicht dieser hier ist«, erwiderte Greta. Sie lächelte nicht, und trotzdem war da eine Art Licht in ihren Augen. »Aber wenn ich gehen muss, gehe ich.«

»Das ist sehr schade, Miss Wodzińska.«

Greta schüttelte den Kopf. »Mrs. Joseph Carrington sollte

es heißen, auch wenn mich seit dem Standesbeamten niemand so genannt hat.«

»Ärgert es Sie, dass in Ihrem vielleicht letzten Film nur eine halbe Rolle für Sie blieb?«, übernahm ich die Befragung.

»Absolut«, antwortete Greta sofort. »Aber für wie glaubwürdig halten Sie es, dass ich dafür meine Co-Schauspielerin niederschlage und den Drehbuchautor ermorde? Ich möchte eine Lösung finden, wie meine Tochter nicht nur bei ihrem Vater aufwächst. Da wäre es reichlich kontraproduktiv, den Strick zu riskieren.«

Das leuchtete mir ein. »Stattdessen haben Sie Herman Hughes erpresst.«

»Ich wollte ihn nie erpressen. Ich fühlte mich nur verpflichtet, wenigstens einen solchen Mann am Film mit seinen Vergehen zu konfrontieren, da ich die Macht erreicht habe, die viele der Frauen auf der Couch nie erlangen konnten. Erst, als er mich zurückerpressen wollte, habe ich mich darauf eingelassen, um selbst die Kontrolle über meine Entscheidungen zu haben.« Greta lächelte schmal. Es war ein warmes Lächeln, nicht das breite Strahlen, das sie auf den Filmplakaten zeigte – ein echtes Lächeln.

»Haben Sie denn ein Alibi für die Zeit nach dem Ende der Stellprobe, als Miss Barley draußen niedergeschlagen wurde?«, fragte Clifford.

»Ein sehr spannendes Gespräch mit Reverend Miller über die Buntglasfenster in der Kirche. Dann habe ich der letzten Einstellung zugesehen. Bestimmt hat mich jemand bemerkt, es sind schließlich immer alle Blicke auf mir.« Greta nippte an ihrem Tee.

»Vielen Dank.«

»Nichts zu danken, Mr. Walker.«

»Jemand muss lügen«, murmelte Clifford, als Greta uns allein gelassen hatte. »Denn wenn wir nichts übersehen haben und alle die Wahrheit gesagt haben, auch bezüglich der Alibis, dann hätten wir *keine Verdächtigen mehr*.« Er sah mich Hilfe suchend an, doch ich konnte nur bestätigend nicken.

»Lass uns Adriana anrufen. Vielleicht hat sie etwas herausgefunden oder kann uns auf die Sprünge helfen.« Clifford stand auf und führte mich wieder in das vollgestopfte Arbeitszimmer. Ich schloss die Tür, während Clifford den Hörer abnahm und der Auskunft die Telefonnummer des Goldenen Löwen nannte.

»Mr. Wright?«, sagte er dann. »Ja, ich bin es, Mr. Walker. Könnten Sie bitte Miss Shilling an den Apparat holen?«

Ich stellte mich dicht neben Clifford. Er beugte sich herunter und hielt den Hörer zwischen uns, sodass ich mithören konnte.

Nach nur wenigen Augenblicken erklang Adrianas Stimme. »Hallo! Seid ihr da? Mich kann niemand belauschen, ich bin in dieser gläsernen Telefonkabine.«

»Hast du etwas herausgefunden?«

»Für die Nachricht wurde eindeutig Berts Schreibmaschine verwendet. Man sieht das an den abgenutzten E-s.

Und die Maschine wurde gründlich abgewischt, nicht einmal Berts Fingerabdrücke sind noch darauf. Dr. Leonard hatte anscheinend ein wichtiges Telefonat mit einem Kollegen zu der Zeit, als Eliza niedergeschlagen wurde. Mr. Wright hat ihn gesehen, wie er hier unten stand. Ich weiß nicht, ob es zeitlich genau zusammenpasst, aber es ist eigentlich ein Alibi.«

»Alles klar.« Clifford erzählte in wenigen Sätzen, was bei den Befragungen herausgekommen war.

»Aber das bedeutet ja, dass uns entweder jemand angelogen hat oder wir etwas übersehen haben.«

»Genau das ist das Problem«, bestätigte ich. »Niemand hat Motiv, Mittel und Gelegenheit zu beiden Taten. Es wäre höchstens möglich, dass der Angriff auf Eliza nichts mit Bert zu tun hat, weder im Falle des Motivs noch im Falle des Täters, aber das *will* ich einfach nicht glauben.«

»Dieser ganze Fall ist merkwürdig.« Clifford schnippte eine Büroklammer vom Schreibtisch. »Wir gehen ja davon aus, dass der Täter etwas gegen den Film gehabt haben muss, weil die Produktion durch diese Tat Schaden nimmt, auch wenn das vielleicht nicht das Hauptmotiv war. Aber warum sind die Opfer dann nicht Franz, Clyde oder – entschuldige – du, Adriana?« Er richtete sich auf und ich zupfte ihn am Ärmel, damit er sich mit dem Hörer wieder auf meine Höhe begab. »Greta meinte ja, es wäre sinnlos, den Drehbuchautor zu ermorden, nachdem der sein Drehbuch schon geschrieben hat. Es *ist* auch sinnlos. Und auch Eliza ist nicht einmal Schauspielerin vor der Kamera. Der Dreh könnte notfalls auch ohne sie auskommen. Also ist es eindeutig keine Sabotagetat, aber sie hat trotzdem einen Sa-

botageeffekt. Ich blicke durch diese Motivgeschichte nicht
mehr durch!«

»Vielleicht *wollte* jemand ja Clyde als Hauptdarsteller um
die Ecke bringen und es hat nur nicht funktioniert«, entgegnete Adriana. »Es kann sein, dass wir zu Bert-fixiert
sind.«

Ich holte mein Zigarettenetui hervor und zündete mir
eine Zigarette an – die vorletzte, die ich noch bei mir hatte.
Wir mussten diesen Fall schleunigst lösen, ehe ich alles
nicht mehr ertragen konnte, Abstand suchen, absinken,
abdriften würde.

»Oder wir sind nicht Bert-fixiert *genug*«, entgegnete Clifford, die Stirn in Falten. »Etwas müssen wir doch vergessen
haben … Wer wollte Bert und Eliza schaden?«

»Marietta«, antwortete Adriana sofort.

»Mari –« Cliffords Gesicht hellte sich auf. »*Marietta!*
Adriana, du bist genial! Eliza hat Marietta für Bert verlassen. Bingo, ein Mordmotiv für beide Taten. Und wir
haben sie vernachlässigt, weil sie zur Crew gehört! Wartet,
ich versuche, alles zusammenzukriegen.« Er raufte sich
die Haare. »Hört zu. Eliza und Marietta sind ein Paar,
doch dann begegnet Eliza Bert, der sie schon seit langem
verehrt, vielleicht etwas zu sehr. Eliza lässt Marietta fallen
und versichert Bert ihre Treue – das haben wir schrift-
lich! – und schließlich verloben sich die beiden. Marietta
hat zugegeben, Bert zu hassen – wahrscheinlich, weil er
ihr Eliza weggenommen hat. Sie schmiedet einen Rache-
plan. Aus Gracies unverschlossenem Zimmer holt sie das
Medikament, schleicht sich in die Küche und friert es in
die Eiswürfel ein. Damit ermordet sie Bert. Dann greift

sie Eliza an, aber schlägt nicht fest genug zu, weil sie nicht genug Kraft hat –«

»Oder weil sie Eliza noch liebt!«, rief Adriana dazwischen. Es knisterte in der Leitung, als könnte die Begeisterung unserer Freundin durch den elektrischen Impuls auf uns überspringen. »Und noch was zum Motiv! Bert und Eliza konnten ein Verhältnis haben, das für Eliza und Marietta so nie möglich gewesen wäre, weil – na ja. Und deswegen war Marietta neidisch. Und der Strick in Berts Zimmer, mit dem er vielleicht jemanden beseitigen wollte, wie es Eliza gesagt hat. Was, wenn Bert damit Marietta meinte, weil er sie als Bedrohung für sein Glück mit Eliza sah? Und dann kam sie ihm zuvor und hat ihn ermordet. Ha! Fall gelöst!«

»Puh!« Clifford wischte sich den Schweiß von der Stirn. »Laurentius, hast du noch Einwände?«

Ich seufzte und nahm die Zigarette aus dem Mund. »Eine gute Theorie, aber sie lässt einiges außer Acht.«

»Mach es doch nicht kaputt!«, rief Adriana. »Meine schöne Lösung!«

»Die Lösung muss allerdings stimmen, und ich denke nicht, dass das der Fall ist«, erwiderte ich. »Die Theorie von Neid ist unlogisch, denn Mariettas und Elizas Verhältnis war deutlich weniger geheim als vieles andere hier am Set. Woher hätte Marietta außerdem wissen sollen, dass sie Bert über Eiswürfel umbringen konnte? Von Gracies Medikament hätte sie erfahren können, aber sie war nie bei einem Essen dabei, und warum sollte ihr einer der Schauspieler von Berts Trinkgewohnheiten erzählen? Zusätzlich stellt sich die Frage, woher sie wusste, dass Bert sie ›im Visier hatte‹ – wenn es denn überhaupt so war. Und sie hat zwar Wut auf Bert gezeigt, aber nie auf Eliza.«

»Sie könnten sich noch lieben!«, warf Clifford ein.

»Entweder das eine oder das andere. Wenn sie sich noch lieben, hätte Marietta Eliza und Bert nicht aus Neid angegriffen. Und wenn sie sich nicht mehr lieben, hätte Marietta ihre Befragung genutzt, um schlecht über Eliza zu reden. Es passt einfach nicht, dass Marietta Bert töten *und* Eliza niederschlagen *und* sich so verhalten sollte, wie sie es bisher getan hat.«

»Aber es gibt keine andere Möglichkeit«, widersprach Clifford. »Oder willst du etwa behaupten, dass Herman den Mord begangen hat, weil er Eliza auf der Casting-Couch kennengelernt hat, Bert das über seine Leidenschaft für Eliza herausgefunden hat und Herman erdrosseln wollte, weswegen Herman schnell handeln musste und sich nachts in die Küche geschlichen hat? Was ist *deine* Theorie?«

Ich rauchte. »Nichts davon. Aber eure Spekulationen haben mich auf das gebracht, was ich bei längerem Nachdenken immer mehr für die richtige Spur halte. Ihr müsst mir einen Moment Zeit geben, aber ich denke, danach kann ich euch eine Lösung bieten.« Ich rückte meine Krawatte gerade. »Adriana, es wäre sehr freundlich, wenn du mit Dr. Leonard und Edward hierher in die Kirche kommen könntest. Ich bespreche mich in der Zeit mit Clifford, aber es scheint mir, wir können noch heute Abend auflösen. *Delenda Karthago.*«

Der Fall: Vierter Teil
Showdown

Ich atmete tief ein und aus. Noch stand ich unsichtbar zwischen den Säulen des Kirchenschiffs, verschluckt von den Schatten. Jetzt hieß es vor versammelter Menge sprechen, ein Lächeln fälschen und die Auflösung des Falls vortragen – ein *Delenda Karthago*, wie Clifford und ich es nannten, weil die Enthüllung der Identität des Mörders manchmal von ihren Ausmaßen an die Zerstörung der antiken Stadt Karthago erinnerte, die Cato der Ältere in diesem berühmten Zitat befahl.

Es war eine Auflösung vor einem größeren Kreis, als ich sie normalerweise vortrug, denn außer den Anwesenden beim Abendessen von Berts Tod waren auch Marietta, die Regieassistenten, der Vikar, Dr. McEre und das Personal des Goldenen Löwen gekommen. Beim Gedanken an die Anzahl der Augenpaare, die mich gleich fixieren würden, lief es mir kalt den Rücken herunter. Doch es war richtig so, dass ich die Lösung vortrug und nicht Clifford, denn schließlich waren es meine Gedankengänge gewesen und nicht seine. Dafür hatte Clifford den einzigen Polizisten von

Buckington herbestellt, der nun draußen vor dem Eingang der Kirche postiert war, falls jemand zu fliehen versuchen sollte. Ich hätte mir gern eine Zigarette angezündet, aber in der Kirche ging das nicht, daher zwickte ich mich nur kurz ins Handgelenk. *Delenda Karthago.* Auf in die Schlacht.

Ich trat in den zittrigen Lichtschein, den die Kerzen an den Wänden und auf dem Altar verströmten, und stellte mich vor die Versammelten, die in den Kirchenbänken saßen. Weit reichte das Licht nicht, und es war kalt in der Kirche. Hätte ich nicht gewusst, von wem die Gefahr ausging, wäre mir in dieser Atmosphäre reichlich mulmig zumute gewesen.

»Guten Abend«, begann ich. Meine Stimme hallte unangenehm laut durch das Gewölbe. Ich stand auf der obersten Stufe der Treppe zum Altarraum und damit leicht erhöht. Mein Schatten war durch die Kerzen hinter mir grotesk in die Länge gezogen und fiel verzerrt die Stufen vor mir herab in den Mittelgang. Ich straffte die Schultern. »Es tut mir leid, dass ich Sie so spät noch um Ihre Aufmerksamkeit bitten muss. Aber leider kann das hier nicht warten. Ich möchte Ihnen erklären, wer Bert Wallace getötet hat und warum.«

Langsam ließ ich meinen Blick über die Anwesenden schweifen. In der ersten Reihe saßen Adriana und Franz, die mich gebannt beobachteten, wenn auch aus unterschiedlichen Gründen – Franz war angespannt, doch Adriana wusste, wen ich gleich anklagen würde. Jackie saß mit ausgestreckten Beinen in der Kirchenbank dahinter, hatte die Daumen unter die Hosenträger geschoben und sah mich aufmerksam an. Edward saß am äußeren Rand in den

Schatten und hielt den Kopf gesenkt, sodass ich nur seine blonden Locken im Dämmerlicht erkennen konnte, nicht aber sein Gesicht. Gracie thronte in der Bank hinter ihm, als hörte sie nicht zu und als bräuchte sie das alles nicht zu interessieren. Herman neben ihr sah aus, als wüsste er nicht, warum genau er hier war. Die Mitglieder der Crew und das Personal des Goldenen Löwen sahen ähnlich drein. Clyde lümmelte betont lässig in einer Bank auf der anderen Seite des Gangs, Clarences Miene war nicht zu deuten und Eliza lehnte mit bandagiertem Kopf und geschlossenen Augen an einer Säule am äußeren Ende der Bankreihe. Ich suchte Cliffords Blick, doch er stand zu weit hinten im Dunkeln, als dass ich ein aufmunterndes Lächeln von ihm hätte sehen können.

»Lassen Sie mich wiederholen, was wir bereits wissen, um alle Anwesenden auf den gleichen Stand zu bringen«, fuhr ich fort. »Mr. Wallace, der Verfasser des ursprünglichen Drehbuchs für diesen Film, wurde beim Abendessen vergiftet. Das geschah gestern, am Dienstag, den 20. März. Die tödliche Substanz war in die Eiswürfel eingefroren, die in seinem Getränk schmolzen, ihn betäubten und schließlich umbrachten. Mr. Redford hatte ebenso viele Eiswürfel in seinem Glas, überlebte jedoch den Angriff, da er das Wasser schneller trank und die Dosis für ihn im Verhältnis zu seiner Körpermasse geringer war. Es handelt sich bei dem Gift um ein Beruhigungs- und Schlafmittel, das Miss Bernardi bekanntermaßen einnimmt und in ihrem meist unverschlossenen Zimmer aufbewahrt. Die Eiswürfel werden in Formen im Keller des Goldenen Löwen hergestellt. Jeder konnte sich nachts dort herunterschleichen und das

Wasser in den Formen durch eine andere klare Flüssigkeit ersetzen. Nur Mr. Wallace und Mr. Redford tranken ihr Wasser für gewöhnlich mit Eis, immer genau drei Würfel.« Ich rückte meine Krawatte gerade. »Des Weiteren, ob in Verbindung dazu oder nicht, wurde Eliza Barley heute Nachmittag während des Drehs hinter die Kirche gelockt und dort niedergeschlagen.«

Niemand sagte ein Wort. Bei manchen *Delenda Karthagos* wurde ich ständig unterbrochen, aber dieses hier würde ich offenbar vor einem schweigenden Publikum vollziehen. Das war besonders durch das leichte Echo meiner Stimme in der großen Kirche etwas unangenehm.

»Um diesen Fall zu lösen, sollten wir uns zunächst einmal dem Opfer widmen.« Ich schluckte. »Bert Wallace war am Film nicht sonderlich beliebt. Es gefiel ihm nicht, dass seine Version des Textes umgeschrieben worden war und von einem jüdischen Einwanderer aus Deutschland verfilmt wurde. Die Hauptrollen gingen an eine Theaterschauspielerin ohne Filmerfahrung und an einen Amerikaner, der in Hollywood mit seinem letzten Film den Moralkodex verletzt hatte und deswegen vor Gericht stand. Weitere Rollen wurden übernommen von Miss Wodzińska«, diese Aussprache hatte ich mit Cliffords Hilfe noch extra geübt, »Jackie Fox, Miss Bernardi und Mr. O'Malley. Mr. Wallace ließ es sie spüren, wie wenig er ihnen ihre Rollen gönnte. Vielleicht wäre das ein Grund gewesen, ihn zu töten – vielleicht. Doch der wahre Grund war ein anderer.«

Auch jetzt blieben die Gesichter vor mir unbewegt. Es waren nun einmal größtenteils professionelle Schauspieler, die verhindern konnten, dass ihre Gesichter sie verrieten.

»Denn wir wussten nicht alles über Bert Wallace.«

Zitterte meine Stimme, oder war das nur das Echo im Gewölbe?

»Ich weiß nicht, ob jemand unter Ihnen Mr. Wallaces Originalfassung des Drehbuchs kennt. Ich habe sie gelesen. Dort wird die Protagonistin Rosalie für ihren Freigeist bestraft und gibt sich dem einen Mann hin, der sie den ganzen Film lang verfolgt hat, scheinbar aus Liebe. Diese Hauptrolle hatte Bert seiner geliebten Miss Barley zugedacht. In seinem Zimmer befindet sich ein Umschlag voller Fotos und Artikel über sie, die er gesammelt hatte, als diese Frau noch eine Fremde für ihn war. Obwohl sie letztendlich nur eine kleine Rolle in seinem Film bekam, ging er in London mit ihr aus, verlobte sich mit ihr und begleitete sie zum Dreh, obwohl ihn dort keine Aufgabe mehr erwartete.«

Ich machte eine Pause.

»Für manche mag das Zeugnis einer großen Liebe sein, doch es ist mindestens genauso sehr ein Zeugnis von Fanatismus. Bert Wallace hat seine Auserkorene beschattet, über sie geschrieben, ihre Bilder gehortet. Er war kein Bewunderer, sondern ein Verfolger. Er wollte, dass sie ihm gehört, war besessen von ihr. Und deswegen haben Sie ihn getötet, nicht wahr – Miss Eliza Barley?«

Alle Köpfe fuhren zu Eliza herum. Sie hatte die Augen geöffnet und richtete sich schwerfällig auf. »Was? Was soll das sein? Ich habe Bert umgebracht?«

Ich straffte die Schultern. »Sie liebten Bert sehr demonstrativ, Miss Barley, solange er lebte – aber nach seinem Tod konnten Sie nicht so sehr trauern, wie Sie ihn zuvor zu lieben vorgegeben hatten, noch verteidigten Sie ihn gegen all die Anschuldigungen. Aber das allein wäre vielleicht nicht verdächtig gewesen, hätten Sie nicht den Anschlag auf Ihre Person fingiert.«

»Das war *geschauspielert*?«, rief Jackie aus.

»Natürlich nicht.« Elizas Hand wanderte unwillkürlich zu ihrem Kopfverband nach oben. »Ich habe Ihnen doch erzählt, was passiert ist, Mr. Newcombe, Mr. Walker hat mich selbst untersucht –«

»Das ist es gerade«, unterbrach ich sie. »Ihre Wunde hat viel stärker geblutet, als es hätte sein sollen, weil Sie sich die Verletzung selbst zugefügt und anschließend reichlich falsches Blut aus der Filmrequisite genutzt haben, um einen Überfall zu suggerieren. Deswegen war die Wunde nicht tief genug, und aus einer zweistündigen Bewusstlosigkeit wären Sie nicht durch einmal Ansprechen wieder zu wecken gewesen. Außerdem lagen Sie mit dem Gesicht nach unten im Gras – nach einem Schlag vor die Stirn wären Sie allerdings hintenübergefallen, und Ihr Hut wäre nicht so weit weggesegelt. Aber vor allem haben Sie laut Ihren eigenen Angaben die Kirche wieder verlassen, um Ihren Schal aus dem Kostümzelt zu holen. Das Zelt steht außerhalb des Friedhofs, und das Tor befindet sich auf der Seite der Kirche, deren Seitentür quietscht.«

Clifford öffnete die besagte Tür. Ich konnte ihn nicht sehen, weil es dort zu dunkel war, doch das Quietschen hörten wir alle.

»Dieser Ton ruinierte die laufende Filmaufnahme, als Miss Woods, Miss Barley und die restliche Belegschaft der Stellprobe in die Kirche hineinkamen – aber er ertönte kein zweites Mal. Folglich haben Sie die Kirche durch die andere

Seitentür verlassen, die vom Friedhofstor aus gesehen auf der Rückseite der Kirche liegt. Die einzige Erklärung, warum Sie die Kirche durch diese Tür verließen, ist die, dass Sie nie zum Kostümzelt gingen.«

»Aber ich habe dort den Zettel gefunden.« Eliza klang völlig verzweifelt. »Glauben Sie mir doch!«

»Die Nachricht haben Sie selbst mit Bert Wallaces Schreibmaschine geschrieben«, entgegnete ich kalt. »Sie verließen die Kirche, versteckten sich im Nebel hinter den Eiben und schminkten sich die Wunde. Dort warteten Sie, bis Sie uns im Dunkeln und im Nebel nach Ihnen rufen hörten, und warfen sich dann auf die Erde. Mein Partner und ich erkannten nicht sofort, dass der Anschlag eine Finte war, durch die Sie als Opfer statt als Täterin dastehen sollten. Doch sobald wir uns dessen bewusst wurden, erkannten wir Ihr Motiv.«

Eliza antwortete nicht, sondern saß nur mit halb offenem Mund da, eine Miene vollkommenen Unglaubens auf ihrem Gesicht.

»Am Tag vor dem Mord begegneten Sie Miss Bernardi, die gerade an ihrem Fläschchen mit Beruhigungsmittel nippte. Sie erkannten, dass noch genügend vorhanden war, um jemandem eine tödliche Dosis zu verabreichen. Daraufhin entwendeten Sie etwas davon aus Miss Bernardis Zimmer, was ihr nicht auffiel, da eine zweite Person mit Miss Bernardis Einverständnis von dem Medikament nehmen darf. Namen tun in dem Fall nichts zur Sache.«

Ich sah, dass Gracie jetzt aufrechter und angespannter dasaß als vorher. Edward hatte den Kopf noch immer nicht gehoben.

»Sie kannten Berts Vorlieben und wussten sicher, dass er sein Wasser mit Eis trinken würde. Vielleicht wussten Sie auch, dass Bert so etwas wie ein schwaches Herz oder Kreislaufprobleme hatte, wodurch das Mittel stärker auf ihn wirken würde als auf andere, die ebenfalls Eiswürfel nehmen sollten. In der Nacht schlichen Sie sich in die Küche und tauschten die Flüssigkeit, nur um am nächsten Tag wie gehabt die Rolle der devoten Geliebten zu spielen - damit jeder noch einmal sehen konnte, wie sehr Sie ihn angeblich vergötterten, ehe Sie frei von ihm sein würden.« Ich sah Eliza direkt an und versuchte, alle mir zur Verfügung stehende Autorität in diesen Blick zu legen. »Gestehen Sie den Mord?«

Eliza richtete sich auf. »Solche grundlosen Anschuldigungen verbreiten Sie doch nur, damit niemand erfährt, was *Sie* an diesem Filmset getan haben«, verkündete Sie mit erstaunlich klarer Stimme. »Warum erzählen Sie uns nicht, was zwischen Ihnen und Mr. Leonard vor dem Friedhof vorgefallen ist?«

Mir gefror das Blut in den Adern.

Verflucht. Wie hatte sie das herausgefunden? War sie uns gefolgt oder hatte sie zufällig unser Gespräch mit angehört? Ich wagte es nicht, Clarence anzusehen, und hoffte gleichzeitig, dass er nichts sagen würde. Sollte ich die Anschuldigung einfach ignorieren und mit dem Delenda Karthago fortfahren?

Doch ehe ich etwas sagen konnte, war plötzlich Adriana neben mir. »Meinen Sie, dass es klang, als würden die beiden einen Plan aushecken? Mr. Newcombe wollte nur von Mr. Leonard wissen, wie er sich am besten mit mir versöhnen kann! Wir hatten uns gestritten, ehe ich zum Dreh gefahren bin, aber zum Glück hat es genügt, ein wenig Abstand voneinander zu haben, und wir brauchten Dr. Leonards Ratschlag gar nicht mehr!« Dann legte sie mir theatralisch eine Hand auf die Brust und küsste mich vor versammeltem Publikum auf die Wange.

Ich war viel zu irritiert, um mich zu rühren. »Adriana …«, brachte ich entsetzt hervor.

»Tut mir leid, ich weiß, du zeigst nicht gern in der Öffentlichkeit, was für ein lieber Kerl du bist, aber man kann dir doch nicht einfach etwas unterstellen!« Adriana strahlte mich an und knuffte mich gegen die Schulter. Warum verteidigte sie mich gerade? »Aber mach ruhig weiter mit deiner Auflösung.«

Mir blieb nichts anderes übrig, als mitzuspielen. »Natürlich, Adri.« Der Spitzname ging mir überraschend leicht von der Zunge. »Wir sprechen uns später.« Als sie die Stufen wieder hinunterhüpfte, fixierte ich meinen Blick wieder auf Eliza. »Ich wollte wissen, ob Sie gestehen.«

»Sie wissen doch selbst, dass diese *Lösung,* die Sie da gerade vorgetragen haben, nicht stimmt.« Eliza bedachte mich mit einem Todesblick.

»Selbstverständlich stimmt sie nicht«, erwiderte ich.

»Da haben Sie's.«

»Es ist nicht die Wahrheit, weil ich noch nicht fertig bin. Sie haben die Tat nämlich nicht allein verübt. Zur Antwort gehört auch Ihre wahre Geliebte, nämlich Marietta Cook!«

Jetzt sprang Eliza auf. »Was wagen Sie –!«

Doch von weiter hinten aus den Reihen schnitt ihr Marietta das Wort ab. »Lass ihn reden! Ich will hören, was das soll.«

Ich atmete tief ein und aus, um ruhig und gelassen zu klingen. »Mr. Wallace begehrte Miss Barley und setzte alles daran, sie zu bekommen. Er schrieb ihr das Drehbuch, um sie so zu sich zu holen. Doch als sie tatsächlich für eine Rolle in seinem Film ausgewählt wurde, fand er heraus, dass sie jemand anderen liebte – und nicht nur das: Dieser Jemand war eine Frau. Fragen Sie mich nicht, *wie* Mr. Wallace das herausgefunden hat, aber mir scheint, als hätte es nichts gegeben, was er nicht über Miss Barley in Erfahrung bringen konnte. Zwar gab Miss Barley Miss Cook angeblich zu Mr. Wallaces Gunsten auf, aber dies geschah nur aus Angst. Denn Bert Wallace würde nicht zulassen, dass jemand zwischen ihm und dem, verzeihen Sie mir, Objekt seiner Begierde stand. Es zeichnete sich bald ab, dass er Miss Barley dauerhaft für sich allein haben wollen würde – er verlobte sich so schnell wie möglich mit ihr, kam mit zum Dreh, bewahrte einen Strick in seinem Zimmer auf und hatte angeblich jemanden im Visier.«

Ich hielt meine rechte Hand vor mich, die Handfläche nach oben, als würde ich dem Publikum die Lösung auf einem metaphorischen Silbertablett servieren. »Also verbündeten sich Miss Barley und Miss Cook, um die eine zu befreien und die andere zu schützen – wenn das nicht schon lang vorher der Plan war. Miss Barley spielte die Geliebte und erlangte Einsicht in Berts Gewohnheiten und Gedanken. Dafür vergiftete Miss Cook nachts die Eiswürfel. Das weiß ich, weil ich sie selbst zurückkommen hörte und im Gang überraschte. Ich wurde jedoch von ihr in die Irre geführt, als sie mich auf Mr. Hughes aufmerksam machte, der kurz nach ihrer Rückkehr sein Zimmer verlassen hatte und nach unten gegangen war, wenn auch aus anderen Gründen. Und Miss Barleys fingierter Anschlag hätte niemals so überzeugend gewirkt, hätte die Wunde nicht so echt ausgesehen – dadurch, dass sie von einer professionellen Maskenbildnerin geschminkt wurde. Es war genau so geplant, dass keine der beiden allein zuverlässig hätte verurteilt werden können, weil sie alles gemeinsam planten und die einzelnen Schritte der Tat untereinander aufteilten. In diesem Zuge ist es auch kein Wunder, dass es trotz des angeblichen Bruchs nie Streit zwischen den beiden gab, sie hatten sich ja nie wirklich getrennt.« Ich wandte mich an Eliza. »Miss Barley, gefällt Ihnen diese Lösung besser?«

»Keine Bewegung!«, rief Marietta plötzlich. Sie war aufgesprungen und stand jetzt im Mittelgang der Kirche, einen Revolver in den Händen, den sie zwischen mir und Clifford bei der Seitentür hin- und her schnellen ließ.

»Das lassen Sie mal schön bleiben, junge Dame!« Der Vikar war aufgesprungen, doch Marietta richtete blitzschnell die Pistole auf ihn und er erstarrte mit erhobenen Händen.

Auf einmal hallten schnelle Schritte durch die Kirche. Eliza hatte die Gelegenheit genutzt, um aus ihrer Bank zu schlüpfen, und war im Bruchteil eines Augenblicks bis ans Ende der Kirche gelaufen.

»Sie können uns nicht verhaften, Mr. Newcombe!«, rief sie laut, längst nicht mehr die schwächliche Verletzte, die sie zuvor gespielt hatte. »Bert war ein Verrückter! Ein widerlicher Mensch, der alles verachtet hat, was nicht seinen kranken Fantasien entsprach! Er wollte mich besitzen und Marietta aus dem Weg räumen! Es war Notwehr!«

»Es gibt immer die Polizei, Miss Barley«, antwortete ich so ruhig wie möglich. Bloß keine plötzlichen Bewegungen, sonst würde Marietta schießen.

»Hat die Polizei in einem solchen Fall jemals einer Frau Glauben geschenkt, wenn der Mann sie zu lieben beteuerte?« Elizas Stimme zitterte. »Kann ich der Polizei erzählen, dass ich mich nur mit einem Mann verlobt habe in der Hoffnung, dass er der Liebe meines Lebens nichts antut, die ich in diesem Land gar nicht lieben darf?«

Es fühlte sich falsch an, das zu sagen, was ich sagen musste. Doch als Detektiv konnte und wollte ich niemanden rechtfertigen lassen, jemandem in einem Akt der Selbstjustiz das Leben zu nehmen.

»Sie haben einen Mord begangen, Miss Barley«, sagte ich langsam. »Es war meine Aufgabe, das herauszufinden, und nicht, die moralischen Hintergründe Ihrer Tat zu beurteilen. Das ist Sache des Richters, vor den man Sie führen wird.«

Marietta ging langsam rückwärts, die Waffe noch immer vor sich. Eliza hinter ihr postierte sich neben dem Kirchenportal.

»Draußen steht Polizei, Miss Cook«, sprach ich weiter. »Sie begehen einen Fehler.«

Marietta schüttelte den Kopf. »Im Finstern und im Nebel wollen Sie uns fassen, Mr. Newcombe? Netter Versuch.« Mit diesen Worten wirbelten sie herum. Eliza riss das Portal auf und die beiden stürzten nach draußen in die Nacht.

»Ihr nach!«, rief Jackie. Jetzt kam Bewegung in die Menge, mehrere sprangen auf.

»Halten Sie sie, Wachtmeister Henson!«, schrie Clifford.

Peng.

Der Schuss krachte so laut durch die Kirche, dass die zahllosen Echos ihn wie eine Explosion klingen ließen. Alle erstarrten mitten in ihrer Bewegung, doch niemand war zu Boden gegangen, nichts hatte man splittern gehört.

»Keine Sorge«, rief Mariettas Stimme. Sie klang sehr weit weg und gedämpft durch den Nebel. »Das ist eine Platzpatronenpistole aus der Filmrequisite. Uns bekommen Sie nicht!«

Dann hörte man das Anlassgeräusch eines Motors.

»Die Filmlastwagen vor dem Friedhofstor!«, rief Clyde. »Wir müssen sie erwischen!« Er stürzte zur Tür und wir folgten ihm, drängten uns durch den Mittelgang zum Portal.

Jetzt tauchte die Gestalt eines Wachtmeisters in der Tür auf. »Es ging alles zu schnell für mich! Wir müssen ihnen nachfahren! Gibt es einen Wagen?«

»Ich habe Schlüssel!«, Franz stürzte aus der Tür, die Faust mit den Wagenschlüsseln hoch erhoben. Wir alle rannten ihm nach, den Friedhofsweg hinunter und zu den zwei Lastwagen, die noch geparkt neben dem Tor standen. Durch die Dunkelheit und den Nebel waren gerade noch die Heckscheinwerfer eines dritten Lastwagens zu sehen, der sich stetig entfernte.

»Ich kann fahren!« Greta riss die Fahrertür des größeren Lastwagens auf, die zu unserem Glück nicht verschlossen war. Franz schloss den zweiten Wagen auf und es begann eine wilde Jagd auf die wenigen Plätze. Adriana und ich endeten auf der Ladefläche des kleineren Lastwagens, nachdem Franz, Clifford und der Polizist sich ins Führerhaus gezwängt hatten. Franz ließ den Motor an und trat das Gaspedal durch.

»Ich hoffe, wir holen sie ein!«, rief Adriana über den Motorenlärm hinweg und klammerte sich an die hölzerne Seitenwand der Ladefläche, als der Wagen anfuhr und über das nasse Gras auf die Straße zuschlingerte. »Auch wenn die beiden mir leidtun, denn irgendwie waren sie mit der Tat im Recht!«

»Mit vorsätzlichem Mord ist man nie im Recht!«, schrie ich zurück. Es gefiel mir gar nicht, jetzt in einem schnell fahrenden Fahrzeug sitzen zu müssen. Nicht das. Nicht, nachdem ich meinen Kopf diesen Fall über so entschieden bekämpft hatte.

»Du bist ganz schön kaltherzig! Wir können sie doch auch entkommen lassen und so tun, als wären sie zu schnell gewesen!«

»Das kann ich mit meiner Detektivehre nicht verantworten!«

»Kannst du es denn verantworten, eine Frau ans Messer zu liefern, die keinen anderen Weg wusste, um ihren Verfolger loszuwerden?«

Franz lenkte den Lastwagen in einer scharfen Kurve auf die Straße. Ich verlor meinen Halt, rutschte über die Ladefläche und stieß etwas unsanft mit Adriana zusammen.

»Halt dich an mir fest!«, befahl sie.

Ich versuchte, nicht auf die Häuser und dann die Bäume neben uns zu sehen, die mir verrieten, wie entsetzlich schnell wir fuhren, deswegen sah ich Adriana an. »Was sollte das eben in der Kirche?« Alles, nur nicht daran denken, was sein würde, wenn der Wagen schlingerte, die Räder ihren Halt verloren, das Metall sich verbog, die Scheinwerfer splitterten, man nach vorn geworfen wurde …

Adriana lachte. »Ich habe vorhin Dr. Leonard befragt, um mich als ehemalige – na ja, was auch immer ich für dich gewesen bin, zu erkundigen, warum ihr einander immer so anschaut, wie du sonst nur mich angeschaut hast.«

Ich ließ sie sofort los. »Du hast *was*?«

»Festhalten!« Adriana packte mich beim Handgelenk. Unsere Gesichter waren nur wenige Zentimeter voneinander entfernt. »Er hat zugegeben, dass *seine* Gedanken dir gegenüber unter Umständen *meinen* Gedanken dir gegenüber entsprochen haben könnten. Schau nicht so entsetzt, ich werfe dir nichts vor. Manchmal passieren Dinge. Mir ist *Clyde Redford* passiert. Wenigstens weiß ich jetzt, dass sich für dich vernünftige Leute interessieren und für mich nur Idioten. Aber du bist eigentlich ein guter Kerl und ich wollte nicht, dass Eliza dir sonst was ankreidet. Verrate mir nur eins«, sie packte mich noch fester, »hast du mich abserviert, weil ich eine Frau bin?«

Ich wollte diese Konversation nicht führen, nicht jemals, nicht mit Adriana und nicht auf der Ladefläche eines Lastwagens, der die zulässige Höchstgeschwindigkeit weiter hinter sich gelassen hatte, als ich mir vorstellen konnte. Aber ich hatte keine andere Wahl, weil ich mich diesem Gespräch nicht entziehen konnte, es sei denn durch einen Sprung von der Ladefläche auf die Fahrbahn.

»Nein!«, rief ich über das Aufheulen des Motors hinweg. »Wenn du es genau wissen willst – ich habe Dr. Leonard genau dasselbe erzählt, was ich dir erzählt habe. Romanzen sind von mir nicht zu erwarten und ich lasse mich auch nicht umstimmen.«

»So so.« Adriana hielt mein Handgelenk immer noch fest. »Dann bin ich ja mal froh, dass es nicht an mir liegt.«

»Könntest du eventuell Clifford gegenüber nicht erwähnen, was Dr. Leonard …«, ich rang nach Worten, »… über mich gesagt hat?«

»Dass er ein bisschen mit dir geflirtet hat?« Adriana lachte. »Himmel, Laurentius, ich arbeite am Theater. Ich habe das nicht zum ersten Mal gesehen und behalte das gern für mich. Aber du solltest im Gegenzug aufhören, Clifford für sein Verhältnis mit Elaine zu verurteilen, schließlich kann es mal passieren, dass ein Mordverdächtiger gut aussieht.«

Ich wollte antworten, um ihr zu danken, doch dann geschah es.

Reifen quietschten. Ein ohrenbetäubendes Krachen. Brechendes Metall, splitternde Scheinwerfer, ein gellender Schrei. Franz bremste und Greta am Steuer des Wagens hinter uns tat dasselbe. Wir kamen zum Stehen.

Nein. Nein. Nein nein nein nein nein nein …

Adriana neben mir sprang von der Ladefläche, doch ich blieb sitzen. Wie in Trance hörte ich die Rufe. »Sie haben einen Baum erwischt!« – »Oh Gott, das sieht böse aus, die ganze Windschutzscheibe ist zerschlagen!« – »Miss Barley! Miss Cook!« – »Wir brauchen polizeiliche Verstärkung und einen Krankenwagen!« – »Leben sie noch? Können wir sie retten?«

Doch die Antwort auf die letzte Frage erfuhr ich nicht.

Denn dieser Ausruf war das Letzte, was ich noch hörte, ehe ich in Ohnmacht fiel.

Als ich wieder zu mir kam, lag ich auf meinem Bett im Goldenen Löwen, ein Kissen unter dem Kopf und eins unter den Beinen. Ich spürte, dass ich zitterte und dass mein Gesicht nass war – Schweiß oder Tränen? Was war geschehen?

Nur langsam kehrten die Erinnerungen zurück. *Oh Gott. Das Auto.*

»Du bist wach!«, Clifford beugte sich über mich. »Hier. Kannst du Wasser trinken?« Er hielt mir ein Glas an die Lippen.

Ich hob die Hand und versuchte, das Glas zu greifen, doch meine Hand zitterte zu sehr. *Glas. Splitternde Scheinwerfer, man wird nach vorn geworfen, der Kopf schlägt gegen den Sitz und dann ist da Blut, überall Blut und Scherben …*

»Das Auto …«, flüsterte ich.

Clifford stellte das Wasser weg. »Ich weiß.«

Ja. Er wusste. Nicht alles, aber er wusste genug. *Er weiß von der glatten Straße, den quietschenden Reifen und dem verbogenen Metall, den Überlebenden …* Ich öffnete den Mund, doch ich brachte keinen Ton heraus.

»Wir haben dich zurückgefahren«, sagte Clifford, als hätte er meine Gedanken gelesen. Jetzt erkannte ich, dass er neben mir auf der Bettkante saß. »Ich habe allen erzählt, dass du dir bei der scharfen Bremsung den Kopf angeschlagen hast, also wird niemand Fragen stellen.«

Die Bremsung. Beim bloßen Gedanken an scharf bremsende Autos wurde mir übel. *Manchmal bremst man zu scharf. Manchmal gibt es jemanden, der nicht mehr aussteigen kann …*

Ich zwang mich, gedanklich zu den Ermittlungen zurückzukehren, damit ich nicht in Tränen ausbrach. »Was ist mit den beiden?«, fragte ich. Meine Zunge fühlte sich entsetzlich schwer an.

»Marietta und Eliza, meinst du? Wir haben sie aus dem Auto geholt und es kam ein Krankenwagen, der sie mitgenommen hat. Ich weiß nicht, ob sie überleben werden und ob man sie danach verurteilen wird.«

Ein Zittern durchlief mich. Meine Zähne begannen, aufeinanderzuschlagen. *Ob sie leben. Ob sie leben. Das Blut auf den Sitzen.*

Clifford griff nach meiner Hand und hielt sie fest. »Alles in Ordnung. Du musst niemandem etwas erklären. Adriana bestätigt meine Geschichte, dass du dir den Kopf angeschlagen hast. Es ist so schön, dass ihr euch wieder vertragen habt.«

Aber Adriana wusste nicht, warum mich der Unfall aus der Bahn warf. Sie würde fragen. Ich würde nicht antworten können. Ich würde nicht mehr schlafen, nicht mehr aufstehen können, alle meine Bemühungen waren umsonst gewesen …

»Karthago ist zerstört worden«, flüsterte ich. Ich musste an den Fall denken. Ich durfte nicht nachgeben, nicht hier liegen, Clifford nicht meine Hand nehmen lassen …

»Exakt. Und es macht dich zu keinem schlechteren Detektiv, dass du ein Mensch bist und deswegen leider nicht mitbekommen hast, was danach passiert ist. Manchmal wäre es besser, unsere Vergangenheit würde uns niemals in die Arbeit hineingrätschen, aber so ist das Leben nicht.« Clifford lächelte.

In diesem Moment hätte ich heulen können. Ich hatte Clifford nicht verdient. Ich hatte Adriana und Clarence nicht verdient. Ich hatte dieses Lob nicht verdient, denn die meiste Zeit war ich ein größeres seelisches Wrack als die Mörder, die ich der Polizei übergab. Aber die Tränen kamen nicht. Ich spürte nur, dass mir der Schweiß im Nacken herunterlief, dass mein Atem stoßweise kam. Vor meinem inneren Auge tanzten Bilder, die ich nicht einmal dann in Worte hätte fassen können, wenn ich es gewollt hätte.

»Ich soll dir übrigens zwei Nachrichten weiterleiten«, fuhr Clifford fort. »Sie liegen auf deinem Nachttisch. Adriana entschuldigt sich für ihre, Zitat: *passiv-aggressiven Briefe*. Und Dr. Leonard hat mir aus irgendeinem Grund seine Visitenkarte gegeben.«

Und trotzdem waren andere für mich da. Ich tat alles in meiner Macht Stehende, um sie wegzuschieben, damit sie mir nichts bedeuteten, damit ich ihnen nicht nachtrauern musste, wenn die Bremsen quietschten, das Metall sich kreischend verbog und die Lichter Scherben hagelten wie ein dornenscharfer Regen. Trotzdem interessierte sich jemand dafür, dass ich nicht einsam und allein in einem dunklen Loch versank.

Ich wusste nicht, ob das eine Tragödie oder eine Katastrophe war.

»Danke, Clifford«, sagte ich leise und zog meine Hand aus seiner.

»Nichts zu danken.« Er schmunzelte. »Soll ich noch bleiben?«

»Nein. Du kannst gehen.«

Er nickte und erhob sich. »Ich schaue noch einmal vorbei, bevor ich schlafen gehe, wann auch immer das ist.«

Ich nickte schwerfällig. Er verließ den Raum.

Mühsam richtete ich mich auf und griff nach dem Wasserglas, trank in gierigen Zügen. Sofort sprangen mir die beiden Nachrichten ins Auge, von denen Clifford gesprochen hatte: eine handgeschriebene Notiz von Adriana und eine elegant bedruckte Visitenkarte von Clarence. Vorsichtig setzte ich mich auf und nahm die beiden Papierstücke zur Hand, hielt sie ins Lampenlicht.

Vielleicht würde ich eines Tages zulassen, dass jemand für mich da war. Doch es brauchte mehr als eine Nacht, um das zu ändern.

»Verzeiht mir«, seufzte ich.

Dann nahm ich ein Streichholz von meinem Nachttisch, entfachte es und ließ die Flamme lodern.

Abspann
Danksagung und Anmerkungen

Vieles an diesem Buch ist fiktiv - die Handlung, der Film *Ein Mädchen im Rampenlicht,* die Figuren und der Kriminalfall. Aber in *Mord! Klappe, die erste* steckt auch einiges an echter Filmgeschichte, was ich noch näher erläutern möchte.

Die Umstellung vom Stummfilm zum Tonfilm brachte zahlreiche Änderungen mit sich, wie sie auch von den Figuren angesprochen werden. So wurden anstatt etablierter Stummfilmstars vermehrt Theaterschauspielerinnen wie Adriana gecastet. Filme wurden vermehrt britisch-amerikanisch besetzt und es entwickelte sich der für Schwarz-Weiß-Filme typische *transatlantic accent.* Regisseure verloren einen großen Teil ihrer künstlerischen Freiheit, da die Produktion stark von den Filmstudios kontrolliert wurde. Und das beliebteste Filmgenre im England der 1930er waren romantische Musical-Komödien - *Ein Mädchen im Rampenlicht* hätte gut dazu gepasst.

Ab dem Ende der Stummfilmzeit unterlagen Filme, besonders in den USA, verschiedenen *production codes.* Diese regelten bzw. verboten unter anderem die Darstellung von Gewalt, sexuellen Inhalten oder Anspielungen sowie möglicherweise blasphemischen oder staatskritischen Inhalten, was manchen Produktionen wie Clyde Redfords fiktivem Gangsterfilm einen Strich durch die Rechnung machte. Gleichzeitig veränderten sich auch gesellschaftliche Moralvorstellungen nach den liberalen Zwanzigern, sodass jemand wie Jackie Fox durchaus eine erfolgreiche Karriere in den Roaring Twenties haben konnte, nicht jedoch in den Dreißigerjahren.

Selbstverständlich war nicht alles in dieser Filmwelt glorreich und glamourös, auch ohne Morde am Set. Sexuelle Übergriffe und Erpressung in Form der sogenannten *casting couch* waren ein offenes Geheimnis. Auch Xenophobie spielte eine Rolle, wie sich an Gretas Geschichte zeigt. Ihr Schicksal ist von dem der realen tschechischen Schauspielerin Anna Ondráková, genannt Anny Ondra, inspiriert.

In den 1920er Jahren war Deutschland ein Pionierland des Films, doch während der nationalsozialistischen Diktatur verlor das Land fast seine gesamte jüdische Filmelite an Großbritannien und die USA. Franz Kerner basiert auf keiner konkreten historischen Persönlichkeit, aber sein Schicksal ähnelt dem vieler jüdischer Menschen in der damaligen deutschen Filmbranche. Doch auch in England war Antisemitismus in den 1930ern weit verbreitet und findet sich auch in den Medien wieder, weswegen man Filme und auch Krimis von damals heute kritisch genießen sollte.

Zum Schluss noch eines: Ich bin keine Filmwissenschaftlerin, nur Krimiautorin, die zu viele Schwarz-Weiß-Filme schaut. Falls sich also eine filmhistorische Unstimmigkeit eingeschlichen haben sollte, verzeiht mir und schaut lieber einen der großartigen Filmklassiker aus den 1930er Jahren. Oder besucht mich auf Instagram, damit ich euch meine Lieblinge empfehlen kann: @amelia.green.author.

An dieser Stelle gibt es noch einige Dankeschöns: Danke an meine Lektorin Romy Schneider, die sicherstellt, dass der Fall logisch ist und ich nicht dieselben drei Adverbien 85 Mal verwende. Danke an Jana und das Team von BoD für das wunderschöne Cover und den tollen Buchsatz. Danke an meine Testleser*innen für ihr Feedback. Danke an alle Blogger*innen und Leser*innen für ihre Rezensionen. Und danke an euch, die ihr seit fünf Fällen mit Clifford, Laurentius und Adriana ermittelt. Das Schreiben ist viel schöner, wenn man weiß, dass es euch gibt.

Amelia Green